감독도 모르는

영화 속

종교 이야기

감독도 모르는

김기대 지음

영화 속
종교 이야기

모시는사람들

머리말

"그대에게 딸린 영혼들을 기억해야 하오. 그중에는 그대가 아는 사람도 있겠지만 그대가 천국에서 만날 때까지 알지 못할 사람들이 대부분일 것이오. 하여간 그대는 혼자가 아니오."

가톨릭 영성가이면서 종교의 경계를 넘나들었던 토마스 머튼의 영적 순례 기록인『칠층산』에 나오는 구절이다.

우리는 세상을 살아가면서 수많은 사람들과 교류하지만 그냥 스쳐 지나가는 사람들과도 어떤 식으로든 얽혀 있는 화엄의 세계에 살고 있다. 내가 모르는 사람의 세계와 나의 세계는 맞닿아 있다는 것을 깨닫는 것이 곧 구원이고 해탈이 아닐까?

어느 날 영화 속 인물들이 내게 다가왔다. 그들은 세상의 사람인 동시에 내가 사는 세상의 사람들이 아니었지만 영화는 나와 그들을 이어 주었다. 그들은 내가 '아는' 사람인가, 경계가 사라지는 초월의 세상에 가서야 만날 수 있는 '알지 못하는' 사람인가를 묻던 중에 나를 알고 있는 영화 속 인물들을 발견했다. 영화관의 어둠 속에서 밝은 화면을 보며 그들의 삶을 '관음' 하고 있던 나를 오히려 그들이 알고 있다는 생각에 영화가 가진 신비가 나로 하여금 이 글들을 쓰게 했다.

나는 영화를 관음하고 영화는 나를 투시한다는 생각에 이르렀을 때 세상의 모든 영화가 종교로 받아들여졌다. 『장자』에 나오는 유명한 나비의 꿈처럼 내가 영화를 보는 것인가, 영화가 나를 보는 것인가의 화두를 영화는 재미있게 던져 주었다.

세상을 보는 새로운 눈을 제공한다는 점에서 영화와 종교는 공통점을 갖는다. 영화는 우리의 상상력이 도달하는 곳이 아니라 세상을 향한 우리의 설명이 시작되는 곳이다.

그러나 영화만이 보여줄 수 있는 세계관이 한계에 부딪혔을 때 영화는 종교를 담기 시작했다. 마치 장터에서 장기를 두는 것으로 손님을 끌었던 인형 밑에는 장기의 고수인 난장이가 숨어 있다는 발터 벤야민의 유명한 비유처럼 말이다. 여기서 겉으로 드러난 인형은 마르크시즘이고 근저에는 기독교가 있다고 벤야민이 이야기한 것처럼 영화는 세상의 이야기를 재미있게 전하면서 종교를 숨겨 놓았다. 인간의 욕망 밑에, 가족이라는 이름의 위선 밑에, 피튀기는 폭력 밑에 종교는 숨어서 우리를 지켜본다. 뭔가 거룩하게 보아야 할 것 같은 〈벤허〉나 〈쿼바디스〉 류의 종교 영화를 내가 이 책에서 외면한 까닭이기도 하다. 드러낸 종교성은 우리에게 부담으로 다가오지만 숨어 있는 것은 유쾌하게 깨닫도록 안내한다.

초월이 의미를 상실하고 이성과 계몽이 승리하던 시절에도 별 뾰족한 세상은 우리 앞에 전개되지 않았었다. 종교의 독선만큼이나 이성의 독선도 무서웠고, 교리만큼이나 계몽도 우리를 옥죄었다. 그 숨통을 영화가 조금씩 틔어 주는 현상이 나는 너무 즐겁다.

나는 영화를 특별히 공부한 사람은 아니다. 다만 비교종교학을 공부하면서 경계를 허무는 법을 배웠고, 이 배움은 나로 하여금 현실과 초월의 세계를 도약이 아닌 횡단할 수 있게 가르쳐 주었다. 영화와 세상, 종교와 종교, 현실과 초월의 경계를 허무는 영화의 매력에 빠져들면서 한 편 두 편 글을 쓰게 된 것이 이처럼 책으로 나오게 되었다. 이 책을 통해 종교와 영화가 함께 고민하는 것을 발견함으로써 구원과 해탈이 아직도 필요한 세상이라는 것만 독자들과 공감할 수 있다면 가장 큰 기쁨이 될 것 같다.

이 책을 내기까지 이찬수 교수(서울대 평화통일연구원)와 종교문화연구원 동료들이 큰 힘이 되었다. 20여 년 전 종교문화연구원을 시작할 때 가졌던 열정을 계속 유지하는 모습이 나를 자극했기 때문이다. 부족한 원고를 다듬어 준 모시는사람들의 소경희 편집장의 노고도 잊을 수 없다. 새로운 자극이 필요해 산티아고 순례를 떠났다가 막 마쳤다. 순례의 끝에서 책의 출판을 보게 되어 기쁘다.

2012년 11월
스페인의 작은 어촌 묵시아에서 김기대

감독도 모르는 영화 속 종교 이야기

# 농담은
# 진담보다
# 진실하다

삶을 쉽게, 사랑으로, 심각하지 않게, 장난치듯이 받아들여라. 심각함은 일종의 질병이다. 영혼의 가장 큰 질병이다. (오쇼라즈니쉬)

아름다운 꽃과 나무들이 활짝 피어난 화창한 봄날, 아기를 낳기 위해 친정으로 돌아가던 마야부인이 룸비니 동산에 이르러 무우수 가지를 향해 손을 뻗는 순간 옆구리를 통해 아기가 태어났다. 아기는 태어나자마자 두루 일곱 걸음을 걷고 사방을 둘러보았다. 한 손으로는 하늘을 가리키고 한 손으로는 땅을 가리키면서 "하늘 위나 하늘 아래나 나만이 홀로 존귀하다." 하였다. 운문문언이 이 이야기를 들어 말했다. "내가 당시에 만약 이 꼴을 보았다면, 한 방망이에 때려죽여 개에게 던져 주어 먹게 하여 천하를 태평하게 하였을 것이다."

(『선문염송』 제2칙 「주행칠보」)

———————————————— 이성과 합리성은 근대의 모든 것을 설명할 수 있는 키워드였다. 그러나 니체에서부터 시작된 의심은 아도르노에 와서 정점을 찍었다. 아우슈비츠의 유대인 학살이라는 광기를 목격한 아도르노는 아우슈비츠 이후 서정시를 쓰는 것은 야만이라며 아우슈비츠의 비극은 광기나 비정상 때문에 생긴 것이 아니라 인간이 자랑스럽게 생각하던 이성과 합리성 때문에 생겨났다고 단언한다. 이성은 역설적이게도 경전을 진리 자체로 생각하는 기독교와 공통 분모를 가지고 있다. 이성적이지 않은 성서의 진술들은 성서가 옳다는 것을 증명하기 위하여 이성의 도움을 받아 왔기 때문이다. 서구 사회는 이 둘을 축으로 진리의 '표준'을 만들었다. 타자에 대한 배려보다 이성에 의한 주체적 판단이 표준이 될 때 진리는 항상 심각하게 다가온다.

──────────── 이 장에서 소개되는 네 편의 영화(〈바스터즈〉, 〈더 리더〉, 〈라스트 엑소시즘〉, 〈슬럼독 밀리어네어〉)는 심각해져 있는 현대인들에게 농담을 건넨다. 표준에 기초한 것만이 진실이라고 믿는 사람들이 만드는 세상보다 농담을 던지는 사람들이 만드는 세상이 더 진실하고, 우리를 통쾌하게 만들 때가 있다.

──────────── 불교에서는 농담(화두)을 통해 진리에 접근하곤 한다. 조선 중기의 승려 혜심(慧諶)이 편찬한 『선문공안집(禪門公案集)』에 나오는 위 이야기는 농담의 힘을 보여준다. 불교는 이것을 화두라고 부르는데 엄숙한 경전보다 더 진실하게 깨우쳐 준다. 경전에 쓰인 내용으로부터 자유로우면서 오히려 경전의 진리를 증언하는 이 역설이야말로 영화가 보여주고 싶은 것들과 일치한다.

# 농담이 사실보다 우리를 기쁘게 할 때

## 바스터즈 - 거친 녀석들
원제 : Inglorious Basterds
감독 : 쿠엔틴 타란티노(Quentin Tarantino), 2009

독특한 영화관을 가진 타란티노 감독이 풀어낸 농담 같은 영화다. 감독은 무뢰배를 뜻하는 바스터즈의 철자(본래는 bastards)를 의도적으로 틀리게 씀으로써 진담과는 거리가 먼 영화라는 것을 암시한다. 2차 세계대전 당시 프랑스에 투입된 미국의 특수부대(이 부대의 이름이 영화 제목이다)와 프랑스 레지스탕스, 영국의 특수부대, 개인적 원한에 사무친 유대인 극장주가 각자 독일에 대한 공격을 시작하는데 그들은 히틀러가 시사회에 참석한 영화관에서 히틀러 제거라는 동일한 목표를 향한 다른 작전을 펼친다.

불교의 화엄의 세계관을 보듯, 자신들이 알지 못하는 사이에 그들은 하나로 엮여 있었고, 동시에 그들의 작전은 모두 개별적 가치를 갖고 있다. 과도하게 잔인한 장면에 대한 비판이 있었으나 〈식스 센스〉(M. 나이트 샤말란 감독, 1999)와는 비교도 되지 않는 영화적 반전의 재미는 우리를 통쾌하게 만든다. 타란티노 감독은 이 영화로 미국감독조합상(62회)에서 감독상(공로부문)을 수상했다. 영화에서 란다 대령 역할을 맡아 악역의 새 지평을 연 오스트리아 출신의 크리스토퍼 왈츠는 아카데미(82회) 남우조연상, 골든글로브(67회) 남우조연상을 비롯해 그 해 주요 영화제 조연상을 거의 휩쓸었다.

## 잔인하게 웃기는 건달들 이야기

〈인글로리어스 바스터즈〉는 다섯 개의 장으로 되어 있다. 마치 옴니버스 영화처럼 하나의 장(챕터)은 개별적으로 이야기의 힘이 있다. 각각의 이야기들은 서로를 가로지르며 새로운 역사를 써 나간다.

기독교에서 창세기 1장으로 세계가 시작되듯 영화는 우리가 몰랐던 새로운 세계를 시작한다. "옛날 옛적에 프랑스가 나치에 점령되어 있을 때" 프랑스의 한적한 시골에 살던 라파디트, 세 딸의 아버지인 그는 순박한 농부다. 장작을 패는 근육이 암시하듯 그는 땀의 대가만을 믿고 산다. 유대인 때문에 경제가 어려워졌다든가 그들이 예수 죽음의 주범이라든가 하는 식의 선동을 믿지 않는다. 때문에 라파디트는 자기 집 마루 밑에 유대인 일가를 숨겨줄 수 있다.

위험의 요소는 늘 품고 있지만 평온했던 농가에 악이 침투한다. 누군가의 제보가 있었을 터, 나치의 란다 대령이 유대인을 색출하기 위하여 온다. 란다의 말은 예의바르고 논리적이다. 말이 이러 저리 튀는 것 같지만 결국은 한 가지 목표로 귀결된다. 유대인이 숨어 있는 것을 알고 있으니 밝히라는 것이다. 독일 장교이지만 불어도 능숙하게 구사하는 란다는 마루 밑에 숨어 있는 유대인 가족이 알아듣지 못하도록 라파디트와 영어로 이야기한다. 라파디트의 순박한 감성은 란다 앞에서 점점 무너진다. 결국 라파디트는 영어로 그들이 서 있는 마루 밑에 유대인들이 숨어 있음을 자백한다. 나치 군인들의 무차별 사격으로 유대인들은 죽어간다.

지상 위에서 일어나는 대화를 이해하지 못했던 마루 밑 인간들은 라파디트에 대한 신뢰에만 의지한 채 숨어 있었지만 선악의 대결은 악의 승리로 끝나 버린다. 그중 쇼샤나라는 소녀 하나만 살아나 필사적으로 도망친다. 란다 대령은 얼마든지 소녀를 죽일 수 있었지만 살려둔다. 유대인을 몰살하는 것이 그의 목표가 아니다. 섣부른 동정, 감상주의, 감당도 못할 휴머니즘 따위에 비해 의지가 이길 것이라는 것만 보여주면 된다. 한 명쯤의 생존자가 그를 증언해 주는 것도 괜찮다.

태초에 말씀이 있기는 했지만 예수가 말씀을 육신화하기 전에는 죽이는 말씀인지 살리는 말씀인지 알지 못했다. 인간은 선을 믿었지만 선 자체에는 선을 영구적으로 지속시킬 힘이 없다는 것을 알지 못했다. 라파디트는 선한 마음, 좋은 체력을 가졌지만 왜소한 악의 현신 란다를 이기지 못한다. 인간이 선악과를 먹도록 놓아둔 하느님의 의도는 우리에게는 난제지만 뱀은 쉽게 설명한다. "하느님은 너희가 그 나무 열매를 먹으면 너희의 눈이 밝아지고 하느님처럼 되어서 선과 악을 알게 된다는 것을 아시고 그렇게 말씀하신 것이다."(창세기 3:5) 그렇다. 라파디트도 밝아졌다. 내 가족을 희생시켜 가면서까지 굳이 유대인을 보호할 가치가 있는가? 잠시 가책에만 시달리면 된다. 라파디트는 세상을 편하게 사는 방법– 즉 죄를 터득했다. 선을 믿던 유대인 가족은 땅 밑에서 위쪽 세계의 대화를 알아듣지 못한 채 죽어 간다.

## 재미없는 관객, 건조한 기독교인

전혀 영광스럽지 않은(in-glorious) 무뢰배들(basterds)이 있다. 미국 원주민(인디언)의 피가 섞인 레인 중위와 유대인들로 구성된 특수부대다. 이들은 나치 점령하에 있던 프랑스에 침투한다. 이 영화의 선전 문구는 "각기 최고의 실력을 가진 8명이 모였다."는 식으로 포장하지만 이것은 기존의 특수부대 영화의 문법에 물든 탓이다. 영화 속 특수부대원들은 최고이기는커녕 1940년대 차별 속에서 살아가던 주변부 유대계 미국인들일 뿐이다. 이들이 결코 최고가 아니라는 사실을 타란티노 감독은 그리 멋있게 생기지 않은 배우들을 배치함으로써 설명하고 있다. 1940년대 미국에 살던 유대인들도 차별 속에 있기는 마찬가지다.

곰 유대인으로 알려진 도니는 야구방망이로 독일군 포로를 때려죽인다. 그는 유대인이라는 이유로 야구 선수의 꿈을 접었을지도 모른다(1940년대 유명 메이저리그 선수였던 유대인 행크 그린버그는 경기장에서 엄청난 수모를 당했다). 그들은 자신의 동족이 아우슈비츠에서 당하고 있다는 사실에 분노하지만 나치 포로의 머리통을 부수는 잔혹함에는 주류 문명에 대한 전반적인 분노가 담겨 있다. 레인 중위 역시 인디언으로서 차별을 받고 살아 왔다. 이들이 힘을 합쳐 당한 자들의 한을 보여준다. 일차적으로는 나치를 향한 절규이지만 본질적으로는 고상한 주류 문화에 대한 저항이다.

전투에서 승리한 '거친 녀석들'은 독일군 포로를 모두 죽인 뒤 한 명만을 히틀러에게 보낸다. 란다 대령이 쇼샤나를 살려 주었듯이 레인 중위는 나치 사병을 풀어준다. 둘의 차이가 있다면 란다는 쇼샤나가 무서움을 간직하며 평생을 살아갈 것이라고 믿었지만 레인은 자신들의 무식함을 보여주기 위해 포로의 머리에 나치의 문양을 문신한다. 위대한 아리안 족의 지도자 히틀러는 포로 앞에서 격분한다.

　이것은 타란티노 감독의 농담이다. 그래서 의도적으로 무뢰배들의 철자를 basterds로 틀리게 쓴다. 이런 잔인한 보복이 있지도 않았을 것이며, 설사 있었다 하더라도 어린이고 노약자고 이유 없이 죽이는 무차별 폭격에 비해 포로의 시체에서 머리 가죽을 벗겨내고, 방망이로 사람을 죽이는 것이 더 잔인하다고 할 수도 없다. 무뢰배들의 행위에서 잔인함만 읽어 낸다면 백인 토벌대에 저항하던 아메리카 원주민들의 전통적인 전투 방법을 야만적으로 묘사하던 시각과 다르지 않다. 게다가 포로에서 돌아온 일개 사병이 히틀러를 만났을 리도 만무하다.

　영화에는 한 맺힌 자들의 절규와 의지를 신봉하던 자의 분노가 농담처럼 그려질 뿐이다. 그러나 관객은 잔인한 장면에 눈을 찌푸리면서도 그동안의 2차 세계대전을 배경으로 한 영화에서는 느끼지 못했던 미묘한 만족감을 경험한다. 영화는 절대로 '피아를 불문한 인간의 잔혹함'이라는 심각한 결론을 관객들이 내리지 못하도록 유도한다.

광야 시대의 히브리인들은 바스터즈 못지않게 잔인했다. 이방인들을 잡는 족족 몰살시켰으며 그것이 하느님의 뜻인 줄 알았다. 간혹 승전의 증인이 되도록 살려준 이방인들도 있다. 하지만 반기독교 정서를 가진 현대인들에게 히브리인들이 광야에서 보여주었던 잔혹함은 하느님의 영광을 가릴(inglorious) 사건으로 인식되기 때문에 건전한 호교론자들은 힘들다. 잔혹한 성서의 증언을 문자 그대로 믿는 근본주의자들은 일단 제쳐 놓고 성서의 맥락을 아는 사람들이라도 히브리인들의 광야 경험을 제대로 읽어야 하는데 그렇지 못한 경우가 많다. 광야의 히브리인들은 아우슈비츠에서 또는 마녀 사냥으로 죽어가던, 페스트의 배후 세력으로 화형 당하던, 소외된 인민을 대표할 것 같았던 볼셰비키에 의해 더 추운 땅으로 쫓겨나던, 20세기 중엽까지 역사의 단골 피해자였던 유대인들이다. 그들은 고통 받는 민중을 대변하며 기득권 앞에서 자기의 마지막 남은 것까지 뺏길지 모른다는 절박함에 치를 떨던 이들이다.

안토니오 네그리가 그의 저서 『제국』에서 로스앤젤레스 한인타운을 쑥대밭으로 만들었던 1992년 흑인 폭동을 저항의 관점에서 긍정적으로 분석한 것과 같은 경우이다. 바다를 건너 광야에서 유랑하던 히브리 걸인들은 자신들이 모든 병의 근원이 아니라는 것을 보여주기 위해서라도 청결해야 했다. 할례를 했고, 음식 규정을 지켰으며 토착민들보다 깨끗해지기 위해 몸부림쳤다. 그들의 저항은 때론 잔인했으며 승전의 경험은 과장되었다. 구약의 기자들은 이런 이야기들에 가려 성서 본연의 맥을 놓치지 않도록 편집(연출)력을 발휘하고 있으나 현대의 기독교인들 또는 반기독교인들은 마치 타란티노의 영화 속 농담을 보면서 인간의 잔인성을 개탄하는 재미없는 관객들처럼 성서를 읽는다.

## 노르망디 상륙작전은 없었다(?)

노르망디 상륙작전이 성공하던 1944년 6월에 파리에서는 무슨 일이 있었을까? 노르망디 상륙작전은 라이언 일병 형제들의 비극과 같은 수많은 희생과 무용담을 남기며 전세를 연합군 쪽으로 돌려놓았지만 감독 타란티노가 보는 민중의 역사는 일반적 역사 서술과 다르다. 쇼샤나는 살아남아 어엿한 극장주가 되었는데 나치의 선전영화 〈민족의 자랑〉을 상영할 수밖에 없는 상황이 생긴다. 영화를 통해 제3제국을 알리려 했던 나치의 선전상 괴벨스는 영화 속 영화를 연출한다. 본래는 쇼샤나의 극장에서 상영 계획이 없었으나 극장 앞을 지나던 영화 〈민족의 자랑〉 주인공인 나치 영웅 졸러가 쇼샤나에게 반하면서 괴벨스를 설득해 시사회 장소가 바뀌게 된 것이었다. 졸러의 소개로 괴벨스와 만난 쇼샤나는 시사회의 보안 책임자가 가족을 죽인 란다라는 사실을 알게 된다. 이것은 하늘이 도운 기회다.

쇼샤나는 극장에 모인 모든 사람들을 불태워 죽이려는 계획을 세운다. 니트로 성분의 필름은 좋은 화력 무기가 된다. 게다가 쇼샤나는 졸러의 학살극이 주 내용인 영화 필름을 잘라내 중간에 나치를 비웃는 내용을 삽입한다. 선한 세계에 개입한 악으로 피해를 본 쇼샤나는 악한 영화 속에 선을 개입시키려 한다.

영화에서 노르망디 상륙작전은 있는 듯 없는 듯하다. 타란티노 감독은 영화의 힘을 믿는다. 영화의 하드웨어인 필름도 무기가 될 수 있다. 잘 계획된 작전과 무기에 의해 2차 세계대전의 전세가 뒤집힌 것이 아니라 영화라는 인문 예술과 졸러와 쇼샤나의 우연한 만남이 역사를 바꾸어 놓게 될 것이다. 하느님이 역사를 끌어나가는 방식도 이와 같다. 영화 속 세계 1944년 6월에 노르망디 상륙작전의 기억이 희미하듯이 역사의 한 지점에서 세계를 뒤흔들었던 전쟁 따위는 마지막 날에 희미해질 것이다. 악한 현실에 개입해 오던 하느님이 역사를 직접 기술할 것이다. 하느님이 끌어가는 역사에서 인간의 역할은 신학적으로 사고하고 인문학적으로 행동하는 일이다.

## 같은 언어, 다른 의미

영국의 특수부대원들도 독일 요인들을 제거할 계획을 세운다. 작전명은 키노(kino), 책임자는 영화 평론가인 히콕스 중위다. 히콕스 중위가 장군과 작전에 대해서 이야기를 나눌 때 한쪽 구석에 노인이 시가를 물고 앉아 있다. 중위는 그를 발견하고 잠시 놀라지만 경례는 직속상관에게만 한다. 그 노인은 누가 보아도 2차 대전의 영웅 처칠이다. 그런데 노르망디가 희미하듯이 주요한 작전 계획에 처칠이 할 일은 없다. 역사를 초월이라는 거대 서사로 설명할 수 있지만 그것을 이끌어나가는 사람이 반드시 영웅일 필요는 없다. 영국의 특수부대와 바스터즈들은 키노 작전에 함께 하기로 하고 연합군 스파이인 독일의 여배우 브리짓과 만나기로 한다. 쇼샤나의 계획과 상관없는 작전이 시작된 것이다.

브리짓과 가짜 독일 장교 복장을 한 히콕스와 바스터즈 일부의 첫 대면은 자연스럽게 이루어진다. 여기서 술에 취한 독일군 사병들과 시비가 벌어진다. 가짜 장교들이 진짜 사병들을 겨우 제압하려는 순간, 한쪽 구석에 앉아 있던 진짜 독일군 장교가 개입한다. 손가락으로 숫자를 세는 사소한 동작이 독일식이 아님을 파악한 진짜 독일군과 가짜 독일군 사이에 총격전이 벌어지고 양쪽 모두 전멸한다. 총격전이 벌어진 술집은 지하다. 지하는 1장의 마루 밑을 연상시킨다. 1장에서 지하와 지상의 대화는 단절되었지만 지하 술집에서는 독일어만 사용되기에 소통에는 불편이 없다. 그러나 대화는 같은 의미를 지향하지 못한다. 언어는 소통의 도구가 아니라 상이한 목표를 지향하는 사람들이 서로를 숨기는 도구이다. 진짜와 가짜, 장교와 사병, 남자와 여자는 같은 언어로 말하지만 목표는 어긋나 있다. 가짜들의 낯선 악센트를 눈치 챈 진짜 장교는 끈질기게 가짜임을 밝히려 하지만 좀처럼 증거를 잡지 못한다. 1장에서 지하에 숨어 있던 유대인들은 지상의 언어를 이해 못해 죽임을 당한다. 지상의 인간들이 하늘의 언어를 습득하기 위해 바벨탑을 쌓았지만 성공하지 못했다. 4장에서 지하 술집에 모인 사람들은 같은 언어로 말하지만 말은 겉돈다. 오히려 셋을 표현하는 손가락 표시를 보고서야 진짜 장교는 이들이 가짜라는 것을 확신한다. 이런 의미의 차이 속에서 지하실은 두 번째 비극의 현장이 된다. 뒤늦게 술집에 온 레인 중위에 의해 영화배우 브리짓만 한쪽 다리에 부상을 입은 채 구출된다. 이튿날 현장 조사를 하던 란다는 브리짓이 사병들에게 해준 사인과 그녀의 한쪽 구두를 발견한다. 반면 레인은 브리짓으로부터 시사회에 히틀러가 참석하기로 되어 있다는 고급 정보를 입수하고 작전을 강행한다.

성서가 전달하는 기표로서의 언어는 하나다. 번역본은 다양하지만 성서는 사랑과 구원, 하느님의 개입이라는 동일한 기표를 사용한다. 그런데 같은 언어를 말하는 이들의 의미(기의)는 각기 다르다. 어떤 이는 같은 언어로 정복과 착취를 생각하고 어떤 이들은 평화를 생각한다. 의미의 충돌은 비극을 가져온다. 바벨탑 사건은 언어의 분화가 아니라 의미의 분화다. 하늘에 닿으려는 인간의 욕망은 의미의 분화를 가져왔다. 의미의 일치가 없이 평화는 멀어 보인다.

## 농담이 마침내 이기다

쇼샤나는 모두 불태워 죽일 계획을 세우고 레인과 브리짓은 이탈리아 출신의 영화계 종사자로 위장해 극장에 들어간다. 보안책임자란다는 브리짓을 용의 선상에 올려놓은 터였기에 어제 사고 현장에서 주운 구두를 브리짓에 신겨 본다. 자기의 신발을 확인한 가엾은 신데렐라는 왕비가 되지 못하고 란다에게 목 졸려 죽임을 당하고 레인은 체포당한다.

란다는 극장 보안의 책임을 뒤로 하고 미국인 레인과 거래를 시도한다. 레인의 나머지 부하들에 의해 시도될 히틀러 암살 계획이 성공하면 종전은 앞당겨질 것이라는 것이 란다의 생각. 그는 작전을 눈감아 주는 대신 자신의 안전한 미국행을 보장받고 싶어 한다. 잡은 자가 잡힌 자에게 자신의 안위를 맡긴다. 나치에게 승산이 없다는 것을 아는 란다는 미국의 시대를 예측한다. 그는 자신을 둘러싼 환경에 종속되는 것이 아니라 환경 속에서 적극적으로 대처해 나가는 인물이다. 영화는 막바지를 향하면서 란다 같은 사람이 살아남는 세상을 슬퍼하도록 유도한다.

영화를 보는 관객들은 영화가 끝나 가면서 알 수 없는 허무감에 빠져든다. 제3제국, 프랑스의 나치 괴뢰 정부인 비쉬 정부, 영화광이었던 선동가 괴벨스, 히틀러가 나의 양심이었다던 괴링 등등의 단어에 익숙한 지식인일수록 영화의 결말을 예측하며 슬픔에 젖는다. 주인 공 레인도 잡혀가서 불의한 거래를 받아들이고, 히틀러가 그날 파리 에서 죽지 않았다는 것은 세상이 다 아는 사실, 영화는 작전의 실패에 따른 비극으로 끝날 것이라는 것이 관객들의 예측이다. 그러나 작전 은 성공한다. 슈샤나도 죽지만 히틀러도 죽는다. 역사적 고증은 필요 없다. 세상이 못한 일을 영화가 했을 뿐이다. 세상을 이끌어가는 이성 과 지식은 타란티노의 농담 앞에서 무시당한다.

레인은 약속대로 란다를 연합군 지역으로 안전하게 넘긴다. 미국 인과 독일인의 교양이 약속을 성사시켰다. 관객의 지성을 무시하던 영화가 교양의 틀에 갇혀 교활한 란다를 살려둘 수밖에 없는가? 이것 은 현대인에게는 비극이다. 양심과 도덕, 이성이 세계를 이끌어 나가 기를 바라지만 그것은 때로는 불의한 거래를 정당화한다. 슬라보예 지젝의 유명한 농담은 교양의 한계를 보여준다.

인종차별이 극심하던 시절 남아프리카 공화국에서 시위를 진압하 던 백인 경찰이 흑인 여성을 추격하다가 도망가던 여성의 신발 한 짝 이 벗겨졌다. 백인 경찰은 예의를 갖추어 흑인 여성의 신발을 챙겨 주 었다. 이렇게 예의를 차린 다음 백인 경찰은 흑인 여성의 진압을 포기 하고 되돌아 갔다.

지젝은 백인 경찰의 선한 본성이나 교양을 말하지 않는다. 오히려 경찰관은 인종주의자라는 것이다. 서구 사회가 만든 교양은 잠시 판단을 중지시킬 수 있으나 문제를 해결하지는 못한다. 혹시라도 약속은 약속이라는 교양 때문에 주인공 레인 중위가 정의를 회피할까 두려워하던 관객들에게 타란티노는 다시 농담을 던진다. 알도 레인 중위는 100% 미국인이 아니었다. 그에게는 원주민의 피가 섞여 있다. 그는 약속을 지켰지만 란다의 머리에 나치 문양을 남긴다. 레인의 투박함은 란다의 머리에 흔적을 남기고 인간은 상처없이 계몽되지 않는다는 슬픈 교훈을 남긴다. 교양 없는 건달들과 한맺힌 찌꺼기들이 역사를 바꾸는 주체이거나 바뀌지 않았던 역사까지도 바꿀 수 있다는 것을, 잔인하지만 우습게 보여주는 영화가 〈인글로리어스 바스터즈〉다.

건달들이 주인공인 영화는 시종일관 잔인하다. 인간이 지배하는 제국을 건설하려 했던 히틀러는 약자들에게 당했다. 노르망디의 무용담도, 위인 처칠도, 실증적 역사도 영화 속에서는 무시된다. 이성과 교양만이 존중되는 세상을 막아낸 사람들이 각자의 방법으로 이룬 승리는 값지다. 불완전한 세상을 무엇으로 바꿀 수 있는가를 고민하면서도 익숙한 것과 결별하지 못한 현대인들은 상상력을 발휘하는데 서툴다. 그런 점에서 아주 낯선 방법으로 과거를 바꾸어 버린 영화 속 인물들은 반드시 바뀌어야 할 세상 앞에 서 있는 우리들의 상상력을 자극한다.

# 진리는 글자 밖에 있다

## 더 리더

원제 : The Reader

감독 : 스티븐 달드리(Stephen Daldry), 2008

2차 세계대전 이후의 독일, 이성과 계몽의 상징이었던 독일철학도 막지 못했던 전쟁에서 패배한 이후 시민들은 전쟁의 상흔을 잊기 위해 묵묵히 살아간다. 상흔이라기보다는 자신은 전쟁에 책임이 없다는 것을 강조라도 하듯이 전쟁의 이야기는 모든 이들의 대화에서 실종된다. 전쟁을 잊고 사는 가해자 한나 역시 전차 검표원으로 성실히 살아간다. 글을 읽지 못하던 그녀는 에로 영화 제목처럼 10대 소년 마이클을 통해 몸으로 책을 읽는다. 몸으로 책을 읽던 여인의 몸은 전범으로 감옥에 갇히고 이성으로 책을 읽어 주던 남자는 이성의 세계에 갇혀 버린다.

먼 훗날 둘이 다시 만났을 때 몸의 자유를 얻게 된 여인은 들떠 있었으나 아직 이성에 갇혀 있는 남자에게 실망한다. 전범 한나에 대한 영화의 동정적 시각이 그녀에게 면죄부를 주는 것이 아니냐는 평도 있었으나 몸으로 책을 읽는 질펀한 농담은 머리로 책을 읽으며 진실의 세계를 살아간다고 믿는 우리들을 조롱한다. 한나 역을 맡은 케이트 윈슬렛은 아카데미(81회)와 골든글로브(66회)에서 여우주연상을 수상했다.

## 몸으로 책을 읽은 여인 이야기

수메르인들은 기원전 5,000년경 이미 문자를 갖고 있었다. 문자를 가진 이들은 인생의 지혜를 담은 격언을 만들어 내었고 격언과 교훈은 수메르 종교로 발전했다. 하지만 수메르는 고대 사회의 모순 구조를 극복하지 못하고 소멸하고 만다. 상형문자가 발전했던 이집트 문명 역시 문자의 권력은 백성들을 피라미드 건축과 같은 노역으로 이끌었다. 문자는 고급 문명의 상징인데 최초의 문자를 가졌던 이들은 문명을 발전시키지 못했다. 이유는 간단하다. 문자를 지배의 도구로만 썼기 때문이다. 중세까지 라틴어를 쓰던 교회 전통에서도 예외는 아니다. 라틴어는 지배의 도구였다. 지배를 벗어나기 위해서는 글을 깨우치거나, 아니면 문자의 권력을 가진 성직자와 상종하지 않거나 둘 중 하나밖에 없었다. 안타깝게도 중세 민중들에게는 두 가지를 선택할 자유조차 없었다.

모세는 시내산에서 십계명이 적힌 돌판을 가지고 내려왔다. 히브리인들과 글자의 첫만남이 될 뻔했던 사건이다. 그러나 아론을 비롯한 남은 자들은 아직도 글자를 받을 준비가 되어 있지 않았다. 모세는 돌판을 깨뜨려 버린다. 모세가 돌판을 깨뜨린 진정한 의도는 문자가 가져올 후환 때문이 아니었을까? 쓰인 글은 우리를 속박한다. 한번 뱉은 말은 주워 담을 수 없다는 것은 말의 전달성에 대한 부정적인 비유이지만, 이미 뱉어진 말은 떠다닐 뿐 우리를 물리적으로 지배하지 않는다. 그러나 글은 우리를 지배한다. 쓰인 법은 우리를 감옥에 넣을 수도 있으며 우리 자신은 쓰인 것(신분증, 졸업장, 자격증 등등)에 의해서만 자신의 정체성을 확인 받는다. 모세는 황금 송아지를 놓고 축제를 벌이는 제 백성들이 밉기는 하지만 아직 그것(글자로 쓰인 돌판)으로 백성을 죽음으로 몰고 가고 싶지는 않았다. 글의 지배성에 대한 최초의 자각이었다. 하지만 하느님은 쓰인 글이 없어도 그들을 심판할 수 있었다. 결국 모세는 글에 굴복한다(두 번째 돌판). 율법 시대의 시작이었다. 더 많은 기억을 가지고 있는 연장자가 권력을 가지고 있던 시대에서 글의 지배력까지 확보한 모세의 얼굴에는 광채가 났다.

셈족 종교 중 하나로 히브리 종교의 영향을 받은 이슬람은 문자의 지배력을 기가 막히게 해석해 내었다. 이슬람의 창시자 마호메트는 문맹자다. 이슬람교는 그의 문맹을 전혀 수치스럽게 생각하지 않는다. 마호메트의 문맹은 문자의 위치를 상징적으로 보여준다. 마호메트는 글에 예속되지 않는, 즉 신적인 존재라는 것이다. 대신 그를 제외한 모든 무슬림들은 글자에 예속되어야 한다. 해석학적 여유로움이 없는 꾸란의 절대성은 글의 지배력에 대한 가장 좋은 예이다. 그런 점에서 마호메트는 역설적으로 글을 몰랐기 때문에 모세보다 높은 종교적 위상을 확보한다.

## 몸으로 책을 읽는 여자

영화 〈더 리더 - 책 읽어주는 남자〉를 보자. 홍역 때문에 길에서 아파하던 마이클을 전차 검표원 한나가 도와줌으로써 둘은 사랑에 빠진다. 아직 사랑이 뭔지 몰랐던 10대 소년에게 한나는 그의 세계의 전부였던 학교와 가정에서 만나 보지 못했던 종류의 사람이었다. 질병까지도 사무적으로 걱정하는 전형적인 독일 가정과는 다른 다정함을 엄마 또는 누이 같은 한나는 가지고 있었다. 아는 사람도, 가족도 없는 한나에게도 마이클의 등장은 새로운 경험이었다. 두 사람의 만남은 둘을 격정적인 사랑으로 이끈다. 한나는 마이클에게 자기와 잠자리를 갖기 위해서는 책을 읽어 주어야 한다는 조건을 내건다. 성에 눈 뜰 나이인 마이클은 그냥 어른인 한나의 교육법 정도로 생각하고 그녀를 위해(아니면 자신의 성적 욕구를 위해) 책을 열심히 읽어 준다. 마이클이 읽어 주는 책의 내용을 한나는 자신의 육체와 교환한다.

둘 사이에는 사랑 같은 것이 싹트지만 어느 날 한나는 예고 없이 마이클 곁을 떠난다. 한나의 성실함이 검표원에서 사무직으로 승진의 기회를 주었지만 글을 읽을 줄 모르는 그녀는 사무직을 맡을 수 없어 새로운 도시를 찾아 떠났던 것이다.

8년 뒤 법대생이 된 마이클은 나치 부역자들에 대한 재판을 참관하다가 피고석에 있던 한나를 보게 된다. 한나는 여기서 자기가 하지도 않은 일을 했다고 자백함으로써 다른 부역자들보다 훨씬 과중한 형을 받는다. 무죄를 소명하기 위해 읽어야 할 글 앞에서 한나는 문맹이라는 것이 알려지는 수치보다 무기징역을 택한 것이다. 재판 과정을 지켜보던 마이클은 뭔가 이상한 점을 발견하고 그제야 한나가 문맹이었다는 사실을 깨닫는다. 대학 졸업 후 변호사가 되었지만 10대의 기억에서 아직 벗어나지 못한 그는 가정생활에서도 성공적이지 못했다. 마음속에 남아 있던 한나에 대한 생각으로 괴로워하던 마이클은 책을 직접 읽어 녹음한 후 수감 중인 한나에게 보낸다. 전혀 생각지 못한 선물을 받은 한나는 녹음 테이프를 들으며 그녀만의 방법으로 글을 깨우쳐 나간다. 한나가 출감할 때쯤 둘은 수십 년 만에 조우한다. 그러나 한나의 석방 일에 마이클이 감옥에 갔을 때, 한나가 자살로 생애를 마쳤다는 비극적인 소식을 듣는다.

　독일처럼 지적 풍토가 강한 사회에서 한나는 어떤 이유에서 글을 읽지 못하게 되었을까? 또는 글을 읽는다는 것이 그녀에게 어떻게 보였을까? 그녀는 글을 읽지 못했지만 글을 아는 이들의 위선도 알았기에 마치 어릴 때 경험했던 작은 공포가 평생 지속되는 경우처럼 글에 대한 두려움을 갖고 있던 것은 아니었을까?

## 읽는 자들의 위선

　칸트, 헤겔 등 수많은 철학자들을 낳은 곳이 독일이다. 우리는 독일 철학을 관념철학이라고 부른다. 철학 자체가 관념이겠지만 프랑스 철학자들은 실천의 현장을 외면하는 독일철학을 그다지 좋아하지 않는다. 독일의 화려한 철학은 히틀러를 막지 못했다. 철학자 하이데거의 친나치 경력이 알려진 것처럼, 독일의 글을 읽을 줄 아는 이들, 나아가 글을 생산해 내는 이들은 모두 히틀러의 잠재적 부역자이다. 아도르노가 아우슈비츠의 비극은 인간의 광기에서 온 것이 아니라 이성에서 왔다고 지적한 것도 이들로부터 얻은 경험적 선언일 것이다.

　영화에 나오는, 글을 읽을 줄 알았던 부역자들은 아우슈비츠 수용소 간수였던 한나를 유대인 수용자들의 집단 살해 주범으로 지목한다. 글을 읽을 줄 모르던 '무식한' 그녀는 글을 읽을 줄 알던 이들이 시키는 대로 한 죄밖에 없었는데 오히려 문맹은 그녀의 위치를 명령권자로 바꾸어 놓았다. 글에 대한 열등의식이 있는 그녀는 모든 비문맹자들의 증언 앞에 무력해질 수밖에 없었다. 결국 그녀는 글을 모른다는 사실을 들키고 싶지 않아 자신이 시킨 일이라고 자백한다. 그런 그녀에게 글을 읽을 줄 아는 것은 거짓말하는 것과 같은 의미일 수 밖에 없다.

지식인들이 막지 못한 만행을 글도 못 읽는 여인이 막을 수 없다. 오랫동안 들음(명령)에 익숙했던 그녀는 시키는 대로 했을 뿐이다. 전쟁은 읽을 수 있는 자들이 일으켜 놓고 책임은 읽지 못하는 자에게 떠넘기는 모습에서 감언이설로 민중을 속이는 현대 지식인들의 모습이 겹쳐진다. 최근에 『양철북』의 저자 귄터 그라스는 자신의 나치 친위부대 전력에 대한 비판에 대해 "자신은 먹고 살기 위해 들어갔을 뿐"이라고 항변했다. 마이클의 법정 참관수업의 담당교수도 마찬가지다. 그는 지금 나치의 만행을 비판하고 있지만 2차 세계대전 당시에는 히틀러에 대해 침묵한 잠재적 부역자였을 것이다. 글을 읽는 것뿐 아니라 글을 생산해 낼 정도의 지식인들이 이럴진대 한나에게 모든 것을 뒤집어 씌울 수 없다. 율법에 충실한 사람들이 간음한 여인에게 돌을 던질 수 없는 것과 같다.

한나는 글을 읽을 줄 아는 이들의 만행을 어릴 때부터 많이 보아 왔을 것이다. 어릴 적 동네 아이들은 그녀에게 돌을 던지며 바보라고 놀렸을 것이고, 꿈으로 가득 차 있을 시절에는 문맹 때문에 사랑하는 이로부터 버림받았을 수도 있다. 도대체 글이 무엇이기에 그녀의 인생을 이토록 지난하게 만드는가? 그녀의 글에 대한 두려움은 읽을 줄 아는 자들을 신뢰하지 않게 만든다. 다만 지적인 욕구는 있으므로 읽을 줄 알되 아직 그것을 권력으로 삼지 않는 아이들로부터 책의 정보를 얻는다. 그래서 아우슈비츠 관리인일 때도 유대인 아이들에게 책을 읽어달라고 해서 책의 내용을 들었다. 새롭게 책 읽어주는 사람을 만났는데 마이클이었다. 그는 10대였기 때문에 문자의 권력을 갖지 않았고, 아픈 병자였기에 남성의 권력으로 여겨지지도 않았다. 또한 자신보다 어렸기에 사랑을 주도하려 하지 않았다. 지식과 권력의 상관관계를 삶 속에서 체득했다는 점에서 한나는 읽을 줄 몰랐지만 무식하지 않았다.

## 권력도 남성도 아닌 마이클이 좋았건만

영화는 독일작가 게른하르트 슐링크의 동명 소설을 영화한 것이다. 영어의 'reader'에 해당하는 독일어 'Vorleser'는 남성형 명사다. 그러기에 남성 정관사 Der가 붙는다. 그러므로 영화(책)의 제목은 책을 읽어주던 주인공이 남자였기 때문에 붙여진 제목이 아니라 책을

읽는 것은 남성의 역할이며, 그것은 권력을 상징하기 때문에 붙어진 제목이다. 영어 〈The Reader〉가 그냥 '책 읽어주는 사람'으로 번역될 수 있는데 비해 우리말 '책 읽어주는 남자'는 독일어의 뉘앙스를 훨씬 정확하게 살렸다. 여성의 교육권과 참정권이 남성들에 비해 훨씬 뒤에 이루어진 것을 감안한다면 책의 제목이 내포하는 '남성 중심, 권력'의 이미지는 과장이 아니다.

　권력도 아니고 남성도 아닌(그래서 한나는 어른이 된 마이클을 계속 꼬마라고 부른다) 마이클이 보내준 테이프로 글을 배우게 된 한나는 마이클에게 편지를 쓸 정도가 되었다. 그녀는 어떤 제도나 권력에 의해서가 아니라 스스로 문자를 깨우쳤다는 점에서 자랑스럽다. 석방일은 가까워 오고 아무 연고자도 없던 한나에게 마이클이 찾아온다. 마이클은 그녀에 대한 모든 사랑의 감정은 숨긴 채 문자의 권력을 가진 권력자로 그녀의 과거를 질책한다. 문자가 권력이 아니라 사랑의 수단이 될 수 있었다고 처음 믿었던 한나, 문자로 사랑이 가능하다고 믿고 편지를 썼던 한나, 겨우 문자 공포증을 벗어나려던 한나에게 대뜸 마이클은 문자의 권력자들과 다를 바 없이 말하고 행동한다. 지식과 권력은 한 몸이라는 푸코의 말을 증명이라도 하듯이 꼬마 마이클은 권력자로 이야기한다. 한나는 생각한다. 문자의 권력을 가진 이들은 다 똑같다. 나는 더 이상 살 필요가 없다. 그녀는 죽음을 택한다. 그것도 책을 디딤돌 삼아.

한나는 적은 돈이지만 유대인 피해자에게 써 달라는 유언을 남긴다. 글을 몰랐던 한나를 죄인으로 지목했던 유대인 생존자 소녀는 성장해서 그 내용을 책으로 써(글로 만들어서) 유명 작가가 되어 있었다. 한나의 유언과 함께 마이클은 볼품없는 상자에 담긴 돈을 생존자에게 건넨다. 유대인 여인은 돈은 받지 않고 조그만 상자만 받는다. 그녀 역시 수용소에 있을 때 이러한 조그만 상자를 소중히 여겼던 경험이 있기 때문이다. 상자는 그녀의 기억을 되살리는 기호일 뿐이다. 문자도 기호일 뿐이다. 한낱 상자와 같은 기호를 가지고 얼마나 많은 사람들이 죽고 죽였는가? 유대인 작가는 그게 안타까울 뿐이다. 정말 중요한 건 사랑인데 말이다. 일찍이 선불교에서도 불립문자(不立文字)라 하여 모든 진리 과정에서 문자가 갖는 위치를 무시해 버렸다.

## 경전은 문자가 아니다

모든 종교는 경전을 가지고 있다. 특히 기독교와 이슬람에서 경전이 갖는 위상은 다른 종교와는 아주 다르다. 이 때문에 두 종교는 경전이 훼손되는 것을 못 견디며 문자의 권위를 놓치지 않으려고 한다.

경전의 외형을 강조하는 두 종교는 사사건건 부딪친다. "오직 성서(경전)로만"이라는 이념에 매몰된 자들은 꾸란을 불태움으로써 경전에 매달린 자신과 같은 이들을 자극하고 서로 죽고 죽이는 비극을 낳는다. 나무로 만들어진 불상을 땔감으로 사용하는 선사의 여유가 이들에게는 없다.

〈더 리더〉는 종교 경전이 어떻게 읽혀야 하는가에 대한 해석학적 암시를 준다. 종교개혁자 루터는 '오직 성서로만'이라고 외쳤지 '오직 문자로'라고 말하지 않았다. 루터는 일부 성서를 지푸라기라고 부르는 데도 주저하지 않았다. 그러나 글의 지배력이 가장 왕성한 시대였던 계몽주의적 근대의 공격 앞에 성서는 자기를 지켜야 했다. 이 과정에서 생긴 잘못된 방어벽이 성서문자주의다. 문자 무오설로 근대의 공격을 막아내며 마침 교황 무오설을 근대의 방어벽으로 내세운 가톨릭과 경쟁해야 했다. 결국 문자주의는 성서의 권위를 죽음의 권위주의로 바꾸어 버렸다. 뿐만 아니라 역사주의 성서비평학은 성서를 경건한 소설로 축소시키거나 성서를 과거에 가두어 버리는 결과를 낳았다. 성서비평론자들에게는 모욕적일지 몰라도 문자주의와 성서비평학은 그런 점에서 이란성 쌍생아다.

경전을 어떻게 읽을 것인가보다 누구를 위하여 읽어 줄 것인가가 경전이 담고 있는 가르침의 본질이다. 경전은 글에서 시작한 것이 아니라 이야기에서 시작했기에 특별히 읽어 주고 공감하는 것이 중요하다. 우리는 어떤 종류의 '경전 읽어 주는 사람'이 되어야 하는가? 나의 사적 만족을 위한 읽기는 의미가 없다. 내가 봉사하려는 계급의 수준을 고려하지 않고 읽어 주면서 계급적으로 읽어 준다는 착각도 버려야 한다. 10대 청소년 마이클은 참 잘 읽어 주었었다. 그가 읽어 줄 때 한나는 웃고 울었다. 훗날 중년이 된 마이클에게서는 이것이 계몽으로 대치되어 버렸다.

어떤 종교가 되었건 간에 경전의 기본 정신은 죽임이 아니라 살림이며, 이성이 아니라 그것을 넘어선 새로운 세계와의 만남이다. 조직신학자 다니엘 밀리오리는 "성서 해석의 필수적인 맥락은 아직도 구원받지 못한 이 세계 속에서 그리스도인의 믿음, 사랑, 소망의 삶을 실천하며 사는 것"이라고 했다. 그중에 제일은 '사랑'이다. 알랭 바디우는 '쓰인 법'(율법)에는 구원이 없다는 바울의 말에 전적으로 동의한다. 사랑은 율법(모든 쓰인 것)의 완성이기에(로마서 13:10), 읽은 사람이 아니라 마음으로 믿은 사람이 구원을 얻는다(로마서 10:8). 하느님의 말씀이 우리의 입과 마음에 가까이 있으므로, 다시 말해 읽는 눈에 있지 않으므로(신명기 30:14) 구원은 철저하게 탈문자화 속에서 이루어진다는 것이 바디우의 주장이다. 마이클은 문자로 된 계몽주의적 옳고 그름, 인간 이성의 한계와 같은 굴레로 고민하다가 결국 한나를 죽이고 만다. 그는 마지막에 가서야 유대인 작가 앞에서 한나를 사랑했다고 고백한다.

경전은 누구에게 독점될 수 없으며 독점자에 의해 자의적으로 이용될 수 없다. 자신의 과거 때문에 힘들어하는 한나는 몸을 던져서라도 경전을 읽고 싶어한다. 두려워하던 글의 세계 안에 뒤틀린 자기 인생의 해답이 있을지도 모른다는 작은 기대감 때문이다. 이처럼 이성과 권력에 소외된 이들이 몸이라도 던져서 읽고 싶어하는 경전이 죽임의 도구가 되어야 하는지 살림의 도구가 되어야 하는지를 〈더 리더〉는 슬프지만 질펀한 농담으로 가르쳐 준다.

# 실천하지 말고 수행하라

## 슬럼독 밀리어네어
원제 : Slumdog Millionaire
감독 : 대니 보일(Danny Boyle), 2008

인도 빈민가 출신의 자말은 6억 원의 상금이 걸려 있는 방송 퀴즈쇼 결승전에 오른다. 교육도 제대로 받지 못하고 비정규직을 전전하던 자말이 스타로 부상하자 방송국은 당황한다. 다른 프로그램이라면 자말의 선전을 인간승리로 포장할 수 있으나 지식을 다투는 퀴즈쇼라는 점에서 자말의 부상은 반갑지 않다. 방송국의 여러 방해 공작에도 불구하고 결승전에 오른 자말은 퀴즈쇼에 나왔던 진짜 이유인 옛 여자친구를 찾는 일에 성공한다.

이런 일이 어떻게 가능할까? 영화는 시작에서부터 다음 중 하나가 답이라고 농담을 던진다. A: 속임수로 / B: 운이 좋아서 / C: 천재라서 / D: 영화 속 얘기니깐.

인도의 속살을 보여주는 슬럼독 밀리어네어는 가장 인도적인 영화로 꼽힌다. 그러나 인도의 속살을 보여주어서 인도적인 것이 아니라 사성제도, 갠지스강에서의 구도 행위와 같은, 문명인의 눈에 보기에 낯선 인도 종교가 실제로 말하고 싶은 것이 무엇인가를 보여주고 있기에 인도스럽다.

대니 보일 감독은 이 영화로 아카데미(81회)와 골든글로브(66회)를 비롯한 여러 영화제에서 감독상을 수상했다. 아카데미에서는 감독상 외에도 작품상을 비롯한 7개 분야에서 수상하는 기쁨을 누렸다. 빈민가 소년의 성공 스토리 같은 단순한 구조가 아카데미에서 8개나 상을 탈 만한가에 대한 비판이 많았으나 아카데미는 성공의 이야기보다는 영화를 관통하는 인도 종교의 세계관을 놓치지 않았다.

### 사랑 때문에 모든 것을 알게 된 젊은이 이야기

〈슬럼독 밀리어네어〉는 인도 빈민가에서 성장한 자말이라는 청년의 이야기다. 2006년, 인도 뭄바이. 빈민가 출신의 고아 자말은 거액의 상금이 걸려 있는 '누가 백만장자가 되고 싶은가' 라는 최고 인기

퀴즈쇼에 참가한다. 모두에게 무시당하던 자말은 예상을 깨고 최종 결선에 오른다. 이 과정에서 그의 부정행위를 의심한 사회자의 신고로 경찰에 끌려가는 수모까지 당한다. 하지만 자말은 모든 문제를 다 맞히고 그것으로 인해 여자친구인 라티카까지 만나게 된다.

평자들은 이 영화를 가장 인도적인 영화라고 표현하는 데 주저하지 않는다. 인도 뭄바이의 빈민가 모습이나 인도의 사회상도 그렇고, 가난한 청년이 퀴즈를 맞히는 데 대한 공권력의 의심 또한 인도 사회의 실상을 짐작케 한다. 한국에서 야간 상고 출신의 박노해 시인에게 시를 대필한 명문대 출신의 원작자의 이름을 대라며 고문했다는 사건처럼 말이다. 그러나 이 영화가 인도적이라고 할 수 있는 가장 큰 이유는 수행과 깨달음(행위와 구원)의 관계를 잘 보여주기 때문에 그렇다.

인도의 종교는 기본적으로 브라만 사상에 기초하고 있다. 힌두교와 불교 모두 브라만 사상의 변용에 다름 아니다. 브라만 사상의 기초 사상인 범아일여는 우주의 근본 진리인 브라만(Brahman)과 자아(Atman)가 같다는 사상이다. 그러므로 거기에는 일체의 차별이 없다. 자신이 곧 우주라는 것을 깨닫는 순간 구원이 이루어진다. 그러나 우주와 내가 하나임을 깨닫는 것이 말처럼 쉬운 것은 아니다. 개별적 자아(jivatman)는 초월적 자아(paraatman)를 통해 브라만을 만난다. 개별적 자아가 우주와 같다는 것을 알기 위해 반드시 거쳐야 하는 과정이 초월적 자아의 단계이다. 초월적 자아에서는 개별적 자아가 사라진다. 사람들은 이 개별적 자아의 한계를 극복하기 위해 수행한다. 인도 사상에서 수행은 철저하게 현실 삶에 기초를 두고 있다. 심지어는 섹스까지도 진지하다면 깨달음의 도구가 될 수 있다.

이처럼 살아가는 모든 행위가 우주의 진리를 간직한 채 행해진다면 개별적 자아는 극복되고 초월적 자아가 모든 사람들에게 공유되고 있음을 알게 된다. 그때 나의 행위는 옳고 너의 행위는 틀리다는 차별성은 사라진다. 보는 자와 보이는 것이 하나가 되며, 아는 자와 알게 되는 지식이 하나가 된다. 존재와 지식이 하나가 되는 것이다. 자말의 삶은 그것을 보여준다.

경험하지 않은 것은 지식이 아니다.

그런 점에서 〈슬럼독 밀리어네어〉는 그야말로 인도적이다. 자말이 퀴즈에서 맞춘 모든 문제는 그가 겪은 모든 진지한 삶의 현장에서 얻어진 것이다. 자말은 경험하지 않은 문제는 답을 모른다. 문제의 난이도가 중요한 것이 아니라 체험이 그에게는 지식의 근거이기 때문이다. 퀴즈쇼에서 그가 맞춘 첫 문제는 영화배우에 관한 것이었다. 인도의 유명 배우를 좋아하던 자말은 배우가 마을을 방문했을 때 하필이면 화장실에 갇혀 버린다. 위기의 순간 그는 스스로 똥통에 뛰어드는 선택을 하며 배우의 친필 사인을 받아내는 데 성공한다. 유명 배우의 사인은 스스로를 희생해서 얻은 최초의 성과물이다.

하지만 자말의 형은 그것을 자본으로 바꾸어 버린다. 여기서 두 사람의 인생관이 조금씩 벌어지기 시작한다. 원하는 것만 얻을 수 있다면 그 밖의 것은 얼마든지 희생할 수 있다는 자말과 자본을 최상의 가치로 생각하는 형의 가치관이 영화 내내 긴장의 축이 된다.

그가 푼 문제 중에는 종교 문제도 있다. 자말의 가족은 이슬람 지역에 살고 있었다. 이슬람으로 개종하는 힌두교인들은 대부분 사회적으로 낮은 계층의 사람들로 인도의 무시무시한 신분제인 카스트 제도를 피해서 개종한 사람들이다. 카스트 제도를 신봉하는 이들에게 노예나 다름없는 계층이 타종교로 이탈한 것은 기득권에 대한 도전으로 받아들여진다. 이들이 활과 화살로 상징되는 라마신의 이름으로 무슬림에 대한 대낮 테러를 자행해도 공권력은 외면한다. 자말은 왜 라마와 알라가 싸워야 하는지 이해하지 못하지만 싸움은 그에게 새로운 지식과 사랑을 선물했다. 라마와 알라의 싸움으로 어머니를 잃었지만, 자말은 소중한 여자 친구를 얻었기 때문이다.


자말은 여자 친구를 다시 만날 수 있을까?


자말 형제는 앵벌이 생활을 하면서 인생을 개척해 나간다. 여자 친구인 라티카와 원치 않는 이별을 하지만 그의 기억 속에는 늘 라티카가 남아 있다. 어느 날 앵벌이 시절 친구인 맹인 소년에게 100달러라는 큰돈을 건네지만 여기에는 내가 그를 위해 적선을 베푼다는 의식이 없다. 돈은 라티카의 소식을 듣는 기쁨에 비하면 아무것도 아니기 때문이다.

자말이 겪었던 힘겨운 삶의 과정과 여자 친구를 찾는 것은 직접적인 인과관계가 없다. 다시 말해 경험하는 것과 여자 친구를 다시 만나는 것은 다른 세계다. 자말은 진리(여자 친구와의 사랑)를 찾아가는 길에서 자기 삶에 닥친 모든 경우에서 진지했을 뿐이다. 여자 친구를 만나려는 열정은 삶의 추동력일 뿐 실현 가능성은 그의 몫이 아니었다. 하지만 진지함이 경험을 축적시켰고, 그것이 곧 지식(앎)이 되었다. 마치 구약 언어에서 안다는 말을 뜻하는 야다(yada)가 육체에 의한 앎을 의미했던 것처럼 자말의 앎은 삶 전체에서 얻어진 것이다.

우리는 삶에서 어떤 행위를 하든지 초월을 고려해야 한다. 그것에서 당연히 실천도 나오고 사랑도 나온다. 수행은 바로 이런 것이다. 정답을 맞히려고 노력하는 것이 아니라, 진리가 무엇인지 구체적으로 몰라도 분명히 선한 것이라는 것을 '믿고' 사는 것이 수행이다. 우리는 진리가 구원할 것이라는 것을 믿는다. 하지만 구원의 진리를 내가 통제할 수는 없다. 그것이 바로 믿음의 영역이다. 영화에서처럼 경험을 체화시키는 자말의 수행은 지식을 가져다 주었고 지식은 여자 친구와의 만남이라는 구원을 완성시켰다. 자말은 경험 앞에서 자신을 부정한다. 100달러라는 거액을 친구에게 주는 행위에서, 화장실에 빠지는 시도에서 자기 부정을 배운다. 진리를 향한 길에는 자기 부정이 반드시 따라와야 한다. 어느 종교에서든지 실천을 통해 자신의 행위를 내세우는 순간 진리의 길은 멀어진다.

## 종교에서 믿음과 실천의 관계

성서에는 마지막 날에 구원 받은 사람이 나는 별로 한 것도 없는데 어떻게 구원을 받았느냐고 예수께 묻는 이야기가 나온다. 이때 예수는 이렇게 대답한다. "너희가 여기 내 형제자매 가운데, 지극히 보잘 것 없는 사람 하나에게 한 것이 곧 내게 한 것이다(마태복음 25: 40)." 예수는 신적 존재라는 보편성을 지니지만 동시에 우리 주변에 있는 개별자들에게서 예수를 발견할 수 있다는 것이 이야기의 주제다. 그런데 이렇게 뒤집어 보면 어떨까? 구원을 받지 못한 제자가 스승에게 물었다. "나는 지극히 보잘 것 없는 사람에게 많은 것을 베풀었는데, 스승께서 만드신 구원받은 자의 명단에 왜 내가 빠져 있습니까?" 이때 예수는 이렇게 대답했을 것이다. "너는 지극히 작은 사람이 이미 예수인 줄 알고 베풀었다. 그래서 구원에서 배제되었다."

믿음과 행위의 관계는 기독교를 비롯한 모든 종교의 오래된 화두

다. 특히 기독교에서 '오직 믿음으로'는 주요 교리인데 여기에 천착
하는 복음적인 기독교인들과 달리 진보적 기독교인들에게 썩 내키는
교리는 아니다. 믿음이라는 용어가 진보적 실천을 가로막는다는 생
각에서다. 그래서 '예수 따라 살기'도 해 보고 역사적 예수를 추적해
보기도 한다. 예수처럼 살고 싶어 하는 이들에게 오직 믿음으로라는
교리의 창시자 바울은 예수의 사상을 왜곡한 공공의 적이 된다. 현대
기독교인들은 예수교를 믿는 것이 아니라 바울교를 믿고 있다고 비
판한다.

## 실천은 종교의 덕목만은 아니다

그러나 잊고 있는 것이 한 가지 있다. 만약 바울이 없었다면 우리가
과연 중동의 한 작은 나라, 그것도 갈릴리 지방이 주무대였던, 나아가
서 갈릴리 곡창지대에는 얼씬도 못해 보고 호숫가로, 변방으로 돌았
던 한 사람, 예수를 지금 알 수나 있었을까? 바울 때문에 예수를 알게
된 사람들이 그래서 예수처럼 살아보자는 고민도 생겨난 것인데 바
울을 슬쩍 제쳐 두는 것은 정직하지 못한 일이다.

슬라보예 지젝이 이야기했듯이 예수가 칼 마르크스였다면 바울은
레닌이 된다. 마르크스의 사상이 이상에 치중했다면 레닌은 그것을
정치 세력화해서 마침내 볼셰비키를 성공으로 이끌었다. 만약 레닌

이 없었다면 한 세기를 풍미했던 사회주의는 상상할 수 없을 것이다.

예수가 마리아와 마르다라는 자매 집을 방문했을 때 마르다는 예수의 접대를 준비하고 있었고 마리아는 예수의 가르침을 듣고 있었다.(누가복음 10장). 자신만 고생한다고 생각한 마르다는 참다 못하고 예수께 마리아도 자신의 일을 돕게 하라고 요청한다. 마리아가 예수를 독점하고 있고 자신의 노동은 소외되고 있다고 느꼈던 것이다. 이때 예수는 오히려 마르다를 질책하며 마리아가 좋은 쪽을 택하였다고 단언해 버린다. 두 자매의 갈등은 포스트모더니즘과 다시 그것을 극복하려는 시도 사이의 갈등과 유사하다. 보편적 가치를 극복한 포스트모더니즘의 입장에서 보면 진리에의 참여(마리아)와 노동(마르다)은 각각의 의미를 지니므로 한쪽 편을 들어주는 예수는 틀렸다. 그러나 포스트모더니즘에서 벗어나 주체를 찾으려는 새로운 시도의 입장에서 보면 예수는 어느 한 쪽을 편들어 주었다기보다는 실질적으로 변혁의 도구가 될 수 있는 쪽을 우선했을 뿐이다. 변혁을 위한 이데올로기적 기초가 된 뒤에 행하는 실천이 더 의미 있다고 예수는 생각했던 것이다.

한국 사회에서 보수적 종교인들이 뱉어 내는 발언들은 사회를 중세로 되돌려 놓으려는 시도처럼 보일 때가 한두 번이 아니다. 이에 맞서는 진보적인 종교인들은 교리와 제도 안에 매몰된 종교인들을 끌어내기 위해 실천의 측면을 강조하는데 이들은 중세를 벗어났지만 계몽주의적 근대를 벗어나지 못하고 있다. 적어도 종교라는 체계 안에서는 중세가 근대보다 힘이 있다. 이것이 개혁을 끊임없이 시도하는 실천적 종교인들이 보수적 종교인들을 당해 내지 못하는 이유다. 그러므로 기독교 근본주의자들이 '오직 믿음으로'를 외치며 기독교의 사회적 책무를 외면하는 것이 보기 싫다고 바울의 해석까지 버릴수는 없다. 역사적 예수에만 초점을 맞추는 계몽적 근대성의 한계를 바울은 예견이라도 한 듯이 거침없이 역사를 영으로 치환시켰다. 바울의 케리그마 계획은 대성공이었다.

종교가 없다고 해서 이웃을 사랑하지 않아도 되는 것은 아니다. 반대로 내가 종교인이기 때문에 실천을 의무적으로 해야 되는 것만도 아니다. 이웃 사랑은 그냥 보편적, 즉 근대적 명제일 뿐이다.


## 유위의 종교, 무위의 종교


행위와 실천이 근대적 명제를 넘어서 종교적 명제가 되는 방법은 없을까?

기독교에서 실천은 영어로 practice다. 실천신학(Practical Theology)이라는 용어에서도 알 수 있듯이 기독교 실천은 예배를 포함한 의례 행위를 주로 의미했다. 그러므로 기독교인의 실천은 윤리가 아니라 성사적(聖事的) 의미를 지녀야 한다. 하지만 오늘날의 기독교 실천은 어떤 정의로운 행위, 구제 행위 등으로 그 의미가 축소되었다.

기독교뿐 아니라 모든 종교에서 실천은 윤리적 행위가 아니라 종교적 수행이 되어야 한다. 신앙이란 끊임없이 새로운 것을 알아 가며 신의 말씀을 들어 가는 과정이다. 그런데 이미 지극히 작은 자에게서 예수의 모습을 발견할 줄 아는 눈치를 가진 사람들이 그가 예수이기 때문에 베푼다면 그것은 위선이 된다. 복을 받기 위해 헌금하는 행위와 예수인 줄 알고 실천하는 행위가 과연 그렇게 다를까? 누구는 기복적이고 누구는 정의롭다고 자신 있게 말할 수 있을까? 노자가 무위(無爲)를 강조한 것은 바로 이 때문이다. 모든 전제와 자기 결론, 자기 합리화는 유위(有爲)가 된다. 이미 자기 안에 있는 결론은 결코 신앙의 과정에 도움이 되지 않는다.

이른바 진보적 종교인들이 주장하는 실천의 한계가 바로 여기에 있다. 이웃을 위해 베푸는 것이 종교적 가르침이기 때문에 행하는 것

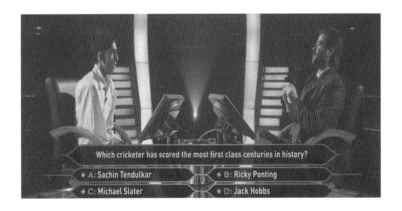

Which cricketer has scored the most first class centuries in history?
♦ A: Sachin Tendulkar    ♦ B: Ricky Ponting
♦ C: Michael Slater    ♦ D: Jack Hobbs

이라면 그것은 종교적 실천이 아니라 동정이거나 투자가 된다. 성사적 실천을 통해 하느님을 만나려는 인간의 소박한 종교성은 사라지고 윤리적 '자기 의'만 자리 잡게 된다. 데이비드 흄의 이야기처럼 신을 진정으로 경배하는 방법은 신의 존재를 무시한 채 도덕적으로 행동하는 것이다. 실천을 강조하는 종교인들이 한 번쯤은 되새겨야 할 이야기다.

실천은 윤리가 아니라 수행이 되어야 한다. 실천이 윤리라면 수행은 나를 버리고 진리에 도달해 가는 과정이다. 깨달음(구원)과 수행(실천)의 문제로 수백 년 동안 씨름해온 돈오점수(깨달음 이후에 수행을 해야 한다)와 돈오돈수(깨달음과 수행은 동시에 이루어진다) 중에서 정답을 고르는 일은 영원히 풀리지 않을 숙제인지도 모른다.

그런데 우리는 이러한 고민 없이 한쪽에서는 오직 믿음으로를 외치고, 한쪽에서는 행위를 강조한다. '믿음주의자들'의 가르침에서 예수가 보여주었던 실천은 오간 데 없어지고, '행위주의자들'에게 바울의 가르침은 사라진다. 둘 다 정직하지 못하다.

## 수행 끝에 찾아오는 신비의 세계

수행과 믿음의 완성 사이에는 신비의 영역이 있다는 것을 영화는 보여준다. 마지막 문제를 앞둔 극적인 순간, 더 솔직히 말하면 빈민가의 무식한 청년이 퀴즈쇼를 농락하는 일이 생기려는 순간 퀴즈쇼 사회자는 자말의 실수를 유도하기 위해 마지막 문제의 가짜 답을 슬며시 던진다. 주인공은 답을 모른다. 답을 알 수 있었던 어린 시절의 기억은 여자 친구 라티카의 인상에 덮여졌기 때문이다. 그러나 사회자의 속임수에도 불구하고 자말은 마지막 문제를 '찍어서' 맞힌다. 그것은 우리가 살아가면서 닥치는 말로 설명할 수 없는 신비의 영역이다. 그러나 신비 또한 수행에서 나온다.

영화가 시작할 때 관객들에게 객관식 문제를 던진다. 주인공이 문제를 다 맞힐 수 있었던 이유는? 1번 속임수로, 2번 운이 좋아서, 3번 천재여서, 4번 그렇게 쓰여 있으니까? 영화는 마지막에 4번이 정답이라고 일러준다. 각본에 그렇게 쓰여 있다는 우스개 소리이기는 하나 그 또한 종교적 표현으로 읽힌다.

1~3번은 사람들이 원하는 바를 얻기 위해 사용하는 인생의 방편들이다. 어떤 이는 속임수로 어떤 이는 운이 좋아서, 어떤 이는 자신의 머리로 세상을 헤쳐 나간다. 그에 비해 4번 '쓰여 있으니까(Written)'는 기독교식으로 말하면 하느님의 섭리 또는 예정이며, 브라만식으로 이야기하면 우주와 내가 하나라는 의미에서 나온 사실이다. 이미 그럴 수밖에 없다고 쓰여진 것과 같은 삶을 살아가는 것은 삶에 그냥 묻혀 가는 것이 아니라 바로 그렇기 때문에 더욱 삶을 진지하게 만들려는 의도를 담고 있다.

## 일상에서 진지하기

비실천적 기독교인들에 대한 비판으로 기독교계 내에서 오래 전부터 실천의 문제가 제기되어 왔다. 그러한 고민 끝에 나온 민중신학이나 해방신학 모두 호교를 위한 순수한 열정이었다. 그러나 개별 행위가 초월과 신비가 생명인 종교적 진리를 보여준다면, 둘 중에 하나는 가짜다. 개별 행위가 아니거나 초월 행위가 아니거나. 논리적으로도 개별자는 초월에 영향을 미치지 못한다. 개별자가 곧 초월자라는 범아일여사상조차도 둘이 직접 연결될 수 없음을 알았기에 초월적 자아라는 고리를 만들었다.

그런 점에서 '오직 믿음으로'라는 교리가 행위를 부정하는 것은 바울이나 루터의 주장이 아니라, 어떤 종교에서든지 표현만 다를 뿐 종교의 축을 이루고 있는 진리다. 믿음은 개별자와 초월자를 연결시키는 유일한 고리인 것이다.

노숙자 급식 현장에서, 아프리카를 비롯한 제3세계 기아의 현장에서 행해지는 종교인들의 선한 일들을 보며 우리는 감동을 받는다. 하지만 그것이 계몽적 선행에 그쳐 버린다면, 하는 사람들이나 감동을 받는 사람들 모두에게 손실이다. 다만 근대인을 넘어 초월적 믿음의 세계를 경험하고 싶다면 행위에 몰입하지 말고 수행하라! 사랑이 되었건, 섹스가 되었건, 나눔이 되었건, 베풂이 되었건, 혁명이 되었건,

공부가 되었건 진지하자. 개별적 행위가 어떤 결과에 영향을 미칠 것이라는 인과적 사고를 하는 순간, 우리의 진지함은 사라지고 진리도 저만치 떠날 것이기에 그냥 진지하면 된다. 〈슬럼독 밀리어네어〉는 『바가바드기타』의 다음 구절을 영화로 만든 것과 같은 긴 여운을 남긴다.

그대는 행위에만 관심을 가져야지 행위의 결과에는 관심을 갖지 말아야 한다.
행위의 결과를 동기로 삼지 말아야 하며 또한 행위를 하지 않으려고도 하지 말아야 한다.

확고한 헌신으로 그대의 일을 하라.
오 부를 정복하는 자여!
집착을 버리고 성공과 실패를 같은 것으로 여겨라.

마음의 평등을 수행하며
행위의 결과를 포기한 지혜로운 사람들은
태어남과 죽음의 굴레에서 풀려나며
괴로움이 없는 경지에 이른다.

(바가바드기타)

# 영혼은 없고 기술이 지배하는 시대

## 라스트 엑소시즘

원제 : The Last Exorcism

감독 : 다니엘 스탬(Daniel Stamm), 2010

이 영화는 손으로 카메라를 잡고 촬영하는 핸드 헬드 기법을 이용한 페이크 다큐멘터리다. 카메라는 시종일관 주인공인 마커스 목사를 쫓아간다. 악령을 쫓아내는 퇴마술사로 유명한 마커스 목사 자신은 정작 악령을 믿지 않는다. "신을 믿으면 악마도 믿어야 한다."는 영화 카피를 뒤집으면 악마를 믿지 않으면 신도 믿지 않는다는 말이다. 마커스는 그런 인물이기에 진짜 악령과 대면하는 순간 목숨을 잃는다.

제목이 라스트 엑소시즘인 이유는 현대인이 가장 신뢰하는 기술

문명이라는 종교조치도 악령을 치료하지 못했다는 점에서 '마지막'이다. 정신병을 치료하는 현대 의료가 하나의 기술이듯이 그는 현대 기술을 이용해 귀신들린 자를 치료한다. 따라서 그의 행동은 관객의 입장에서 보면 종교 사기이지만 아무것도 믿지 않는 마커스에게는 정당한 절차이다. 그것이 다큐멘터리 촬영을 허용한 이유이기도 하다. 종교가 이성적이지 않아서 비판하는 사람들은 영화를 보고 종교가 이성에 기초를 둔 기술에 의존하고 있다고 비판한다. 영화는 농담 같은 이야기를 통해 우리의 이런 빈틈을 노린다.

마커스 역할을 맡은 패트릭 파비언은 2010년 판타스틱 영화제로 유명한 스페인의 시체스(Sitges) 영화제에서 남우주연상을 수상했다. 시체스 영화제는 1971년 윤여정이 〈화녀〉(김기영 감독, 1971)로, 2009년 김옥빈이 〈박쥐〉(박찬욱 감독, 2009)로 여우주연상을 수상하는 등 한국 영화계에 친숙한 영화제이다.


## 테크놀로지에 희생된 목사 이야기


종교와 과학은 불편한 동거의 관계다. 인류의 행복을 기원한다는 점에서 둘의 목표는 같을 수 있기에 종교계 일부에서는 과학과의 대화를 시도한다. 하지만 목표에 이르는 이해의 구조가 다르기 때문에 실제로는 실험에 그치고 만다. 과학에서는 실체적 증거가 있어야 진리로 입증된다.

　이미 우리는 영화 〈살인의 추억〉(봉준호 감독, 2003), 〈조디악〉(데이빗 핀처 감독, 2007) 등에서 실체적 증거의 한계를 확인했지만 수많은 과학의 혜택 속에 살아가는 현대인의 의식 속에는 증명된 것만이 진리라는 생각이 들어 있다. 이를 극복하기 위해 영성을 가미한 프리초프 카프라의 신과학(new science)이 잠시 과학계에 새 바람을 불러일으키기도 했으나 과학은 결국 영성보다 테크놀로지를 택했다. 테크놀로지란 사전적 정의대로 "인간의 욕구와 욕망에 적합하도록 주어진 대상을 변화시키는" 속성을 가지고 있기 때문에 과학과 기독교 모두에게 위협이 된다. 반면 기독교는 가능하면 과학의 토대가 되는 인과관계를 끊으려고 한다. 순종과 축복이라는 율법서의 인과관계가 실제 삶에서 실현되지 않는 것에 회의하던 히브리인들은 욥을 만나면서 모든 고민을 해소해 버린다.

## 테크놀로지에 의존하는 마커스의 퇴마의식

　영화 〈라스트 엑소시즘〉의 주인공 코튼 마커스 목사는 어릴 때부터 독특한 능력을 보이며 성장했다. 뛰어난 언변을 가진 그는 설교 시간에 카드 마술을 이용하는 등 교인들을 보다 재미있게 구원의 길로 인도한다. 마커스는 한국의 부자 목사들과 달리 자기 능력에 비해 돈은 못 번 것 같다. 그는 귀가 안 좋은 이들의 보청기를 바꿔 주기 위해 돈을 걱정해야 하는 사람이다. 그에게는 귀신을 쫓아내는 퇴마의 능력이 있다. 영화는 마커스 목사의 퇴마의식을 방송사에서 취재하는 형식의 페이크 다큐멘터리(fake documentary)로 만들어졌다. 그는 취재진과 함께 넬이라는 소녀의 퇴마의식을 거행하기 위해 루이지애나로 간다. 마귀에 걸린 딸을 치유해 달라고 마커스 목사에게 편지를 보냈던 아버지는 딸의 증상을 치유하는 방법은 퇴마의식밖에 없다고 믿는다. 병원도 기성 교회도 믿지 않는 넬 아버지의 부탁으로 마커스 목사는 퇴마의식을 시작한다.

그런데 마커스의 퇴마의식은 테크놀로지의 도움을 받고 있다. 그는 귀신 소리를 내는 도구를 숨겨 놓고, 퇴마 현장에 있는 사람들이 마귀가 나타난 것처럼 속게 만드는 장치를 이용한다. 여러 가지 조작 속에 퇴마의 분위기는 달아오른다. 결국 소녀는 치유된다. 마커스에게 있어서 마귀는 존재하지 않거나 존재해도 단순한 몇 가지 속임수 장치로 제거될 수 있는 존재다. 아니면 심리학적 설명으로 충분히 이해될 수 있는 존재다. 그동안 퇴마를 위해 진지한 의식을 행하던 엑소시즘 영화 속의 가톨릭 사제들과 달리 개신교 목사 마커스에게는 특이한 면이 있다. 이 장면에서 관객들 또는 영화를 본 네티즌들은 떨어진 개신교의 위상을 반영이라도 하듯이 "사기꾼", "속임수"라는 비난을 퍼붓는다.

영화는 바로 이들의 어리석음을 노렸는지도 모른다. 마커스에게 이것은 속임수가 아니다. 현대 사회에서 없어서는 안 될 테크놀로지의 도움을 받아 고통 받는 환자를 치유하는 것뿐이다. '너희들은 테크놀리지의 추종자가 되어 있으면서 왜 나는 안 되냐?' 고 항변하는 것처럼 마커스는 자신의 능력을 속임수라 생각하지 않는다. 게다가 그는 현대 테크놀로지가 잊고 있는 영성까지 가미했는데 누구도 비난할 수 없다. 그렇기 때문에 방송사의 취재를 허락한 것이다. 모든 기술이 집약되어 있는 방송은 새로운 종교다. 마커스가 자신의 일을 속임수라고 생각했다면 취재를 허락하지 않았을 것이다. 수많은 속임수가 있고 거짓이 있는 미디어에 현대인은 현혹된다. 드라마 〈시크릿 가든〉(2010, SBS 방영)이나 영화 〈아바타〉(제임스 카메론 감독, 2010)를 보면서 감동을 받지 누구도 속임수라고 흥분하지 않는다. 마커스는 바로 그것을 노렸다.

퇴마라는 신비한 일을 하지만 실제로는 신비와 마귀를 인정하지 않는 용감한 목사는 보기 좋게 퇴마에 성공하고 두둑이 돈을 받는다. 보청기라는 테크놀로지는 신의 이야기가 아니라 세상의 이야기를 듣는 장치다. 종교인들이 즐겨 쓰는 예화인 베토벤이 청력을 잃은 뒤에 많은 교향곡을 작곡했다는 이야기는 의미 없다. 아이는 과학기술의 도움을 받아 청력을 회복해야 한다. 귀 나쁜 아이에게 필요한 것은 치유의 기도도 아니고 의미의 부여도 아니고 오직 보청기밖에 없다는 것을 마커스는 굳게 믿고 있다.

세례 요한의 아버지 사가랴는 아내의 수태 소식을 천사로부터 듣고 도저히 이해가 안된다는 식으로 반응한다(누가복음 1장). 사가랴는 아내 엘리사벳과 더불어 모든 계명과 규례대로 흠이 없이 행하던 의인이었으나 이해가 되지 않는 일들에 대해서는 불편함을 감추지 못한다. 그의 의가 사라지는 순간이다. 이에 가브리엘 천사는 요한이 태어날 때까지 사가랴가 말을 못하게 만들어 버린다. 마커스 아들의 보청기는 합리적인 이야기만 들으려는 마커스를 은유한다. 이해의 영역 밖에서 일어나는 일이 불편했던 사가랴는 말을 못하고 근대성의 산물인 테크놀로지 안에 머물려는 마커스의 아들은 듣지 못한다.

## 처음으로 경험한 풀 수 없는 문제를 고민하다

소녀를 치유한 뒤 시내 모텔에 투숙하고 있던 일행에게 넬이 잠옷 바람으로 찾아온다. 소녀의 발작이 다시 시작된 것이다. 게다가 마커스 일행이 어디에 묵고 있는지도 몰랐던 넬의 방문에 일행은 혼란에 빠진다. 근대 사회가 이해할 수 없는 행동들을 광기로 규정하며 격리시켰다고 걱정하던 이는 미셸 푸코였다. 시골에서 기술적 목회만 익히던 마커스가 푸코를 읽기는 했을까? 여하튼 그의 눈에는 넬이 자신의 거처를 알아낸 이해할 수 없는 일이 광기로 밖에 보이지 않는다.

당황한 마커스는 넬에게 필요한 것은 퇴마의식이 아니라 병원이라고 생각하며 자신의 근대성이 병원이라는 거대한 근대의 권력 앞에 보잘것없는 것임을 인정한다. 푸코가 언급했듯이 18세기 이후 몸을 통제해 온 권력의 메커니즘으로서의 병원 제도에 굴복하게 된 것이다. 그러나 넬의 아버지는 환자를 비인격화시키고 세속화시키는 병원을 거부한다. 영화에서 병원 직원들은 마커스를 취재하는 카메라를 치워줄 것을 요구한다. 환자를 감시의 대상으로 보는 근대 병원은 자신들이 미디어에게 감시당하는 것을 경계한다.

넬의 아버지가 병원을 거부하자 마커스는 넬이 다녔던 동네 교회를 찾는다. 쇠퇴를 거듭하는 전형적인 미국 교회의 모습이다. 한가해 보이는 목사와 목사의 아내일 수도 있고 비서일 수도 있는 뚱뚱한 여성, 미국 교회에서 심심찮게 발견할 수 있는 인적 구성이다. 동네 교회 목사는 오래 전에 넬의 가족이 교회를 떠났던 것을 안타까워했다. 마커스는 자기의 이해를 넘어서는 사건으로부터 속히 발을 빼고 싶은 마음에 소녀의 치유를 동네 교회 목사에게 부탁한다. 자기와 같은 세련된 목사는 아니지만 전통적인 목회 현장에 종사하던 이에게서 해답을 찾을 수 있다는 작은 기대 때문이다. 마커스는 비로소 전통적인 교회 제도 앞에 작아진 자신을 발견한다. 그의 근대적 치유 방법은 병원에 굴복하고 구원을 향한 그의 세련된 목회 형태는 전형적인 동네 교회 목사에게 부탁하는 신세가 된다.

## 관객을 다시 혼란에 빠뜨리는 넬의 임신

초라해진 자신을 돌아보던 마커스는 우연히 들은 전화 메시지를 통해 넬의 임신 사실을 확인한 뒤 다시 인과관계에 집착한다. 영화가 이쯤 되면 관객들은 소녀의 증상에 대해 마커스 목사와 함께 추리를 시작한다. 관객들은 외딴 농가에서 사는 기괴한 분위기의 아버지나 오빠에 의한 근친상간이 소녀의 발작 원인은 아닐까라고 추측한다. 신문에서 읽은 비슷한 사건, 영화에서 본 듯한 비슷한 장면이 오버랩되면서 관객들은 모두 퇴마에 동참한다. 마귀는 심리적 발현에 지나지 않는다는 현대인의 믿음을 끝까지 포기하지 않게끔 영화는 유도한다. 관객과 마커스의 추측에 어긋나지 않게 영화는 소녀와 잠시 알고 지냈던 한 소년으로 초점이 옮겨진다. 그러나 소년은 모두의 추측을 비켜간다. 소년은 소녀에 관심이 없는 동성애자이며 넬과 잠시 알고 지냈던 일 또한 지금 임신 상태의 원인이 되기에는 오래 전 이야기다. 마커스는 또 한번 무너진다. 처음으로 인생에 풀 수 없는 문제와 만나게 된 것이다. 그냥 모른 척하고 동네를 떠나도 될 마커스지만 그의 탁월한 기술에 오점을 남기고 싶지는 않았기에 다시 넬의 집으로 향한다. 그는 거기서 동네 교회 목사가 주관하는 넬의 퇴마의식을 본다. 거기에는 장치도 없고, 속임수도 없다. 그의 눈 앞에서 벌어지는 기괴한 퇴마의식 속에서 넬은 뱃속에 있는 아발람이라는 마귀를 출산한다. 그때 숨어 보던 마커스와 방송사 직원은 발각되고 아발람을 불에 태워 없앤 퇴마의 승리자들은 비밀을 목격한 이들을 무참하게 제거한다. 그들의 눈에는 테크놀로지에만 의지하는 마커스 일행이 마귀로 보였을 것이다.

기존의 엑소시즘 영화가 마귀에 초점이 맞추어져 있다면 영화는 테크놀로지 시대의 마귀를 보여준다. 마귀의 존재 여부가 중요한 것이 아니라 근대적 이성으로 모든 것을 설명하려는 인간이 마귀를 불러내는 매개다. 기존 영화에 나오는 퇴마사들이 대부분 가톨릭 신부였다면 여기서는 근대의 세례를 더 많이 받은 개신교 목사가 퇴마사다. 그는 마귀를 얕잡아 보다가 당한다. 테크니션 마커스는 끝까지 근대의 맥락에서 없는 마귀와 대적하다가 목숨까지 잃는다. 그래서 영화는 마지막(라스트) 엑소시즘이다. 현대인들이 마지막까지 의존하던 과학 기술까지 마귀를 당해낼 수 없다면 마귀는 이해의 영역 밖에서 계속 활동할 것이다.

## 마귀는 제거된 것처럼 보일 뿐이다

현대의 종교 전문가들은 진리의 문제를 고민하기보다 얄팍한 심리기술로 대중들을 현혹한다. 모두가 부자가 되려는 욕망의 마귀를 치유하기보다는 성공학 서적에서 읽은 몇 마디 이야기로 대중들에게 이루어지지 않을 꿈을 심어준다. 마귀가 마커스의 손 안에 있는 것처럼 보였듯이 자녀의 성공과 행복한 가정은 종교인들의 손 안에 있어 보인다. 영성가는 없고 테크니션만이 인정받는 시대다. 그러나 영화에서 마귀가 퇴마되지 않았듯이 가벼운 심리적 안정과 성공의 욕망 속에서 우리 안의 마귀는 더욱 교활해진다. 슬라보예 지젝이 영국의 신학자 존 밀뱅크와 함께 이 영화를 이야기하면서 "마귀는 마치 제거된 것처럼 행동할 뿐이다."라고 말한 것은 적절한 해석이다. 마귀는 스스로 잉태되고 실재하면서 근대의 세례를 받은 현대인들이 마귀로 인해 죽어가는 것을 즐긴다.

영적 기술자는 모든 것은 인간의 능력 안에 있다고 믿는 테크놀로지의 세계관을 선포한다. 그들의 설교에서 신은 보조자로 언급된다. 보조자를 잠시 제쳐둔 현대인들은 더 큰 재앙에 노출된다. 마귀의 영

향 아래 있는 넬은 겨우 몇 마리 가축들을 죽였지만 마귀를 부정하는 현대인들은 수백만 마리의 가축을 살처분한다. 마귀가 아니라 구제역이라는 과학적 명칭이 현상을 이해할 수 있도록 돕지만 농민들의 아픔에 대한 헤아림은 없다.

집권자들은 재앙을 방치한 채 강바닥을 파헤치는 마귀의 놀음을 하고 있다. 테크놀로지의 광신자들이 산과 강을 통째로 재배열하라고 시킨다고 표현했던 이는 토마즈 휴즈다. 그리고 기괴한 놀이의 관객들은 혹시 파헤쳐진 강바닥으로부터 자신에게 떨어질 이득을 기대하며 애써 현상을 외면한다. 신자유주의에 물든 현대인들은 삶의 물적 상태가 조금 나아지면 모든 불평과 불만의 마귀는 사라질 것이라고 믿는다. 아니 목사들도 그렇다. 헌금하면 돈을 벌고 돈을 벌면 행복하다는 순환은 부흥사들의 단골 메뉴다. 이렇게 모든 것이 기술적으로 단순하게 해결될 수 있다고 믿는 사이 죽음의 세력은 우리를 덮칠 것이다.

## 테크놀로지의 광신도들이 횡행하는 대한민국

신약성서에 나오는 거라사 지역의 광인은 예수를 만나고 괴로워한다(마가복음 5장). 힘과 집단주의를 특징으로 하는 군대 귀신에 사로잡힌 그는 욕망의 사슬로부터 풀려나고 싶기도 하고, 계속 유지하고 싶기도 한 갈등 속에 있다. 그래서 예수 앞에서 괴로워한다. 사람들은 쇠사슬 같은 몇 가지 테크놀로지로 묶어 두지만, 예수는 내면을 치유한다. 예수는 살려달라고 애원하는 귀신들을 욕망의 상징인 돼지 떼에 옮겨 놓는다. 돼지 떼와 함께 욕망은 죽고 군대 귀신으로부터 해방된 자는 예수와 함께 가고 싶어한다.

대한민국에서는 욕망의 죄를 대신 지기라도 하듯 소와 돼지들이 집단으로 살처분된다. 그런데 정작 인간은 거라사 광인처럼 괴로워하지 않는다. 차라리 욕망과 죄 때문에 괴로워하기라도 하면 치유의 가능성이 있어 보이지만 죽어가는 동물들을 보면서 여전히 욕망으로 자신들을 채우고 예수를 따를 생각도 하지 않는다. 테크놀로지의 발달은 사람들이 컴퓨터, TV, 스마트폰 등을 통해 재앙의 이미지들을 실시간으로 볼 수 있게 해 줬다. "테크놀로지는 타인의 고통은 경험해 보지도 않고 그 참상에 정통하게 만들고 진지해질 수 있는 가능성마저 비웃게 된다."는 수잔 손택의 말이 떠오르는 대목이다. 하기야 누가 요즘 세상에 힘든 방법으로 타인의 고통에 민감하며 진리를 따르겠는가! 종교 기관에서 화려하게 제공되는 여러 가지 보조 장치의 도움을 받으면 진리를 따르는 일이 쉽게 되는데 말이다.

신비가 사라진 시대는 불안하다. 모든 것을 기술적으로 해결하는 사회는 마귀가 활동하기 가장 좋은 공간이다. 마귀가 오히려 신비를 안내하는 기괴한 현실 속에서 아직도 깨닫지 못하는 자는 누구인가?

잘
알  지  도
못 하 면 서*

주님께서 거기에서 온 세상의 말을 뒤섞으셨다고 하여, 사람들은 그 곳의 이름
을 바벨이라고 한다. 주님께서 거기에서 사람들을 온 땅에 흩으셨다(「창세기」
11:9).

무릇 도는 천지만물에 스며 있어, 장벽이 없으나 언어는 늘 변하는 것으로 장벽
이 있다. 말로서 생기는 장벽은 무엇인가? 좌(左)와 우(右), 이론(倫)과 논쟁(議),
분열(分)과 변증(辯), 경쟁(競)과 전쟁(爭) 8가지 덕이 있다. 성인은 우주 밖의 존
재를 인정하지만 설명을 하지 않는다. 성인은 우주 안에 대해서 설명하지만 논
쟁을 하지 않는다. 성인은 기록된 선왕들의 역사에 대해서 논쟁을 하지만 옳다
고 우기지 않는다. 그래서 성인은 분별하면서 분별하지 않고 논쟁하면서 논쟁
하지 않는다. 어찌 그러한가? 성인은 모든 것을 마음속에 품기 때문이다. 그러
나 세상 사람들은 스스로 옳다고 주장하며 과시한다. 그러므로 언쟁을 일삼는
자는 제대로 보지 못하는 것이다(장자『莊子』 제물론「齊物論」).

---

* '잘 알지도 못하면서'는 홍상수 감독의 영화 제목이다. 이 책에서는 홍상수의 영화를 다루고 있지 않지
만 일종의 오마쥬로 제목을 빌어왔다.

━━━━━━━━━━━ 요즘 소통(疏通)이라는 말이 자주 들린다. 소통을 영어로 하면 communicate인데 둘 사이에는 미묘한 차이가 있다. 소통이 서로 물 흐르듯이 통하는 것이라면 communicate는 community(공동체)와 떼어서 생각할 수 없다. 즉 서구식 소통은 서로 통한다기보다는 내가 가지고 있는 어떤 규범이나 질서 속으로 상대방을 끌어들인다는 뜻이다. 그래서 communicate에 반대하는 사람은 ex-communicate(파문 - 신념 공동체로부터 쫓겨나는 것) 당하게 된다. 소통을 사회 변혁과 연결시킨 사람은 위르겐 하버마스다. 그에게 새로운 사회운동**은 합리적이고 실천적인 의사소통을 제도화하려는 운동을 가리킨다. 자연스러운 소통보다는 제도화를 통해서 새로운 사회를 추구했다는 점에서 물이 흐르는 것과 같은 자연스러운 소통과는 거리가 있다.

** 하버마스는 사회를 행정과 경제를 담당하는 체계와 문화적 영역인 생활세계로 나누면서, 현대 사회에서 행정 경제 영역이 형식적 합리성에 의해 체계화되어 생활세계가 그에 예속된다고 본다. 새로운 사회운동이란 생활세계에의 복원운동을 말하는데 여기서 소통이 강조된다.

──────────── 소통이 사회철학적 화두가 될 만큼 현대인들의 의사 소통 상황은 왜곡되어 있다. 소유한 물건의 상표에 의해 사람의 지위가 짐작되는 시대에 타당한 소통은 불가능하다. 구약성서의 바벨탑 사건에서 신의 힘과 권력을 소유하고 싶었던 인간들은 결국 소통 부재를 경험하면서 뿔뿔히 흩어지게 된다. 장자는 누구보다도 소통의 중요성을 강조한 사람이다. 진리의 세계에서는 모든 것이 통하기 마련이지만 언어의 세계에서 저마다 자신을 내세우느라 소통하지 못하고 싸움으로 치닫는다.

──────────── 이 장에서 소개되는 다섯 편의 영화 〈바벨〉, 〈다우트〉, 〈멋진 하루〉, 〈내이름은 칸〉, 〈쌍생아〉는 소통 부재를 다룬다. 자기 자신도 잘 알지 못하면서 섣불리 타자를 안다고 말하는 순간 우리는 앞에 있는 거대한 장벽에 부딪히게 된다.

# 누구와 어떻게 소통할 것인가?

## 바벨

원제 : Babel

감독 : 알레한드로 곤잘레스 이냐리투(Alejandro Gonzalez Inarritu), 2006

　　모로코 여행 중 관광버스로 갑자기 날아든 의문의 총알에 수잔은
부상을 당한다. 아이를 잃은 뒤 소원해진 부부관계를 회복하기 위한
여행에서 당한 사건으로 남편 리처드는 모든 계획이 뒤죽박죽되는 난
감한 상황에 빠져든다. 리처드 부부의 미국 집에서 아이를 맡았던 유
모의 계획도 어긋나게 되고 아이들은 유모와 함께 예정에 없던 멕시
코 여행에 동행한다. 리처드 수잔 부부에게 닥친 사건은 전 지구적으
로 영향을 미친다. 일본과 모로코, 미국과 멕시코 세계 곳곳에서 여러

사람에게 일어나는 사건들은 모로코 양치기가 쏜 하나의 총알로 얽히게 된다. 먼 곳에 있는 사람들이 서로 얽히게 되는 그물망 속에서 가까운 사람들은 서로 소통하고 있는가를 영화는 묻고 있다. 골든글로브(64회)작품상을 수상했으며, 영혼의 무게를 상징하는 〈21그램〉(2003)을 연출했던 알레한드로 곤잘레스 이냐리투 감독은 〈바벨〉로 칸 영화제(59회)에서 감독상을 수상했다. 리처드 역을 맡은 브래드 피트가 마틴 스콜세지 감독의 〈디파티드〉(The Departed, 2006, 레오나르도 디카프리오와 맷 데이먼 주연)를 마다하고 리처드 역할을 택한 것으로도 유명한 바벨은 작품성에도 불구하고 난해한 내용 때문에 국내 흥행에서 그다지 좋은 성과는 거두지 못했다.

## 폭력을 해제하라며 옷을 벗은 농아 소녀 이야기

같은 말을 쓰던 사람들이 서로 말이 통하지 않게 되었다는 바벨탑 설화(창세기 11장)는 소통에 관한 이야기이다. 바벨탑 설화는 소통의 부재가 하느님의 진노의 결과라는 것을 보여준다. 사람들은 외국어를 배우기 위해 많은 돈과 시간을 들이는데 이것은 소통 수단의 확대라기보다는 소통으로부터의 탈출을 의미한다. 모두가 가지고 있는 모국어 소통 능력은 다른 사람들과 자신을 구별짓는 기준이 아니라고 생각하고 새로운 소통을 위해 외국어를 배운다. 결국 사람들이 추구하는 성공이란 일상적인 소통의 장으로부터 벗어나는 것이다. 그래서 소통의 부재 현상은 구사하는 언어의 개수에 따라 또는 외국어 능력 검증 시험 성적에 따라 계층화된다. 한반도의 남북이 말이 통하지 않은 것은 오래 전 일이고 같은 모국어를 사용하는 사람끼리도 강의 남쪽에 사는지 북쪽에 사는지에 따라 말이 통하지 않기도 한다. 나아가 그의 부모의 소득에 따라, 출신 학교에 따라, 고향에 따라, 들고 있는 호화 사치품의 종류에 따라 말이 통하지 않는 세상에 살고 있다.

그들은 왜 바벨탑을 쌓아 올렸는가? 인간 세계에서 더 이상의 소통은 필요 없다고 생각하고 항상 일방적인 지시만 하는 신에게 도전하고 싶었던 것이다. 신과의 소통을 기술로 해결하려 했다는 점에서는 권장할 일이 못되지만 적어도 신과 소통하고 싶었다는 그들의 욕망은 탓할 일이 아니다. 신이 분노한 까닭은 감히 자신과 소통하려 했던 인간의 교만이라기보다는 그들 사이의 소통도 아직 해결하지 못한 인간이 감히 초월자와의 소통을 욕망했기 때문이다. 고대의 설화에 기초한 바벨 이야기가 21세기 현실 속에서도 의미 있는 텍스트로 남아 있는 이유다.

## 서구와 아프리카의 단절

영화 〈바벨〉은 현대인들의 소통 부재를 다룬 영화다. 아이를 잃고 실의에 빠진 아내를 위로하기 위해 모로코로 여행 온 미국인 리처드 부부에게 버스 여행 중 갑자기 날아든 총알에 아내 수잔이 중상을 입는 사건이 발생한다. 영화가 만들어진 2006년쯤의 이슬람 국가가 가진 폭력성에 대한 오해, 그리고 미개의 상징이 되어버린 아프리카 대륙에 대한 편견, 게다가 낯선 시골 산골이라는 비문명적 지역이 주는 두려움 때문에 관광객들은 공황 상태에 빠진다. 그러나 장비를 갖춘 구급차가 오기 전까지 섣불리 수잔을 옮길 수 없다. 처음에는 함께 걱정해 주던 관광객들도 시간이 길어지자 짜증을 낸다.

관광은 어떤 지역에 대한 호기심으로부터 출발한다. 오래된 성당 앞에서 사진을 찍고 박물관에 들어가 미술품을 감상한다. 역사와 소통하며 장엄함 앞에 겸손해진다. 그러나 관광지가 이른바 '후진국'일 때 관광객들의 태도는 바뀐다. 그들은 후진국의 역사와 소통하려 하지 않는다. 관광객들은 자신과 소통하며 오지를 관광지로 택한 자신들의 용기를 가상해하거나 유명한 관광지는 벌써 다녀왔다는 자신의 계급을 부각시킨다. 그리고 이러한 나라에 살지 않게 된 자신의 운명을 감사하는 데에 이르면서 자기 중심성은 극대화된다. 오지에서 총상을 입은 동료 관광객들과 하염없이 기다려야 하는 관광객들은 자신들의 인내심이 어디까지 참아낼 수 있을지에만 관심을 갖는다. 미국에서는 늘 있는 총기 오발 사고이지만 낯선 나라에서 일어나는 사건에 대해서는 그런 가능성을 애초부터 닫아 버린다. 모로코까지 여행 올 정도면 관광객들은 리처드 부부처럼 고학력 중산층 이상일 것이고 그들의 시사 상식에 입각해 자신들이 지금 국제적인 분쟁의 한 중심에 있다고 쉽게 결론 내 버린다.

그들의 추측과는 반대로 사건은 모로코 산지에서 양떼를 치던 소년들이 장난으로, 설마 맞으리라고는 생각도 하지 못한 채 발사한 총알에 수잔이 우연히 맞은 것이다. 양떼들에 대한 야생 늑대의 공격이 잦아지면서 총기를 갖게 된 산골 농부는 총의 위험을 모르는 아이들에게 양떼를 잘 돌볼 것을 부탁한다. 처음 쥐어 보는 신기한 무기이자 장난감을 가지고 놀던 소년은 엄청난 사건을 저질렀다. 자본주의와 근대의 세례를 받은 관광객들과 유목사회를 유지하는 모로코 산악지대의 사람들은 처음부터 소통할 수 있는 관계가 아니었다. 우연히 발생한 사건에 테러나 분쟁 같은 의미를 부여하면서 소통의 단절은 더욱 심화된다.

## 미국과 멕시코의 단절

리처드 부부는 유모에게 아이들을 맡기고 왔다. 그런데 유모는 멕시코에서 열리는 동생의 결혼식에 참석해야 한다. 리처드 부부와 멕시코인 유모는 서로의 시간을 조절하며 차질없이 계획을 세웠다. 현대인은 시간을 통제할 수 있다고 생각한다. 자신이 짠 스케줄에 따라 사람을 만나고 사업을 계획하고 휴가를 떠난다. 그러나 우연한 사고로 일정에 차질이 생겼다. 선한 사마리아인의 비유(누가복음 10장)에 나오는 외면한 사람들은 왜 그런 짓을 저질렀는가? 그들은 시간에 따라 사는 사람들이었다. 제사를 정해진 시간에 집례하는 것이 제사장에게 주어진 임무다. 부상당한 사람은 정해진 스케줄에 방해가 되기에 외면했을 뿐이다. 호화로운 잔치의 초대를 거절했다는 잔치의 비유(마태복음 22장)에 나오는 이들도 마찬가지다. 그들이 세워 놓은 매매의 계획, 농사의 계획이 있는데 갑자기 반갑지 않은 초대가 끼어들고, 상처 입은 자가 끼어든다. 시간을 통제할 수 있다고 믿는 사람들은 이미 하느님과의 소통에 실패한 자들이라고 성서는 단정한다. 그래서 성서는 신의 시간인 카이로스(Kairos)와 인간의 시간인 크로노스(Chronos)를 나눈다.

멕시코 출신의 유모 아멜리아는 멕시코에서 열리는 가족의 결혼식에 참석해야 하는데 아이를 맡긴 부부에게는 사건이 터지고 급하게 대체한 유모는 제시간에 오지 않는다. 하는 수 없이 유모는 아이들을 데리고 멕시코로 간다. 멕시코의 결혼식에서 모든 사람들은 축제의 시간을 즐긴다. 가난하지만 가족간의 우애는 두텁다. 흥겨운 잔치가 끝난 뒤 아멜리아는 동생 차를 타고 미국으로 다시 돌아온다. 미국에서 멕시코로 여행할 때는 까다로운 수속 절차가 없으나 반대의 경우는 다르다. 백인 아이를 태우고 있는 아멜리아 일행은 국경 경비대의 의심을 받는다. 미국으로 들어가는 모든 국경 검문소 또는 이민국은 인권의 사각지대다. 로스앤젤레스에 있는 이민국 앞에는 매일 새벽부터 많은 사람들이 줄을 서서 초조하게 자신의 순서를 기다린다. 그들이 궁금해 하는 어떤 질문에도 친절한 대답을 기대하기는 어렵다. 아멜리아는 백인 아이들을 돌보는 책임 있는 보호자다. 그러나 돌봄을 당하는 자가 백인이라는 사실이 국경 경비대에게는 이상하게 보인다. 백인들은 이 땅에 사는 주인이고 항상 돌보는 자라는 생각이 뿌리 깊게 박혀 있다. 계속 이어지는 국경 경비대의 모욕적인 검문에 동생은 아멜리아와 아이들을 내려놓고 달아난다. 멕시코에서 미국으로 넘어오는 국경지대에는 해마다 200명 이상의 멕시코인들이 사막에서 갈증이나 독충의 피해로 사망한다. 아멜리아와 아이들은 사막을 넘어 미국으로 가야 한다. 아멜리아가 물을 구하기 위해 아이들을 잠시 두고 자리를 비운 사이 아이들은 국경 경비대에 구조되고 책임감 강한 아멜리아는 아이들을 유기한 파렴치한 유모가 된다. 급기야 아멜리아는 가족과 함께 살아온, 삶의 터전이었던 미국으로부터 추방당한다.

몇 해 전 멕시코에서 넘어오는 밀입국자들의 문제를 다루기 위한 모임에 참석한 적이 있다. 이민 문제에 열린 마음을 가진 진보적인 기독교인들이 주로 참석한 회의였다. 참석자들은 관광버스를 빌려 타고 밀입국 경로를 '견학'하고, 국경을 넘기 위해 밤을 기다리는 멕시

코 사람들이 군데군데 모여 있는 국경마을도 방문했다. 이들은 어두
워지면 손 닿을 곳에 있는 국경 경비대 검문소를 피해 사막으로 뛰어
들 것이다. 며칠이 걸릴지 모르는 죽음의 여행을 떠나기에 앞서 성당
에서 기도하는 모습이 참 인상적이었다. 모든 방문이 끝난 후 미국으
로 돌아오는 국경에서 국경 수비대가 검문을 위해 버스에 올랐다. 50
여명의 승객들은 나를 제외하고는 모두 백인이었다. 수비대원은 아
시아인인 나를 택해 여권을 요구하고 싶었을지도 모르지만 그렇게
어리석지는 않았다. 진보적 기독교인들의 모임이라는 것을 알고 있
던 수비대원은 나에게만 여권을 요구했을 때 인종차별이라는 비난이
쏟아질 것을 예측할 정도의 눈치는 있는 사람이었던 것이다. 백인이
라는 이유 때문에 그리고 50여 명의 백인과 함께 있는 아시아인이라
는 이유 때문에 승객 모두 여권 확인 절차 없이 미국으로 귀향할 수

있었다. 이렇게 간단한 절차를 통과할 '자격' 이 없는 사람들이 해마다 200여 명 이상씩 사막에서 죽어간다. 백인들이 피부색으로부터 얻게 되는 특권을 포기하지 않는 한 아무리 이민 문제에 대해 전향적이라고 해도 그들의 진심은 전달되지 않을 것이라는 생각이 당시 들었었다. 로버트와 수잔의 아이는 여권도 소지하고 있지 않지만 백인이라는 이유로 미국 아이로 인정받는 영화의 장면이 나의 경험을 떠올리게 했다.

본래 그들의 땅이었지만 무능하고 불의한 권력은 땅을 빼앗겼고 유능하고 불의한 권력은 땅의 새주인이 되어 새 금을 긋고 국경이라고 불렀다. 수많은 멕시코인들이 본래 자신의 땅이었던 미국에 거주하지만 피부색으로 경제적·언어적으로 사회와 소통하지 못한 채 살아가고 있다. 심문과 같은 일방적 검문을 견디지 못한 동생은 제 땅에서 도망자가 되고 아멜리아는 제 땅에서 추방자가 된다.

## 소통의 도구는 가족이 아니라 폭력

수잔에게 부상을 입힌 총은 일본인 야스지로가 모로코에 사냥을 갔다가 현지인에게 선물한 것으로 야스지로의 아내가 자살할 때 사용한 총이기도 했다. 일본은 자본주의를 매개로 미국과 가장 잘 소통하는 나라다. 부부간의 문제를 겪는 리처드 가정과 아내의 자살을 경험한 야스지로와 엄마를 잃은 딸 사이의 문제를 가진 일본 가정은 자본주의만으로 소통할 수 없는 무엇이 있음을 보여준다. 아내와 소통의 문제를 겪던 리처드는 모로코 여행을 통해 아내와의 관계를 회복하려고 하고, 아내를 잃은 야스지로는 총을 모로코 현지인에게 주어버린다. 아버지와 소통에 실패한 야스지로의 딸 치에코는 사건 조사를 위해 찾아온 형사 앞에서 옷을 벗는다. 청각 장애자인 딸이 세상과 소통하는 방식이다.

영화 마지막에 이루어지는 리처드 부부의 화해, 야스지로 부녀의 화해라는 스토리 때문에 〈바벨〉에는 "가족 간의 사랑으로 인한 소통의 회복을 다룬 영화"라는 평이 많이 붙는다. 매우 어처구니 없는 해석이다. 영화에서 회복의 가능성이 보인 가정은 미국과 일본의 가정뿐이다. 오히려 멕시코인 보모는 미국에서 추방당함으로써 가족의 와해를 겪고, 모로코의 농부는 경찰 총에 아이를 잃는다. 소통에 실패한 가정은 사건을 통해 행복을 되찾았을지 몰라도 본래부터 가족 단위의 삶을 살던 멕시코인과 모로코인의 가정은 와해되었다. 평론가들에게는 자본주의 사회의 가정만 보였던 것 같다. 〈바벨〉에서 가정의 소통으로 행복을 찾은 사람들은 소통 도구가 다른 계급과 단절되기를 바라는 사회 계층들이다.

## 옷을 벗는 치에코

오히려 〈바벨〉에서 모두에게 소통의 도구로 사용된 것은 총이다. 총이라는 세계 언어로 미국과 멕시코, 일본과 모로코가 서로 얽혀 있다. 가장 많은 총기 보유국인 미국의 여행객은 총기의 희생자가 되고, 평화롭던 시골 마을의 아이는 한 번의 장난 때문에 목숨을 잃고 아내는 남편의 총으로 자살을 한다. 총으로 상징되는 폭력이라는 공통분모가 거꾸로 소통의 부재를 부채질하고 있는 모순을 분명히 말하고 있는 영화가 〈바벨〉이다. 미국 국경에서 이루어지는 폭력, 자본주의와 가부장제도가 공존하고 있는 일본 사회에서 아내를 자살로 몰았던 문화적 폭력, 장애자에 대한 폭력, 단순 사고를 테러로 받아들이는 서구의 폭력, 강대국의 눈치를 보느라 제 나라 사람에게 폭력을 가하는 모로코 경찰의 폭력, 모로코 산골의 가정 폭력 등이 세상의 소통을 가로막는다. 공통 언어로서 폭력은 소통의 도구였지만 세상은 아름답게 소통되지 않았다. 치에코가 정당한 폭력을 위임받은 경찰 앞에서 옷을 벗는 것은 모든 폭력을 해제하라는 요청이다.

바벨탑 이전에 사용하던 공통언어는 신에게 맞서려는 폭력적 시도로 와해되었다. 이때 분리된 언어는 십자가에 달려 죽은 예수가 승천한 후 초대 교회 공동체에서, 말은 다르지만 소통이 되는 기적으로 회복되었다. 와해의 시대에 바벨탑 이전으로 돌아가는 일은 하나의 언어를 회복하는 일이 아니다. 사람들은 가족의 사랑이라는 것이 소통을 가능하게 만든다고 믿는다. 가족의 사랑이라는 언어는 가족 없는 이들에게는 아픔이 될 수도 있고 가정 제도를 반대하는 이들도 살아가는 곳이 사회다. 영화에서 두 가정은 회복되고 두 가정은 와해된 것만 보아도 가족이라는 언어는 전능한 소통 도구가 아니다. 바벨탑 이전의 순수한 소통으로 돌아가려는 노력은 모든 유형의 폭력을 제거하는 데서부터 시작한다. 하나의 언어를 회복하는 것이 아니라 서로 다른 언어를 말해도 소통하는 사회가 앞으로 다가올 바벨탑 이전의 사회다.

영화 〈반두비〉(신동일 감독, 2009)에서 민서는 외국인 노동자 카림이 본국으로 추방당한 후 그를 기억하며 카림처럼 손으로 밥을 먹어 보다가 다시 숟가락을 찾는다. 민서는 손으로 밥먹는 것에 동조할 수 없지만 야만이라는 언어 폭력을 행사하지 않는다. 카림을 그리워하는 눈물을 흘리며 끝까지 밥을 손으로 먹는 신파적 소통도 추구하지 않는다. 소통은 하나되는 것이 아니라 타자를 폭력 없이 수용하는 일이다. 영화 〈바벨〉은 바벨탑 이후에 각 지역에 흩어져 사는 사람들이 바벨탑(보편)이라는 근원을 되찾는 것만이 소통이 아니라고 우리에게 충고하고 있다.

# 의심이 너희를 진리케 하리라

## 다우트
원제 : Doubt
감독 : 존 패트릭 쉔리 (John Patrick Shanley ), 2008

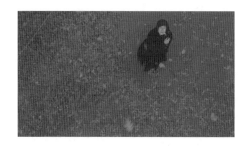

　1964년 뉴욕의 천주교 학교에서 일어난 성추행으로 의심되는 사건
을 다룬 영화로 배우들의 연기가 소름끼칠 정도로 뛰어나다. 성추행
의 진실은 끝까지 밝혀지지 않지만 하나의 사건을 두고 사람들은 소
통하지 못하고 자신의 판단 안으로 들어오라고 상대방을 억압한다.
　종교적 신념으로 가득찬 교장 수녀 알로이시스는 플린 신부를 성
추행자로 끝까지 의심한다. 반면 자유주의자 플린 신부는 신부의 권
위를 벗어버리고 학생들을 친밀하게 대한 것뿐이라며 항변한다. 그

러나 알로이시스 내면에는 확신과 술수가 소통하는 모순이 있으며 플린은 탈권위적이고 자유분방하면서 여성에게는 엄격하다. 내면에 가지고 있는 소통의 모순은 사람 사이의 소통을 가로 막고, 맹목적 확신은 자신까지도 파멸시킬 수 있음을 경고하는 영화다.

감독 존 패트릭 쉔리는 부시가 이라크에 살상 무기가 있다고 확신하고 이라크를 침공하는 걸 보고 이 이야기를 생각했다고 한다. 교장 수녀 역할을 맡았던 메릴 스트립은 배우들이 아카데미보다 자랑스러워한다는 미국 배우 조합상(15회) 영화 부문 여우주연상을 수상했다.


## 의심과 진리 사이에 선 수녀 이야기


1964년 미국 동부에 사는 천주교인들은 어떤 생각을 하고 있었을까. 'WASP'(앵글로색슨 계열의 백인 개신교인)만이 대통령이 되어 왔던 불문율을 깨고 1961년 존 에프 케네디가 천주교인으로는 첫 대통령이 되었다. 개신교에 의해 세워진 나라, 그것도 종교 박해를 피해서 온 개신교도들이 주류인 나라에서 천주교인들이 당했던 고통은 우리의 상상을 뛰어넘는다. 17세기 주류 개신교의 '관용' 덕분에 비주류 교단에 대해 종교적 자유가 허락되었을 때에도 천주교는 제외되었었다. 미국에서 천주교가 종교적 자유를 얻게 된 것은 침례교 등과 같은 비주류 교단에 비해 훨씬 뒤의 일이다. 지금도 미국의 인구 센서스는 개신교와 천주교를 신교와 구교의 큰 범주로 구분하지 않는다. 천주교는 기독교의 양대 산맥 중 하나가 아니라 장로교 감리교 침례교와 마찬가지로 하나의 교파로 취급된다. 이런 환경에서 천주교 대통령의 탄생은 얼마나 기쁜 일이었겠는가!

하지만 그는 한 번의 임기도 채우지 못하고 1963년 암살당하고 만다. 그러기에 케네디 대통령의 죽음에 보수 개신교가 연관되어 있다는 음모론이 아직까지 회자되고 있다. 겨우 세상이 '보편적 교회'(가톨릭)의 진가를 알게 되었다고 기뻐했지만, 케네디의 죽음은 천주교인들을 다시 깊은 두려움 속으로 빠뜨렸다. 1962년에 시작해서 1965년에 끝난 제2차 바티칸 공의회에서 들려지는 소식들도 보수적 천주교인들에게는 비보였다. 시대의 적응을 내세워 교회의 보수적인 면을 탈피하고 예전을 개혁한다는 소문이 바티칸에서 들려왔다. 제도의 과감한 개혁과 타종교에 대한 관심, 개신교 및 동방교회와의 화해 무드는 보수적 천주교인의 입장에서 보면 세속과 결탁한 사건이었다. 사회 참여를 권장하고 미디어에 대한 관심을 높이는 것 역시 교회의 변질을 의미했다.

이런 시절, 뉴욕 브롱스에 있는 천주교 학교 성니콜라스에서는 신부가 흑인 학생을 성추행하는 사건이 발생한다. 영화 〈다우트〉의 배경이기도 하다. 〈다우트〉는 성추행 사건에 대해 각각 다른 접근을 하는 4명의 생각을 다룬 영화다

## 알로이시스 수녀

동부의 겨울바람은 드세다. 보수적 천주교인들은 세상의 종말이 올 것을 기다리는 수밖에 없다. 종말은 희망의 완성을 의미하지만 어떤 이들에게는 보기 싫은 것들을 싹 쓸어 버렸으면 하는 재편 욕구의 표현이다. 성니콜라스 학교의 교장 수녀 알로이시스는 나무도 뽑을 것 같은 매서운 동부의 겨울바람을 피하지 않는다. 그녀는 모든 것을 온몸으로 맞선다. 세상 돌아가는 모습을 보니 어차피 말세는 오기로 되어 있는 것. 나라도 과감하게 세상의 말세적 징조와 맞서 싸울 것이다. 천국은 세상과 타협하는 비겁한 사람들의 것이 아니라 내 것이기에.

## 밀러 부인

당시 흑인 천주교인들은 어떤 생각을 하며 살아갔을까? 그들은 개신교인이 아니므로, 또 백인이 아니므로 이중의 멸시를 받는다. 세상은 그럴듯하게 흑백 차별이 없다는 수사(rhetoric)를 사용하지만 그들의 삶은 매서운 동부의 겨울보다 더 춥다. 흑인 게토 지역의 학교가 아닌 좋은 사립학교에서 공부시키는 것만이 자녀를 이중의 멸시로부터 탈출시키는 일이다. 흑백의 차별이 있건 없건, 사회적 이슈가 무엇이건,

내 아이가 학교에서 어떤 대접을 받든, 학교 안에 어떤 부조리가 있건 내 아이는 학교만 졸업하고 조금 더 좋은 상급학교에 진학하면 된다. 흑인 모성의 목표는 방해되어서는 안된다. 그녀는 목표를 위해 오늘도 일하러 간다. 어쩌면 이 여인은 천주교인이 아닐지도 모른다. 집 근처에 있는 가장 좋은 학교가 천주교 학교이기 때문에 그곳에 보낸 것일 수도 있다. 그런데 아이가 사제가 되고 싶어 하기에 조금은 불안하다.

오늘 가진 자들에 의해 이중삼중의 고통을 당하고 있는 서민들이 기득권을 대변하는 보수 정당에 투표하는 경향을 보고 진보성을 지닌 사람들은 그들의 무지와 무책임함을 비웃는다. 그러나 그들은 현명하다. 구조의 개선을 이야기하고 진보적 아젠다를 생산해 내는 사람들만큼이라도 똑똑해지기 위해 그들은 어떠한 모멸도 감수하고 출세해야 한다. 구조적 모순에 대한 인식과 진보적 해결책은 그들에게 아무것도 해준 것이 없다고 믿는다. 생존이 급선무인 이들에게 진보 지식인들은 어려운 수사만 늘어놓는다. 차라리 부잣집 머슴으로 사는 것이 현명하지 부잣집이 망할 때까지 기다리는 것은 바보 같은 짓이다. 억울하면 출세하라는 식의 보수적 논리가 그들에게는 오히려 호소력이 있다.

진보란 무엇인가? 사람에 대한 애정은 있다. 그러나 때로는 버거운 의무를 지운다. 백인에게만 가능한 일을 흑인에게 베푼다고 진보가 아니다. 지식인의 개념들을 노동자들에게 공유시킨다고 진보가 아니다. 천주교가 주류인 유럽과 달리 소수(소외)였던 미국의 천주교인들에게 바티칸 공의회의 결정은 그동안 힘들게 지켜온 가치를 잃어버리는 것과 같다는 점에서 진보의 문제가 아니라 생존의 문제이다.

## 플린 신부

그는 진보적 신부다. 그는 바티칸 공의회의 결정을 당연한 것으로 받아들이며 학교에서 소외당하는 흑인 아이에게 관심을 둔다. 진정한 관심인지 그야말로 관심을 베풀어 '주는' 것인지는 알 수 없다. 기타를 치며, 아이들과 함께 농구하고, 연애 상담도 해 준다. 어디서도 권위적인 신부의 이미지는 찾아볼 수 없는 '우리들의 신부님'이다. 반대로 그들만의 공간에서는 플린 신부는 완전히 변신한다. 신부들의 화려한 저녁식사 중에 이루어지는 잡담에서도 신부 이미지를 찾아볼 수 없기는 마찬가지다. 역시 그들은 자신들의 리그에 속해 있다. 같은 시간 수녀들은 검소한 식탁에서 경건하게 침묵으로 식사를 나누고 있다.

알로이시스 수녀가 끊임없이 신부의 성추행 의혹을 이야기하고 다니자 신부는 강단에서 수녀를 겨냥한 설교를 한다. 이미 하늘에 흩날려진 배게 깃털은 다시 모을 수 없듯이 말을 함부로 하면 안 된다는

설교는 수녀에 대한 경고이다. 그가 사용한 깃털의 예화는 탁월하고 교훈적이다. 그래서 관객들은 수녀의 의심을 의심하기 시작한다. 관객은 혹시 나의 언어생활에 문제가 없는지 성찰하며 감동받는다. 그러나 얼마 전 신부들만의 저녁식사에서 그들 역시 남의 험담을 하며 키득대었었다. 자신들은 전혀 그렇게 살지 못하면서 근엄한 얼굴로 교훈하고 다른 이들을 계몽하는 것을 업으로 삼는 종교 전업가들의 위선을 보여주는 장면에 소름이 돋는다.

## 제임스 수녀

플린 신부의 성추행 의혹을 제일 먼저 제기한 그녀는 보는 대로 믿는 사람이다. 그녀가 처음 본 장면은 분명히 의심의 요소가 있었다. 그러나 일이 커질수록 그녀가 본 것이 사실이 아닐 수도 있다며 혼란스러워한다. 일이 커질 것 같아지자 가족의 병간호를 핑계로 슬쩍 자리를 피한다. 그리고 자기가 원하는 대로 결론이 내려졌으면 하는 마음을 그대로 표현한다. 제임스 수녀는 진실에 혼란스러워하는 관객을 대변한다.

## 삶에 진실하지 못한 네 사람

이 네 사람이 영화 〈다우트〉를 이끌어간다. 그 누구도 자기 삶에 정직하지 못하다. 알로이시스 수녀는 하느님과 삶에 대한 진지함이 있지만 진지함의 대상인 하느님에 자신을 슬쩍 얹어서 함께 간다. 그녀의 판단은 설령 감각에 의한 것일지라도 하느님이 자기 편이라고 확신하므로 진리다. 밀러 부인은 세상 모든 것에 무관심하다. 내 아이만 좋은 교육을 받으면 된다. 어차피 백인과 그들만의 세상은 타자이기 때문이다. 그들이 우리 같은 흑인에게 관심을 가져주는 것도 부담스럽다. 흑백이 함께 주인이 되는 세상을 만들기보다 흑인을 끊임없이 관심(관리)의 대상으로만 두려는 백인들의 오만함을 밀러 부인은 누구보다도 잘 알고 있다. 흑인을 지배의 대상으로 보려는 여타의 백인들보다야 낫겠지만 관리도 지배와 같은 종류다. 그녀에게 흑백 차별이 없어졌다는 것도, 좋은 백인들의 과도한 관심도 의심의 대상이다. 설사 아이가 성추행을 당했더라도 졸업만 하면 된다. 졸업에 지장만 없다면 당한 것도 안 당했다고 말할 수 있고, 아이가 안 당했어도 학교 실세인 알로이시스 수녀의 입장이 신부를 궁지에 빠뜨리는 것이라면 당했다고 선뜻 동의해 줄 수 있다. 진실이 중요한 것이 아니라 졸업이 중요하다.

플린 신부는 열려 있다. 하지만 그는 천주교를 개혁하는 바티칸 공의회의 결정에 동의하면서도, 의혹에도 불구하고 좋은 임지를 찾아 떠날 만큼 정치적이다. 그의 개방성에는 진지함과 헌신이 없다. 그는 진보가 될 수도 있고 자신의 입지를 위해 기득권에 줄 설 수도 있다. 제임스 수녀는 보는 대로 믿다가 믿는 대로 보고 싶어 한다. 어차피 진실은 알 수 없는 것, 그냥 자신이 바라는 대로 결론이 났으면 좋겠다는 마음을 가지고 있다.

플린 신부가 학교에서 흑인 아이를 성추행했다는 오해를 수녀로부터 받기 시작하는 게 영화 초반이다. 영화 초반의 정황은 성추행을 했을 법하게 흘러간다. 교사로서의 신부는 복사(altar boy) 일을 하는 흑인 소년에게 유별나게 관심이 많다. 그에게 흑인 아이는 흑인이 아니라 백인 아이들과 똑같은 제자일 뿐이다. 오히려 소외당하는 아이를 종교인의 마음으로 보듬고 싶다. 플린 신부의 마음이 진정성에 기초한 것인지, 당위성에 기초한 것인지는 잘 모른다. 아무튼 1960년대 초반의 동부에서 흑인에게 특별한 총애를 베푼다는 것은 칭찬받을 일에 틀림없다. 그래서 사람들은 처음에는 신부의 성추행 사실을 의심하지만 영화 후반부로 갈수록 관객들은 알로이시스 수녀에게서 멀어지고 신부에 가까워진다. 얼마 전 내가 가르치던 신학교 수업에서 학생들과 영화에 대해 토론하면서 '과연 신부가 성추행을 했을까?' 라고 물어 보았더니 대부분 '하지 않았을 것이다.' 라고 대답했다. 성추행을 했을까? 안 했을까? 영화의 모든 정황은 애매하다.

결국 진실은 하느님과 당사자들만 알 뿐이다. 관객들은 자신이 속한 삶의 콘텍스트와 편견에 따라 사건을 결론 내리고 만다. 특히 후반부에 갈수록 앞에서 소개한 깃털의 예화에서 종교적 감동이 아니라 도덕주의적 감동을 받은 사람들은 현란한 설교에 빨려 들어가면서 플린의 결백에 손들어 준다. 게다가 마지막에 신부가 아주 좋은 자리로 영전되어 가자 대부분의 관객들은 신부의 결백을 확신한다.

진실은 오간데 없고 윤리적 동감과 출세라는 결과에 따라 사건을 단정 짓는 게 오늘 우리의 모습이다. 윤리적 잣대로 진리의 문제에 접근하려는 좌파들이나, 결과에 따라 모든 것을 재단하려는 우파들이나 천박하기는 마찬가지다. '모범적 삶이 중요한 것이 아니라 지금 여기서 영원히 어떤 신념이 가능하냐는 것이 중요하다.' 는 알랭 바디우의 지적은 좌우 모두에게 적용된다.

알로이시스 수녀는 처음부터 끝까지 신부의 성추행 사실을 의심한

다. 교회의 변질(바티칸 공의회)과 그것에 동의하는 신부의 타락은 세상
이 말세임을 보여주는 증거이기 때문이다. 그러나 알로이시스의 집
요함이 도에 지나치자 사람들은 진실의 문제보다는 그녀의 태도에
질려 한다. 많은 사람들이 신부 쪽으로 기울자 그녀는 상급 교구에 전
화해서 신부의 과거를 알아보았다는 거짓말도 서슴지 않는다. 내가
알고 싶은 진실을 알기 위해 거짓말을 잠시 방편으로 사용한 것에 대
한 윤리적 성찰조차도 없다. 원장 수녀의 모든 의심과 노력에도 불구
하고 신부는 무사히 학교를 떠난다. 수녀는 자괴감에 눈물지으며 "나
는 의심했어! 의심했어!"를 반복하며 영화는 끝맺는다.

그녀가 했던 의심은 무엇에 대한 의심일까?

사람에 대한 의심에서 시작한 알로이시스의 의심은 천주교 제도에
대한 의심으로 이어지며 결국은 플린을 벌하지 않은 하느님에게로까
지 이어진다. 인도에서 빈민 운동을 하던 테레사 수녀가 죽은 몇 해
뒤에 테레사 수녀의 서한이 공개된 적이 있다. 서한 중 일부는 테레사
수녀조차도 신앙에 회의가 있었다는 것을 보여주었다. 신앙의 깊이
와 상관없이 의심은 우리 마음 한가운데 있다. 그러므로 의심은 진리
에 이르는 수단이 되기도 한다.

폴틸리히의 말처럼 믿음과 의심의 구조에 대한 통찰력을 가지는

것은 매우 중요하다. 진정한 의심은 믿음을 확인하는 행위이기 때문에 의심은 관심의 대상에게 진지한 태도를 보이는 것을 의미한다. 스캇 펙 역시 성스러움으로 향하는 길은 모든 것에 의문을 가지는 것이라고 말했다. 그렇다면 알로이시스의 의심은 어떤 의심이었을까? 신부의 성추행을 의심할 만한 정황은 충분히 있었다. 그러나 그녀가 의심의 기초로 삼은 정황은 진실을 밝혀 내기 위한 정황이 아니라 자신의 해석이 덧붙은 가공된 정황이었다. 신부와 수녀 간의 정치적 역학 관계도 가공된 정황에 가미된다. 플린 전에 많은 신부들이 성니콜라스 학교를 거쳐 갔을 것이다. 진실한 신부도 있었을 것이고 새 곳으로 임지를 옮기는 과정에서 잠시 쉬어가는 곳으로 생각했던 무책임한 신부들도 있었을 것이다. 플린처럼 학생들에게 열정을 보이는 신부가 처음이기는 하지만 그녀의 교육 철학에 도전하는 것은 흠결 사항이다. 천주교 직제상 신부와 수녀는 상하 관계지만 학교에서는 수녀가 책임자다. 그럼에도 불구하고 플린은 교장실에 들어와 수녀 교장의 자리에 당연한 듯 앉는다. 알로이시스의 의심이 해소되지 않는 데에는 교장 의자를 뺏긴 수모도 포함되었을 것이다. 그녀는 플린 뿐 아니라 모든 신부들을 존경하지 않는 것처럼 보인다.

그러므로 알로이시스의 의심에는 의심을 살 만한 상황 자체보다는 그녀의 편견과 해석과 전통이 들어가 있었다. 불교에서는 이런 것들을 습(習)이라고 부른다. 이미 편견과 해석이 관습이 되어 버렸고 습관이 되어 버렸다. 습이 제거되지 않는 한 어떤 진리 과정도 정직하지 못하다. 아무리 의심이 진리를 찾아가는 데 도움이 된다 할지라도 그녀의 의심은 의심이 아니라 그동안 쌓이고 쌓였던 습이 표출된 것뿐이다. 습을 없애면 자신도 사라질 것 같은 두려움에 끝까지 쥐고 있었던 것인데 두려움은 더 커져 버렸다. 하지만 그녀는 의심의 본질을 깨달았기에 눈물을 흘린다.

## 습을 제거해야

그녀는 비로소 처음으로 바른 의심, 진지한 의심을 한다. 진지한 의심은 그녀를 진리의 세계로 안내할 것이다. 무엇에 대한 진지한 의심? 바로 자신에 대해서 의심하기 시작한 것이다. 신부-교회-하느님으로 방황하던 의심의 여정은 자기 자신에게로 돌아오면서 진지함을 찾는다. 중세의 신비가 마이스터 엑카르트는 인간의 모든 문제를 자신에게서 찾는다. 엑카르트는 '어떤 사람이 왕국이나 온 세계를 놓아 버렸다 해도 자기 자신을 붙잡고 있다면 그는 아무것도 놓아 버린 것이 아니다.'라고 말한다. 자기에 집착했던 알로이시스는 자신을 놓아야만 했다.

하느님을 의심하며 사는 우리의 마음에는 욕망으로 가득찬 습이 덕지덕지 묻어 있다. 어부였던 베드로가 가지고 있던 호수에 대한 습이 그를 물에 빠뜨렸다(마태복음 14장). 습이 제거되지 않은 모든 의심은 진지하지 않다. 결국 문제는 우리 자신이다. 우리 자신이 완벽하지 않으면서 모든 판단의 주체가 되려고 할 때 진지하지 못한 의심은 시작된다. 반대로 자신의 한계를 인식할 때, 즉 나의 나 됨에 대한 의심이 시작될 때 진리를 향한 우리의 의심은 진지해진다. 의심이 진리를 향하지 않고 반대로 두려움을 향하고 있을 때 과감하게 자기의 습을 제거해야 한다. 습이 제거될 때 자신과의 진실한 소통이 이루어지고 소통의 경험은 타자에게로 확대된다.

의심과 두려움 사이에서 방황하던 알로이시스는 결국 사건의 전말을 파헤치지 못했지만 자신을 향한, ─그것은 곧 타자와 진리를 향한 첫걸음이기도 한데─ 첫 여행을 눈물과 함께 시작한다. 진리로 가는 길에는 항상 의심이 함정처럼 도사리고 있다. 어떤 이는 의심 때문에 진리의 길을 외면하고 어떤 이는 의심을 과신한다. 그러나 습을 제거함으로써 자신과 우선적으로 소통하지 못하면 진리는 손에 잡힐 듯하면서 항상 저 너머에 있다. 자신과 타자와 소통하기 위해 의심을 의심할 때 나라는 인식 주체는 권력적이지 않으면서 진리에 한 걸음 다가서게 된다.

# 짝패와의 경쟁을 버리라

## 멋진 하루
감독 : 이윤기, 2008

일본 작가 다이라 아즈코의 소설을 원작으로 한 〈멋진 하루〉는 헤어진 지 1년된 옛 남자친구를 찾아간 희수와 병운이 하루 동안 겪은 이야기다. 희수는 병운이 꾸어간 돈을 달라며 병운을 찾았지만, 사실 그녀는 채무관계를 통해 연애의 흔적을 되짚어 보고 싶은 마음이 있다. 반면 병운은 꾼 돈은 갚아야 할 돈에 다름 아니고 연인에 대한 추억은 이미 잊은 지 오래다. 돈을 교환가치로만 생각하는 병운은 돈이 없으면 구매력이 떨어지는 것 말고는 별 어려움을 느끼지 않는다. 그러나 돈의 잉여가치를 생각하는 희수는 돈을 통해 병운의 진심을 알고 싶어 한다. 하지만 돈이라는 기호를 받아들이는 두 사람의 소통 부재가 갈등을 증폭시키지는 않는다.

돈에 대한 병운의 처리 방식은 희수의 상처를 치유하듯이 그녀로 하여금 미소짓게 만든다. 병운을 만난 뒤 희수는 남자와 돈의 가치를 다르게 이해하기 시작함으로써 혼자 길찾기를 시도한다. 이윤기 감독은 〈멋진 하루〉로 백상예술대상(45회) 감독상을 수상했다. 절제된 가운데서도 모든 것을 담아내는 하정우(병운)와 전도연(희수)의 연기를 감상하는 것도 또 다른 재미다.

## 혼자 길찾기를 시작한 여자 이야기

성서에 따르면 인간의 욕망은 창세기부터 시작되었다. 아담과 하와는 하느님과 같이 되려는 욕망에 사탄의 유혹을 거절하지 못했다. 욕망의 주체는 아담과 하와지만 욕망의 제공자는 사탄이다. 아담과 하와는 죄를 지었지만 변명의 구실은 분명히 있었다. 그들이 하느님의 질책 앞에서 책임을 회피한 것은 변명이 아니라 사실을 있는 그대로 기술한 것뿐이다. 아직 욕망의 주체로서의 지위를 확보하지 못한 첫 번째 사람들에게 모든 것을 내가 지고 가겠다는 책임의식을 요구하는 것은 무리다. 하느님도 그것을 알았기에 그들을 낙원에서 내어

쫓지만 영원히 내치지는 않는다. 하느님이 완전히 버리지 않은 것은 이들 부부만이 아니다. 뱀으로 상징되는 사탄도 그렇다. 그는 최초 욕망의 제공자로서 음습하게 땅을 기어다니는 운명이 되지만 완전히 소멸되시는 않는다. 하느님은 땅을 기어다닐 수밖에 없는 형태로라도 욕망을 우리 가운데 남겨 두었다.

욕망이 주체성을 갖게 된 것은 가인에서였다. 그는 누구의 유혹 없이 순전히 인간적 욕망으로 하느님처럼 되고 싶어 했다. 선악과를 선택할 권리가 없었던 그의 부모가 사탄의 유혹에 넘어갔다면, 가인은 직접 선택권을 갖고 싶어 했다. 그는 제사를 드려야 하는 존재이지만 동시에 제사를 받는 대상이 가진 선택권을 탐냈다. 대상을 조종하고 도구화하려던 못된 주체 가인은 결국 동생 아벨을 죽인다. 모든 욕망에서 승리자는 하느님이듯이 가인 역시 하느님에게 버림받고 부모들보다 더 먼 곳으로 내쫓긴다. 부모는 에덴의 동쪽으로 추방되었지만 가인은 떠돌이가 되었다. 겨우 자리를 잡은 놋 지역(창세기 4:16 - 놋은 떠돈다는 뜻)도 떠돌아다님의 은유다. 유혹에 넘어가는 것보다 타자를 조종하려는 것이 더욱 큰 죄라는 것을 성서는 보여준다.


## 모방과 경쟁의 사회에서


아브라함은 첫 사람들과는 달리 모방과 경쟁이라는 현실 속에 던져진 존재다. 아브라함은 모방과 경쟁의 환경을 이겨 내기 위해 노력했다. 그것이 그가 믿음의 조상이 된 이유다. 사도 바울이 율법 이후의 인물인 모세보다 아브라함을 높이 평가했던 것도 아브라함의 믿음을 근거로 한 것이다. 아브라함의 주체의 자리에는 믿음이 들어오게 되었다. 욕망을 이겨내는 것은 오직 믿음임을 아브라함은 보여주었고 바울은 확인시켰다. 그러므로 욕망을 주체와 연결시켜 생각한 첫 사람은 프로이드가 아니라 창세기 기자다. 다만 프로이드 덕분에 우리는 주체와 욕망의 문제를 철학적으로 고민할 수 있게 되었다. 그는 꿈의 분석을 통해 주체를 구성하는 기본적인 요소를 욕망으로 보았다. 그에게 있어서 주체가 무시된 것은 아니지만 데카르트가 믿었던 사유 주체로서 근대적 주체는 힘을 잃고 욕망에 의해 좌우될 수밖에 없는 주체의 비주체성을 프로이드가 처음으로 보여주었다.

프로이드를 넘어서 욕망 이론을 정교화한 사람은 라깡이다. 알랭 바디우의 말처럼 프로이드가 예수라면 라깡은 사도 바울이 된다. 그는 꿈을 넘어 욕망 자체가 구조적인 것으로 보았다. 이러한 욕망의 구조성은 이미 첫 인류에게 나타난 것들이었다. 르네 지라르는 욕망 이론을 모방과 연결시키면서 신학적 해석을 시도했다. 지라르에 따르면 욕망은 사회적으로 구성되기 때문에 모방이 가능하다. 우리는 어떤 대상이 본질적으로 가치 있어서라기보다 타자가 이미 소유하고 있거나 욕망하고 있기 때문에 그것을 욕망한다. 타자가 소유하고 있다는 것은 그만한 가치가 있는 것이다. 이런 모방의 결과 차이가 상실되며 서로가 경쟁적인 짝패가 됨으로써 폭력을 불러온다. 지라르는 경쟁적 모방을 극복하기 위하여 예수를 따르라고 안내한다. 또한 이웃(짝패)의 것을 모방하는 것이 아니라 네 이웃의 것을 탐내지 말라는 열 번째 계명을 모방하라고 주장한다.

모방 욕망은 엄연한 현실이다. 사람들은 호화 사치품 가방이 좋아서라기보다는 누군가가 들고 있기 때문에 갖고(모방하고) 싶어 한다. 미디어는 이런 모방을 충동한다. 제국주의는 사탄의 욕망을 모방하며 민족주의는 제국주의를 모방한다. 모방으로 인해 욕망은 타율적 성격을 가지게 된다. 그렇다고 우리의 주체성이 상실되는 것은 아니다. 예수를 모방하는 순간 우리의 근대적 자율성의 한계는 알게 되겠지만 믿음은 인간의 주체성을 회복시킨다.

## 원래 인생이란 그런거지

영화 〈멋진 하루〉는 그런 고민을 담고 있는 영화다. 과거 연인이었던 희수와 병운은 채권자-채무자의 사이가 되었다. 일확천금이라는 타인의 욕망을 모방하는 최적의 장소인 경마장에서 하릴없이 지내는 병운에게 느닷없이 나타난 옛 여자 친구 희수가 돈(350만원)을 갚으라고 말한다. 수중에 그만한 돈이 없는 병운은 자기만의 방법으로 돈을 갚기로 나선다. 병운은 희수의 차를 얻어 타고 여기저기서 돈을 꿔다가 희수에게 조금씩 갚아 나간다. 돈 많은 연상의 여성 사업가에서부터 호스티스, 대학 시절 승마부 후배, 사촌, 심지어는 스키 강사로 일할 때 만난 제자, 이혼 뒤 싱글맘이 된 초등학교 동창에게까지 병운은 가릴 것 없이 손을 벌린다. 병운은 능청스럽게 말한다. "원래 인생이란 게 그런 거지. 내가 있을 땐 없는 사람 돕는 거고, 내가 없을 땐 있는 사람에게 도움 받고."

병운이 할 수 있는 스포츠의 종류, 골프·승마·스키는 자본에 가장 민감한 종목들이다. 병운의 스포츠 능력은 그가 과거에 풍요한 자본의 소유자였음을 보여주지만 지금은 자본으로부터 자유롭다. 그에게 있어서 자본의 유무는 크게 문제 되지 않는다. 그것은 그냥 흘러가는 것일 뿐이다. 이렇듯 병운은 독특한 존재다. 그는 돈을 벌고 싶고 사랑도 하고 싶다. 그는 욕망으로부터 자유롭지 못하지만 욕망의 노예는 되지 않는다. 즉 짝패를 만들지 않고 욕망의 타율성을 극복하려고 애쓴다. 그는 돈 많은 여사님의 성적 노예가 되지 않으며 자신이 주체가 되려고 한다. 이혼한 초등학교 동창과의 '있을 법한 뻔한' 관계를 넘어선다. 관객들은 관성에 의해 초등학교 동창과 병운의 관계를 판에 박힌 대로 추정해 보지만 영화는 상상을 비켜 간다.

그는 경마장에서 돈을 기다리지만 돈에 매달리지 않는다. 그렇다고 일본 경마계에서 만년 꼴찌로 유명해진 하루우라라 같은 신파에 빠져들지도 않으며 영화 〈시비스킷〉(게리 로스 감독, 2003) 류의 인간 승리를 성취하려는 욕망도 없다. 이런 류의 욕망도 자기 계발이라는 옷만 다르게 입은 것이지 욕망의 기본 틀은 벗어나지 않기 때문이다. 병운은 경마장이라는 욕망의 현장에서 살아가는 존재지만 모방 욕망으로부터는 자유롭고 싶었던 것이다. 영화는 욕망의 모방이 얼마나 우리 삶에 뿌리 내렸는가를 보여준다. 왜냐하면 모방을 벗어나려고 하는 병운은 무능하고 무책임한 존재이기 때문이다. 도박의 현장에서라도 유능하기 위해서는 우승 가능성이 있는 말에 승부해야 하며, 젊음과 좋은 성격을 무기로 돈 많은 후원자도 만나야 한다. 그것을 못하는지 안 하는지 하여튼 병운은 무능하다.

## 짝패와 찌꺼기

그동안 영화에서 세속의 경쟁적 욕망에서 벗어나려고 하는 캐릭터들은 많이 있었다. 홍상수나 김기덕의 영화, 장정일이나 하일지의 소설에서처럼 욕망의 문제로 고민하며 모방을 벗어나려던 외로운 지식인들은 섹스에 집착하거나 특정 부분에 편집증적 증세를 가지고 있었다. 스스로 이방인이 되기를 자처하며, 술 한 잔 하면 싸움을 일삼는 캐릭터를 소시민으로 내세운 영화도 많이 있었다. 이들과 달리 병운은 무능할지언정 다투지 않는다. 편집증적 증세도 없다. 욕망의 문제로 고민하는 사람들이 천편일률적으로 빠져들던 삶의 모습조차 모방하고 싶지 않기 때문이다. 그에게 돈을 벌고 싶은 보편적 모방 욕망은 있다. 하지만 스페인에서의 막걸리집이라는 독특한 아이템으로 모방이라는 덫을 벗어나려고 한다.

여주인공 희수는 모방 욕망에 사로잡힌 존재이다. 결혼 직전까지 갔다가 깨진 남자 대신 1년 전 돈을 꾼 뒤 홀연히 사라진 옛 남자친구를 찾아 경마장으로 간다. 남편감은 능력이 있어야 하며 능력이 없으면 남편감으로서의 지위는 상실된다. 틀에 박힌 결혼을 행복으로 생각하고 모방하려는 그녀에게 경제적 무능력은 견딜 수 없다. 결혼 무산의 이유가 그것이다. 지질한 젊은 여성이 되지 않기 위해 자가용도 소유하고 있다. 그녀는 모방의 세계를 즐긴다. 병운과 함께 만나는 병운의 여자들은 그녀에게 경쟁과 모방 대상인 짝패가 아니다. 젊은 남자에게 묘한 눈빛을 보내는 돈 많은 중년 여인, 호스티스, 우연히 마

주친 개념 없는 부잣집 아들 같은 인간군들은 희수에게 있어서 짝패가 아니라 찌꺼기(leftover person)이다. 그녀에게 타자는 모방하거나 무시할 수 있는 대상, 또는 돈을 매개로 조종할 수 있는 대상이다.

희수는 차에서 내릴 때마다 휴대용 네비게이션을 숨겨 두고 내리는 소심한 여자다. 영화는 희수가 네비게이션을 분실할까 두려워하는 소심함 속에 그녀의 인생의 은유를 담는다. 그녀는 네비게이션이 없으면 어디도 갈 수 없는 존재이지만 그것을 들키는 것은 싫다. 타자가 시키는 대로 모방하며 살아가되 누가 알아차리는 것은 싫다. 영화 하반부에 그녀는 네비게이션을 두고 내렸다가 차가 견인당한다. 그녀는 희미하게나마 주체를 회복하려 든다.

## 꾸어준 돈으로 사랑을 되찾으려는 희수

그러면 희수는 왜 그토록 돈을 받으려고 했을까? 채무자가 아닌 사람들에게까지 모욕을 당하면서도 돈에 집착한다. 여기서 돈은 재화의 교환가치라는 기본 속성을 그대로 표현한다. 그녀는 돈이 필요한 것이 아니라 돈으로 옛 사랑을 확인하고 싶어 할 뿐이다. 돈으로 파생된 잉여가치(사랑의 회복)를 획득하고 싶어 한다. 잉여 쾌락을 추구하는 과정에서 나타나는 사소한 모욕은 얻게 될 쾌락에 비하면 잠시 당하는 수치심일 뿐이다. 돈이 매개가 되어서 다시 병운과 사랑할 수 있다면 그것도 나쁘지는 않다. 지금 그의 삶은 부잣집 아들의 치기어린 방황처럼 보이기도 하기에 한 번쯤 더 속아 보는 것도 괜찮다.

이 마음을 모르는 병운에게 꾼 돈은 갚아야 할 돈일 뿐이다. 그에게 돈은 빌렸기 때문에 갚아야 하는 재화이지만 다른 것을 대체하지 못한다. 돈이라는 재화는 돈으로만 교환될 수 있을 뿐이다. 소유가 바뀌는 것이지 속성이 바뀌는 것은 아니라는 것이다. 그러기에 병운은 돈을 갚으려고 노력한다. 그는 무능력하고 무책임할지언정 돈을 떼먹는 파렴치한이 아니다. 그에게 있어서 사랑과 돈은 누구에게도 속할 수 없는 것이며 그냥 그렇게 이동하는 것이다. 돈처럼 사랑을 소유하고 싶어 하는 욕망의 여인과 돈에 대한 욕망은 있지만 결코 매이지 않은 두 사람의 만남은 하루가 저물면서 끝나간다.

## 희수의 생각이 바뀌다

집으로 돌아가는 희수는 먼발치서 병운을 바라보며 허탈해하지만 기분 좋은 웃음을 짓는다. 그녀에게는 멋진 하루였다. 네비게이션이 시키는 대로 살지 않는 병운을 확인한 것만으로도 충분히 기분 좋았기 때문이다.

신은 욕망을 완전히 제거하지 않고 땅을 기어 다니는 세속의 형태로 남겨두었다. 누가 보아도 욕망은 위의 것이 아니라 아래 것이다.

그러나 원죄에 빠진 인간은 기어 다니는 욕망에 매인 것도 모자라 그 것을 모방하기까지 한다. 그것의 끝에 사망이 있어도 욕망을 벗어나지 못한다.

욕망 앞에 선 두 사람 희수와 병운은 오늘을 살아가는 우리 이웃의 모습이다. 하느님은 인간과 경쟁하지 않기 위해 자유를 주었는데 인간은 자유를 다시 경쟁에 사용한다. 희수의 욕망은 짝패와의 무한경쟁과 찌꺼기 인간에 대한 무시라는 두 가지 죄를 향하여 달려가고 있다. 그녀에게 타자는 더불어 살아가며 연대해야 할 존재들이 아니라 끊임없이 경쟁하거나 무시해야 할 글자 그대로의 타자일 뿐이다. 이런 그녀가 무엇이 멋진 것인지는 조금 알게 되었다. 병운의 독특한 삶의 방식이 뚜렷하게 설명되지 않아도 그녀의 것과는 다르기에 미소라도 짓게 한다.

그렇다면 병운은 정말 괜찮은 인간일까? 영화는 희수보다는 병운이 괜찮은 인간이라는 것을 보여준다. 모방을 경계하며 누구와도 짝패가 되지 않으려는 병운은 멋진 남자는 아니어도 괜찮은 남자는 될 수 있다. 그러나 인간이 가진 욕망을 스스로 이겨 내려는 뻔뻔스러움을 가진 죄인이다. 그는 소외되었지만 소외되지 않았다고 믿는다. 그는 덜 모방할 뿐 욕망 가운데 있기는 마찬가지인 타율적 존재이지만 정작 본인은 그것을 모른다. 도시의 패배자 같은 삶을 살아가지만 자신은 절대로 그렇게 생각하지 않는다. 패배자처럼 보이는 삶까지도 스스로 제어할 수 있다고 믿는다.

　병운은 희수보다 괜찮은 인간이기에 역설적으로 진리로부터 멀어진다. 희수는 독특하게 살아가는 병운으로부터 희미하게나마 자신을 돌아보며, 마지막 만난 찌꺼기인 싱글맘 앞에서는 그녀가 중시하던 재화의 가치도 포기한다. 하지만 괜찮은 병운은 희수와 헤어진 후 자신의 문제점을 모른 채 계속해서 사람 좋게 살아간다. 짝패와의 경쟁을 포기한 것은 방편으로 묶어 두어야 하는데 병운은 그만 진리에 대한 고민조차도 놓아 버린 것이다. 희수는 병운을 통해 멋진 하루를 보냈지만 병운은 진리를 닮으려는 선한 모방조차 없이 하루를 그렇게 또 보내 버렸다.

　매일매일이 멋진 하루가 될 수 있는 우리의 삶은 어떤 삶일까? 우리 가운데 죄와 욕망이 있음을 깨닫고 그것을 극복하기 위한 믿음의 주체를 회복하는 일이다. 불교에서 믿음을 일으키는 것(起信)은 진리를 향한 첫 걸음이다. 이성적 주체가 아니라 하느님의 은혜로 사는 주체가 기독교의 주체 개념이라면 모든 욕망은 존재하지 않는 것이므로 텅 빈 주체로서 욕망을 극복하는 것이 불교의 주체 개념이다. 이 주체에게 더 이상의 모방적 욕망은 사라진다. 믿음을 통하여 주어진 진리의 세계를 신뢰하면서 타자를 짝패가 아닌 동반자로 여기며 살아갈 때 땅에 기어 다니는 욕망을 제어할 수 있는 능력을 소유하게 될 것이다.

# 자기 세계에 갇힌 사람들

## 내 이름은 칸

원제 : My Name Is Khan

감독 : 카란 조하르(Karan Johar), 2010

인도에서 국민적 인기를 얻고 있는 카란 조하르 감독은 이 영화를 통해 9·11테러 이후 미국 사회의 무슬림들이 겪었던 고통에 주목한다. 이웃과 소통하지 못하는 자폐증 환자 칸은 아이를 가진 힌두교인 싱글맘과 결혼하면서 개방된 세계에서 살아가는 방법을 배우며 행복해한다. 그러나 9·11 이후 무슬림에 대한 미국의 적대적 사회 분위기 속에서 칸의 아들이 친구들과 싸움 끝에 죽는 비극이 일어난다. 아이는 엄마처럼 힌두교인이었는데 엄마의 재혼 후 새 아빠의 성을 따르면서 아랍인으로 오해되었던 것이다.

이제 겨우 소통을 시작한 칸이 앞에 놓인 거대한 장벽을 극복하고 넓은 세상과 소통하기 위하여 길을 나서면서 겪게 되는 에피소드를 보여주는 로드 무비다. 이민자들에게 착한 미국인이 되라고 강요하는 애국주의적인 영화라는 비판도 있으나 주인공 칸이 마침내 세상과 소통하고 가족과 화해하는 잔잔한 휴먼 드라마다.

## 착한 미국인이 되고 싶어하는 아픈 사람 이야기

빈 라덴의 죽음 이후 재판 없이 사살했다는 비난을 무마하기 위하여 미국 정부는 교전 중 사살이라는 점을 강조했지만 편견 속에 살아가는 미국 내 무슬림들은 큰 상처를 받았다. 빈 라덴의 행위에 대한 무슬림들의 다양한 견해와 상관없이 그들이 미국 사회에서 겪어야 할 차별들에 대한 불안이 떠나지 않았기 때문이다. 무마책으로 미국 정부는 나쁜 무슬림과 착한 무슬림을 구별하며 착한 무슬림을 위해서는 다양한 지원을 아끼지 않겠다고 공언했다.

〈내 이름은 칸〉은 착한 무슬림에 대한 영화다. 결론부터 말하자면 〈내 이름은 칸〉은 썩 좋은 영화는 아니다. 미국에 편하게 살기 위하여 무슬림이 어떻게 해야 하는지를 미국적으로 계몽하는 영화다. 그런데 굳이 이 영화를 택한 것은 가벼운 계몽 영화조차도 알고 있는 것을 혹시 우리는 모르고 있는 것이 아닌가라는 마음에서다.

자폐증의 일종인 아스퍼거 증후군을 앓고 있는 인도 사람 리즈완 칸은 어머니의 죽음 후에 인도를 떠나 동생이 있는 미국으로 향한다. 아메리칸 드림을 이룬 칸(칸은 성이지만 편의상 주인공만을 칸으로 부르기로 한다)의 동생은 형에게 화장품 외판원 일을 주선해 준다. 특별한 영업 전략은 없지만 자폐증 환자의 솔직함으로 제품 설명을 한 덕분에 칸의 고객은 늘어간다. 영화가 보여주는 첫 번째 미국식 계몽이다. 자기의 모국 인도에서조차 어머니의 돌봄이 필요했던 칸은 머나먼 땅 미국에 와서 자립한다. 아메리칸 드림을 이룬 칸은 화장품 외판을 하며 드나들던 미용실에서 만디라를 만나 사랑을 나누며 결혼에 이른다. 만디라는 힌두교도로 아들(샘) 하나를 가진 싱글맘이다. 무슬림인 칸과 결혼하게 되면서 아들의 성은 무슬림식으로 바뀐다. 하지만 이것은 그냥 행정적인 절차일 뿐 이들의 집에서는 아무런 갈등 없이 두 종교가 평화롭게 공존한다.

## 아메리칸 드림 이후에 찾아온 비극

이들은 백인 중산층 가정과 이웃사촌이 되어 꿈같은 미국 생활을 시작한다. 칸과 샘도 어느 친부자 관계 못지 않게 가깝다. 꿈같은 시간이 흘러가던 중 미국에서는 9·11 테러가 일어난다. 그날 이후 미국인의 무슬림 혐오증이 심해지고 칸의 가정도 그 박해로부터 피해 갈수 없었다. 만디라의 미용실은 문을 닫아야 했고 칸의 동생의 아내는 히잡을 두르고 있다고 모욕을 당한다. 칸은 무슬림으로서 9·11을 조금도 비호할 생각이 없다. 그는 9·11희생자들을 위한 추모 집회에도 참석하지만 사람들의 차가운 시선에 당황한다. 이런 수모 속에서도 6년의 세월은 흘렀다. 칸의 식구들을 유일하게 이해해 주던 이웃집의 마크가 아프카니스탄에 종군 취재를 갔다가 사망하면서 마크 가족과도 멀어진다. 그러던 중 아들이 무슬림이라고 놀림을 받다가 친구들로부터 우발적 구타를 당해 죽게 된다.

만디라는 이 현실을 도무지 견딜 수가 없다. 자신과 아들은 무슬림도 아닐뿐더러 결혼으로 바뀐 아들의 성이 죽음의 원인이었던 것을 생각할 때 자신이 아들을 죽음으로 내몬 것 같은 자책감에 괴로워한다. 게다가 죽음의 자리에 있었던 아이들은 모두 하나같이 입을 다물고 아들의 죽음에 대해서 진실을 말하지 않는다. 화가 난 만디라는 칸에게 미국 대통령을 만나 "내 이름은 칸입니다. 저는 테러리스트가 아닙니다."라고 말하라고 시킨다. 〈포레스트 검프〉(로버트 저메키스 감독, 1994)의 주인공이 하염없이 뛰듯이 아내가 홧김에 한 말을 실천하기 위해 칸은 미국 여행을 시작한다.

영화는 여기서부터 시작한다. 대통령을 만나기 위해 워싱턴 D.C로 가는 비행기를 타려다가 무슬림에 대한 과도한 짐 수색으로 비행기를 놓치면서 칸은 공항 직원들에게 그의 이야기를 늘어놓는다. 자신은 무슬림일 뿐 테러리스트가 아니라는 것이다.

## 그도 테러리스트가 아닙니다

칸은 비행기 대신 버스를 타고 대통령을 만나러 간다. 미국 대통령이 항상 백악관에 있을 리 만무할 터. 그는 뉴스를 보고 대통령의 동선을 따라다닌다. 그러나 대통령의 기동력을 당할 수 없기에 항상 뒤처진다. 여행 중에도 무슬림의 기도 시간을 빼먹지 않았던 칸은 어느 도시에서 무슬림 대중 집회에 참석한다. 모임의 리더격인 무슬림 지도자는 미국의 이슬람 정책을 비판하면서 무슬림 청년들에게 궐기할 것을 요구한다. '착한' 칸은 집회 중 그를 사탄이라고 비난한다. 집회 장소를 떠난 칸은 이 모임을 FBI에 고발한다. 영화 중 가장 작위적인 장면이다. 착한 무슬림인 칸을 부각시키기 위해 울분을 토하는 무슬림들을 모두 고발의 대상으로 만들었다. 두 번째 미국식 계몽이다. 이민자들도 투철한 고발 정신으로 미국의 이념에 복종해야 한다는 것이다. 어느 사회든 안정적으로 유지되기 위한 최소한의 제재 장치는 필요하다. 그러나 영화에서 무슬림의 분노 원인은 설명되지 않고 울분만 범죄시된다. 영화는 고발을 받은 지도자가 진짜 극렬 세력이라는 것을 증명이라도 하려는 듯이 그의 추종자에 의해 칸이 공격받는 장면을 삽입한다. 불편함이 극에 달하는 부분이다. 영화 평론가 황진미 역시 이 장면을 불쾌해했다.

> 자신이 '착한' 무슬림임을 증명하기 위해 '나쁜' 무슬림을 적극 신고해야 한다. 마치 월남한 서북청년단이 극렬 반공주의자로 활약하거나, 식민지 엘리트가 제국에 더욱 충성하듯이. 그가 신고한 교수는 진짜 테러리스트였을까? 알 수 없다. 무슬림만 모이는 사원에서 이스라엘의 팔레스타인 학살 등을 비판한 그를(아스퍼거 장애로 상대의 의도를 파악하지 못하고 문자 그대로 파악하는) 칸은 '사탄'이라 부르며 신고해 버린다. 이웃끼리 막걸리 마시며 정부를 비판하다가 누군가의 신고로 끌려갔다는 일화가 떠오르는 대목이지만, 영화는 체포에 협조해 주어 고맙다는 기관원의 인사로 혐의를 확신시킬 뿐 그가 무슨 혐의로 어떤 고문을 당했는지는 다루지 않는다. 영화에서 칸의 신고 정신은 '착한' 행위의 귀감이며, 마지막엔 칼까지 맞음으로써 '우리 편'임을 재확인시킨다. (〈한겨레21〉, 853호)

칸은 여행을 계속한다. 부시의 환영 인파 속에 있던 칸은 "나는 테러리스트가 아닙니다."라고 외치지만 인파의 함성에 묻혀 테러리스트라는 말만 들린다. 결국 경호원들에 의해 진압되고 테러리스트로 오해되어 불법 구금되고 고문을 당한다. 그러나 이 장면을 취재하던 인턴 기자의 노력으로 칸의 사연은 전국적으로 소개된다. 우여곡절을 겪는 동안 미국의 대통령은 부시에서 오바마로 바뀐다. 결국 대통령을 만나고 아내가 시킨 말을 한다. 아내와의 화해도 이루고 아들을 죽인 범인들도 잡히고 칸은 착한 무슬림으로 미국 전역에 각인된다.

## 다른 종교, 같은 마음

단순한 계몽 구조에도 불구하고 영화는 우리에게 종교적 암시를 준다. 칸의 순례는 대통령을 만나는 것으로 소원을 이룬다. 이것은 고생 끝에 옛 여자 친구를 만나는 인도 영화 〈슬럼독 밀리어네어〉와 같은 사고 구조를 갖고 있다. 인도 종교(힌두교, 불교)는 지리적 위치와도 비슷하게 기독교와 중국 종교의 중간 지점에 있다. 중국 종교가 개인의 세속적 삶의 열정에 초점을 맞춘다면, 그래서 진인사 대천명, 즉 사람의 일을 다하고 하늘의 명을 기다리는 종교라면, 기독교에서 천명(계시)은 기다리는 것이 아니라 전적으로 신에 의해 내려지는 것이다. 인도의 종교는 중간에 있다. 칸의 순례는 값진 것이었지만 순례가 대통령과의 만남을 직접적으로 성사시킨 것은 아니다. 칸이 대통령을 만난 것은 우연이었다. 전임 대통령을 만나기 위해서도 최선을 다했지만 거기서는 진압당했다. 새로운 대통령의 우연스러운 접근이 칸의 소원을 성취하게 만든다.

중국 종교에서 수행이 진리에 이르는 수단이라면 인도 종교에서 수행(순례 또는 삶 그 자체)은 인간의 책임이고 소원이 이루어지는 것은 초월의 영역이다. 칸이 백악관으로 간 것이 아니라 대통령이 칸이 있는 곳으로 왔다. 이처럼 종교는 진리를 추구하는 방법부터 다르다. 종교는 같을 수도 없고 같을 필요도 없고 같아서도 안 된다. 다양한 종교는 갈등을 내포하고 있다. 이 차이 앞에서 우리는 양극단의 사람들을 만나게 된다. 한쪽에서는 타종교를 배척의 대상으로 삼는 사람들인데 대부분의 기독교인들은 여기에 속해 있다.

한편으로는 소수이기는 하지만 종교 간의 대화를 시도하는 이들이 있다. 그러나 이들 중에서도 대화를 곡해하는 사람들이 있다. 이들은 산의 정상(진리)에 이르는 방법은 다양하지만 결국은 정상에 이른다는 논리를 가지고 모든 종교는 궁극적으로 같은 지점을 지향한다고 생각한다. 그러나 어느 길을 택하냐에 따라 정상에 선 감동도 다르다.

그러므로 같은 지점에 올랐다 해도 같은 정상이라고 말할 수 없다. 결국 모든 종교는 다르다.

볼프하르트 판넨베르그가 종교 간의 대화의 목표는 종교 간의 일치가 아니라 차이의 비폭력화라고 말한 것은 그런 점에서 옳다. 판넨베르그는 종교 간의 대화는 서로간의 본질적인 차이점과 대립을 전제하고 시작하며 불필요한 오해나 선입견을 대화 중에 제거하는 데서부터 출발해야 한다고 말한다. 결국 종교 간의 대화는 종교와 종교의 진리 주장 간의 대화이며, 진리 주장은 각각의 종교 전통의 중심을 이루고 있기에 대화를 위해 제거되거나 포기될 수 없는 것이다. 인도의 종교학자 라이몬드 파니카 역시 기독교인이 타종교와의 대화를 위해 "예수의 중요성을 축소시켜 버리거나 예수가 주님이시라는 그리스도교 핵심 교리를 덮어 버려서는 안 된다."고 주장한다.

리즈완과 만디라는 무슬림과 힌두교도로서 만났지만 아무런 갈등 없이 살아간다. 이러한 평화로운 공존이 가능한 것은 상대방의 신념을 존중하기 때문이다. 결코 같아지려고 하지 않는다. 반면 칸의 동생은 무슬림인 형이 힌두교도와 결혼하는 것을 반대하고 형제는 절연한다. 그러나 이슬람 혐오증 때문에 모욕을 당한 동생의 아내를 위로하기 위하여 칸 부부는 오랜만에 동생 집을 찾는다. 여기서 동생은 형에게 기대어 눈물을 흘린다. 칸은 가장 신실한 무슬림이다. 자기에게 주어진 하루 5번의 기도 시간을 철저하게 지킨다. 칸은 자기가 믿는 신이 편협하지 않기에 사랑하는 아내의 힌두교 신앙을 싫어하지 않는다는 것을 안다.

## 자기가 믿는 종교의 아름다움에 빠진 사람

칸은 조지아 주에서 밤거리에 자전거를 타다가 다친 흑인 아이를 집에까지 데려다 주고 그들과 며칠 함께 보내게 된다. 하필 이 집의 큰아들은 이라크에서 전사했다. 무슬림과 이라크 전사자 집안의 동거는 적대적이지 않다. 그들은 자신들의 신앙 안에서 화평을 누린다. 칸은 그들과 함께 교회를 찾는다. 흑인 아이는 형을 회상하며 예배에서 간증한다. 칸은 자기의 신앙 언어로 간증을 한다. 두 간증 사이에 누구도 내 간증이 더 진실하다고 상대방을 강요하지 않는다. 교회에서 이루어진 무슬림의 간증은 아름답다. 자기가 믿는 신의 관용에 대한 확신이 있는 사람, 자기가 믿는 종교의 아름다움에 흠뻑 빠져 있는 사람은 결코 다른 이의 신앙을 폄하하지 않는다. 나의 믿음이 아름다운 만큼 타자의 고백도 아름다워할 줄 알아야 한다. 타자의 고백이 아름다워 개종을 하는 사람이라면 이미 자신의 종교에 신실하지 않았던 사람이다.

그러므로 일부 종교 다원주의자들이 서로의 신앙 체계에서 공통점을 찾아내려는 시도는 의미 없다. 우리는 서로의 차이를 찾아야 한다.

다만 차이를 횡단할 뿐이다. 앞선 판넨베르그의 지적처럼 다른 신념을 이해하기 위하여 자신의 진리 체계를 유보할 필요가 없다. 자신의 신앙에 진실되게 투철한 사람만이 다른 이의 신앙을 존중한다. 만디라가 남편 칸에게 요구한 "내 이름은 칸이고 나는 테러리스트가 아니라는 말"을 칸은 힌두교적 주문(mantra)처럼 외운다. 아내와 행복한 가정을 이루었던 시절 그는 아내의 주문 외우는 모습을 여러 번 지켜보았을 것이다. 칸은 주문을 외운다. 하지만 그것은 힌두교에 굴복하는 것이 아니라 아들 샘에 대한 추모이고 아내와의 사랑을 회복하기 위한 도구일 뿐이다.

조지아 주의 작은 마을을 떠난 칸은 여행을 계속하다가 자기에게 소중한 경험을 하게 만들어준 마을이 홍수 때문에 고통을 겪고 있는 뉴스를 보고 다시 돌아간다. 그는 진리를 찾는 일(대통령을 만나는 일)을 잠시 유보한다. 종교가 만나고 대화하는 자리는 바로 여기다. 윤리와 실천의 자리다. 아픔의 자리고 사랑의 자리다. 종교학자 마이클 아말라도스는 윤리적 대화를 제안한다. 인간 고통과 생태계 위기에 관한 구체적 문제를 놓고 대화할 때, 고통의 원인을 분석하고 해결하려고 각 종교의 임무를 찾을 때 정의를 위해 연대하려는 각 종교인들은 신앙에 몰입하려는 자신을 발견하게 된다는 것이다. 섣부른 다원주의 이론에 의해 만나지는 것도 아니고 만남이 당위론적 명령도 아니다. 그냥 우리는 타종교인들과 정의를 위해 연대하고 같은 아픔을 느낄 뿐이다.

## 자기 세계에 갇혀 버린 사람들

칸은 자폐증을 앓고 있다. 자폐증이란 글자 그대로 자기의 세계에 갇히는 병이다. 그런데 칸은 사랑과 아픔을 통해 세상과 소통한다. 자신의 신앙에 진실한 것을 일종의 자폐증으로 받아들이는 종교인들이 있다. 그들은 세상과 소통하지 않으려고 한다. 혹시라도 세상과의 소통이 시작되면 자기의 믿음이 급속도로 와해될 것 같은 두려움에 사로잡힌다. 어디 종교의 영역뿐이겠는가. 동성애에 대한 사회의 인식이 긍정적으로 바뀌면 세상의 모든 사람들이 동성애자가 될 것이라고 생각하는 사람들이 있다. 교사들이 노동조합에 가입하면 모든 학생들이 좌경화될 것이라고 믿는 사람들이 있다. 무슬림의 숫자가 늘어나면 그들이 나에게 자살 폭탄이라도 안고 다가올 것처럼 믿는 사람들이 있다. 모두가 자기 신념에 대한 확신이 없기 때문이다.

소통의 장애를 가진 칸도 아는 사실, 미국은 9·11 이후 자신들이 저지른 실수(불법 구금, 고문, 이슬람 혐오증)를 반성하고 극복할 수 있는 자정 능력을 가지고 있음을 선전하는 평범한 애국주의 영화조차도 아는 사실을 받아들이지 못하고 자기 세계에 갇혀 사는 종교인들을 도대체 어떤 병명으로 설명을 해야 할까.

# 나는 왜 내가 아니고 너인가

## 쌍생아

감독 : 츠카모토 신야, 1999

　일본을 대표하는 츠카모토 신야 감독의 〈쌍생아〉는 근대화를 시작한 일본 사회의 복합적인 갈등 구조를 다룬 영화다. 근대적 통일 국가의 성립과 자본주의의 도입으로 빠른 변화 속도를 보이던 메이지 시대 말기 아버지의 뒤를 이어 의사가 된 유키오는 마을에서 신망이 두터운 명의다. 어느날 냇가에서 목욕을 하던 링이라는 여인에게 첫눈에 반한 유키오는 신분의 차이를 극복하고 결혼한다. 과거를 기억하지 못하는 척하는 링은 유키오의 쌍둥이 동생을 버리고 과거를 잊은

척 사는 유키오의 부모와 크게 다르지 않다. 신분은 다르지만 그들은 숨겨야 할 과거가 있다는 점에서 쌍생아다.

버려진 유키오의 동생이 다시 나타남으로써 영화는 누가 진짜 유키오고 동생인지 관객을 혼란에 빠뜨린다. 하지만 누가 누구인가를 쫓아가다 보면 두 사람을 구별한다는 것이 아무런 의미가 없음을 알게 된다. 이성을 중시하는 의사로서 유키오의 아버지가 주술적 판단으로 다른 아들을 버린 것과 같은 양면성을 감독은 〈쌍생아〉를 통해 표현하고 있다.

부산국제영화제와 친숙한 츠카모토 신야 감독은 〈쌍생아〉로 부산국제영화제(4회) PSB영화상을 수상했다. 쌍둥이 형제의 일인 이역을 맡았던 모토키 마사히로는 일본 아카데미상(23회) 우수 남우주연상을 수상했다.

## 자신 안에서 다른 존재를 발견한 형제 이야기

일본에는 아직 4,000여 개 부라쿠(部落)에 300만 명 정도의 천민이 살고 있다. 아시아에서 가장 앞선 나라를 자부하는 일본이지만 21세기에 아직도 천민으로 지칭되는 사람들이 있는 것은 놀라운 일이다. 물론 법적으로만 보자면 신분제는 폐지되었고 이들에 대한 차별은 없다. 그러나 현대 일본 사회에서 부라쿠에 대한 보이지 않는 차별은 지속되고 있다. 일제하에서 강제 징용된 조선인들이 살고 있는 우토로 마을에 대한 차별도 거의 부라쿠와 다름없는 것으로 알려져 있다.

영화 〈쌍생아〉는 일본의 중산층 사회와 부라쿠가 서로 쌍둥이처럼 얽혀 있음을 보여주는 영화다. 메이지 시대 말기를 배경으로 하는 영화의 주인공 유키오는 전쟁에서 훈장까지 받은 의사다. 노인 아이 할 것 없이 눈높이를 맞추어 진료하는 그는 마을에서 명의로 존경받고 있다. 청일전쟁일 수도 있고 러일전쟁일 수도 있는 전쟁에서 팔이 잘려 나간, 그래서 증오만 남았을 법한 귀향 병사도 유키오 앞에서는 순한 양처럼 진료 받는다. 부상한 퇴역 군인이 패자라면 전쟁 영웅 훈장을 받은 유키오는 승자이기 때문이다. 승리한 영웅의 냉혹한 모습이 유키오에게는 없다. 그는 많은 전범들이 전후 재판에서 궤변을 늘어놓았듯이 자신은 책임을 다했을 뿐이라고 말할 것이다. 한나 아렌트가 나치 전범 아이히만을 분석한 것처럼 아이히만은 아무런 생각 없이 학살 명령을 수행한 책임적 존재일 뿐이다. 아이히만이 이 정도라면 유키오에게 죄를 묻는 것은 무리다.

## 아침의 한때

명의 유키오는 냇가에서 목욕을 하고 있던 링을 보는 순간 사랑에 빠져 결혼에 이른다. 의사로서 배경 좋은 아내를 얻으려고 하기보다는 과거조차 기억하지 못하는 여인을 아내로 받아들일 정도로 순수한 사람이다. 그녀가 기억하고 있는 사실은 화재로 인해 가족을 잃고 이전의 일은 모두 기억나지 않는다는 것이다. 유키오의 부모는 며느리가 싫지만 고부 갈등이 단골 소재인 한국의 드라마처럼 천박하게 며느리를 학대하지 않는다.

이 가족의 식탁은 서경식이 『나의 서양미술 순례』에서 소개한 일본화가 고이소 료오헤이의 〈아침의 한때〉를 연상시킨다. 서경식은 전쟁 당시 일본 중산층의 지극히 평범한 식탁을 그린 이 그림을 이렇게 평한다.

어쩌면 일본 중산계급의 뱃속은 이만큼 깊은지도 모른다는 것이다. 병사들은 타국을 침략해서 타민족을 살육하고 있었던 때에도, 또한 전 국민이 신절이나 하는 허위의 미의식에 의하여 죽음으로 내몰리고 있던 때에도 이 중류 상층계급의 가정에는 3세대에 걸쳐서 한결같이 조용한 아침이 되풀이되어 왔는지도 모른다.

마치 로이소 료오헤이의 그림을 보는 듯한 영화 속 유키오 가정의 식탁은 조용하다. 침묵을 깨기 위해 아들은 역시 의사였던 아버지에게 묻는다. "죽음이 확실한 환자를 치료하기보다는 그냥 죽도록 놓아두는 것이 더 좋지 않습니까?" 아버지는 대답한다. "그것은 네가 독일

의학을 공부했기 때문이다. 의사는 어떤 경우에서든지 사람을 살려야 한다." 살리는 것이 의사의 책임이라면 어떤 경우에서든지 살려야 한다. 일종의 기계적 휴머니즘인 셈인데 식탁의 부자는 자신들이 사람을 이유 없이 죽이던 전쟁에 한 발을 담그고 있었던 사실에 대해서는 철저하게 망각한다.

## 찾아드는 어둠의 그림자

행복하기만 한 가정에 어느 날 갑자기 어둠의 그림자가 찾아든다. 유키오는 알 수 없는 시선이 자기를 지켜보고 있는 불쾌한 감정을 느낀다. 집과 병원에는 닦고 닦아도 지워지지 않는 악취가 진동한다. 게다가 아버지와 어머니가 석연치 않은 이유로 세상을 뜬다. 유키오의 부모가 떠난 후 비가 몹시 내리던 어느 날, 응급환자가 병원 창문을 급하게 두드린다. 유키오는 빗속에서 아이를 살려달라고 소리치는 부라쿠 출신의 여인이 품안에 안은 아기가 페스트 환자라는 것을 직감한다. 페스트의 전염성, 천민 출신의 환자라는 사실에 잠시 주춤하지만 간호사들에게 방역복을 준비시키고 환자를 받을 준비를 한다. 순간 병원의 문을 누가 급히 두드린다. 시장이 사고를 당해 직원들에 의해 병원으로 옮겨진 것이다. 누구를 먼저 치료해야 하는가? 아내 링은 천민 환자를 먼저 치료해야 한다고 주장하지만 유키오는 시장을 먼저 치료할 것을 결정한다. 시장은 병원 정문으로 들어오고 천민 환자는 창문을 두드린다. 정식으로 문을 두드릴 용기조차 갖지 못한 신분의 사람들이 부라쿠인들이라는 것을 감독은 암시한다. 그날 이후 유키오와 링은 냉각기를 갖는다.

어느 날 유키오는 집 뒷마당에 있는 우물 근처에서 공격을 받는다. 그는 우물 속으로 떨어지면서 그를 공격한 사람의 얼굴을 본다. 놀랍게도 그것은 자기의 얼굴과 똑같은 사람이었다. 우물 속에서 자기와 똑같이 생긴 사람이 우물 안으로 던져 주는 개밥보다 못한 음식으로 연명한다. 자기와 똑같은 그는 누구인가? 유키오는 놀랍게도 공격한 자는 자신의 쌍둥이 형제 스테키치라는 사실을 알게 된다. 유키오는 자신에게 쌍둥이 형제가 있었다는 사실을 전혀 모르고 있었다. 의사였던 아버지는 쌍둥이 형제 중 허벅지에 흉물스러운 반점을 갖고 태어난 동생 스테키치를 냇가에 버린다. 가장 이성적인 의학을 공부하고 환자를 포기해서는 안 된다는 철학을 가진 의사지만 기괴한 무늬가 보여주는 불길한 예감을 떨쳐 버릴 수가 없었던 것이다. 버려진 아이는 부라쿠의 곡마단 배우에 의해 길러진다. 스테키치는 천민 마을에서도 소외된 채로 좀도둑으로 살아간다. 이중의 소외 속에서 외로운 스테키치 옆에는 같은 마을 출신의 연인이 있다. 스테키치는 점점 사람 아닌 사람(非人, 히닝)이 되어 간다. 일본인들이 부라쿠민을 부르던 비인이란 바로 사람 아닌 사람인 것이다.

좀도둑으로 스테키치는 부라쿠에서조차 쫓겨나며 연인과 생이별을 하게 된다. 스테키치를 잊지 못하던 연인은 어느 날 자신의 목욕 모습을 보던 유키오와 마주하게 된다. 그녀에게 스테키치가 나타난 것이다. 그래서 스테키치를 찾아가지만 그는 유키오였다. 스테키치의 연인이 바로 링이었다. 링은 천민 출신이라는 사실을 숨기기 위해 기억 상실증에 걸렸다고 이야기하면서 유키오의 아내가 된다.

## 한 아내, 두 남편

마을로 다시 돌아온 스테키치는 링이 결혼해 살고 있다는 사실에 격분한다. 몰래 링을 지켜보던 스테키치는 유키오의 모습을 보고 소스라치게 놀란다. 언젠가 양아버지가 말해 주었던 출생의 비밀이 생각났던 것이다. 죽은 줄 알았던 스테키치의 출현이 유키오가 느끼던 불길한 느낌, 악취, 부모 죽음의 원인이었다. 마지막 복수 대상은 유키오와 링이다. 링에 대한 스테키치의 사랑은 변함없지만 스테키치는 링이 배신했다고 생각한다. 그리고 유키오를 우물에 밀어 넣고 링의 남편 행세를 한다.

링은 그가 유키오가 아니라는 사실을 알고 자신은 배신한 것이 아니라 당신을 기다렸다고 고백한다. 그러나 링을 믿지 못하는 스테키치는 끝까지 유키오 행세를 하며 오히려 그녀에게 지금 무슨 말을 하냐며 링을 당혹하게 만든다. 스테키치는 점점 유키오를 닮아가고 문명의 상징이었던 유키오는 우물 속에서 비인이 되어 간다. 유키오와 스테키치는 생물적 쌍둥이지만 그것은 원시와 문명, 교양과 악마성을 동시에 지니고 있는 한 개인의 모습이다. 오랫동안 우물에 갇혀 있던 유키오는 우물을 탈출해 스테키치를 죽인다. 군대 갈 자격조차 없는 천민 스테키치가 천민 마을의 건달이라 할지라도 무시무시한 전쟁의 한복판에 훈장을 받은 유키오와는 상대가 되지 않았다. 유키오를 형이라고 부르며 죽어 가는 스테키치는 구약성서에서 동생 야곱에게 모든 것을 갈취당한 형의 한탄을 생각나게 한다.

에서가 아버지에게 물었다. 저에게 주실 복을 하나도 남겨 두지 않으셨습니까? (창세기 27:36)

링은 괴롭다. 자신과 잠자리를 한 남자가 유키오인지 스테키치인지 분명하지 않다. 유키오라면 자신의 과거를 다 말해 버렸다는 점에서 괴롭고, 스테키치라면 그렇게 모든 것을 다 고백하고 배신이 아니었다고 변명했음에도 불구하고 자신을 받아들이지 않기에 괴롭다. 자신에게 일어난 현상을 도무지 알 수 없는 링은 유키오를 처음 만난 냇가에서 자살을 시도한다. 이때 우물 속에서 지내면서 스테키치의 비인 같은 모습이 되어 버린 유키오가 나타난다. 링은 그가 유키오인지 스테키치인지 불투명하지만 어쨌든 자신을 받아들인 그와 다시 가정을 이루고 둘 사이에는 아기가 태어난다.

## 벌거벗은 생명

유키오와 스테키치의 아버지는 무슨 일이 있어도 환자는 끝까지 살려야 한다는 훌륭한 의사이지만 단순히 흉한 반점을 타고 났다는 이유만으로 아들을 버리는 비이성적 인물이다. 유키오에게는 잔혹성이 숨어 있었고, 스테키치에게는 순정이 숨어 있었다. 링은 유키오의 안정감과 스테키치의 야수성 사이에서 갈등한다. 감독은 인간 모두에게 이러한 이중성이 있음을 보여준다. 세련된 교양 뒤에는 악이, 악마성 안에는 선함이 있다.

성서에서 가인은 아벨의 제사만이 하느님에게 받아들여진 것을 질투하여 아벨을 죽인다. 그러나 하느님은 살인자 가인에게 유랑의 벌을 내리면서도 그에게 표까지 주어가며 끝까지 지키겠노라고 약속했다. 표는 죄인에 대한 구원의 상징인 동시에 인간이 태초부터 가지고 있던 악마성의 표다. 악마성의 표지가 있기에 인간은 구원의 대상이 될 수밖에 없다는 이중적인 의미를 가진 표다. 수많은 가인들이 두 가지 표지 중 좋은 것만을 가지고 싶어 하지만 결국 그것은 함께 안고 갈 수 밖에 없는 표지다.

영화 마지막에 태어난 아기는 누구의 아이일까? 유키오의 아이일까, 스테키치의 아이일까? 그 아이는 유키오와 스테키치의 아이다. 선과 악의 아이다. 그런데 유키오가 선인지 스테키치가 선인지 감독도 배우도 관객도 아무도 알 수 없다. 그것은 모든 사람이 지니고 살아야 하는 숙명과 같은 것이다.

부라쿠는 천한 직업에 종사하는 사람들과 전쟁 포로들, 도래인(재일 한국인과 같은 외국인)이 모여 살면서 자연스럽게 형성된 것이라는 이론이 지배적이었으나 최근의 연구들은 그것을 뒤집고 있다. 자연스럽게 형성된 촌락이 아니라 천황 제도가 생기면서 사람이 아닌 신격화된 천황을 만들기 위해 짝패로서 사람 아닌 사람이 가능하다는 사실을 보여주기 위하여 부라쿠를 만들었다는 것이다(『일본 부락의 역사』). 천민이란 존재는 기득권의 필요를 위해 만들어진 존재라는 이야기다. 현대 일본에 부라쿠는 없다고 일본 정부가 늘 주장하듯이 근대적 인권 개념을 법에 도입한 나라에서 천민은 분명히 없다. 그러나 기득권자들은 기득권 보호를 위해 천민을 끊임없이 만들어 내고 있다. 그것은 기득권이 구별되어야 할 이유로서 반드시 존재해야 하는 계급인 것이다. 이태리의 철학자 조르조 아감벤은 이런 사람들을 '벌거벗은 생명'(호모 사케르)이라고 부른다. 벌거벗은 생명은 희생제물로도 바칠수 없고, 죽여도 처벌 받지 않는 생명을 뜻하는 말로 자본주의 사회에서 소외된 계급이 여기에 해당된다.

## 비인을 생산하는 사회

같은 학교를 다녀도 돈을 내고 밥을 먹는 아이들과 무료 급식을 하는 아이들은 구별되어야 한다는 것이 기득권자들의 주장이다. 그것은 밥값을 내는 아이들을 구별하기 위해서이다. 세금의 혜택을 받는 아이들이 있어야 세금을 더 많이 내는 이들에 대한 고마움을 알게 된다는 생각에서다. 시혜를 받는 사람들은 기득권자와는 같은 사람이 아닌 비인(非人)이다. 현대 사회에서 장애자, 도시 빈민, 비정규 노동자는 모두 비인이다. 비인에 대한 개념은 정치와도 연관을 맺는다.

9·11테러로 목숨을 잃은 사람들에 대한 슬픔도 있고, 비극을 자초한 미국에 대한 비난도 있지만 대응 공격으로 중동 땅에서 죽어간 희생자들에 대한 사람들의 감정은 그만큼 크지 않다. 제1세계 사람들의 의식 저변에는 그들은 다른 사람이라는 생각이 숨어 있는 탓이다.

공지영의 소설을 원작으로 한 영화 〈도가니〉(황동혁 감독, 2011) 때문에 새삼 장애인 학교에 대한 사람들의 관심이 높아지고 있다. 당시 솜방망이 같았던 처벌에 대한 비난이 있는가 하면 사학법의 독소 조항이 이런 결과를 초래했다며 사학법 반대에 앞장섰던 족벌 사학에 대한 비판의 소리가 높다. 그러나 이들만 회개하고 법만 개정되면 장애인들의 처지는 개선될까? 한국 사회 비장애인들에게 장애인들은 비인이다. 그들에게 비인은 동정의 대상은 되어도 더불어 살 수 없는 부라쿠 사람들에 지나지 않는다. 그래서 사람들은 그들을 특정 공간에 몰아넣고 가끔씩 동정하며 시혜할 뿐이다. 미디어 과잉의 세상에서 영화는 동정에 잠시 흥분을 더하지만, 자신과 처지가 다른 사람을 비인으로 취급하는 인식에 대한 회개가 없는 한 우리의 편의를 위하여 만들어 낸 부라쿠에서는 말도 안 되는 일들이 계속 일어날 것이다. 영화 〈도가니〉가 농아들 문제를 다루면서 자막이 제공되지 않았던 것이 좋은 예다. 〈쌍생아〉에서 스테키치가 부라쿠를 떠난 후 혼자 남겨진 링은 도둑질을 하다가 주인에게 잡힌다. 주인은 약점을 잡아 링을 겁탈하려 들며 "네 동네(부라쿠)에서는 강간도 다반사라며?"라는 말로 부라쿠에 대한 인식을 드러낸다. 모두가 벌거벗은 생명의 슬픔을 안고 살아가는 사람들이다.

## 나는 왜 내가 아니고 너인가

유키오가 모든 것을 알기 전 왕진을 갈 때 병원 앞에서 유키오를 비난하는 걸인이 있었다. 유키오는 뭔가 비밀을 말할 듯한 걸인을 항상 무시하고 지나쳤다. 스테키치가 죽고 난 후 다시 유키오가 병원을 나설 때 걸인은 유키오에게 소리를 친다. 예전과 달리 유키오는 걸인을 돌아본다. 이때 걸인은 예전과 달리 뭔가에 홀린 듯 유키오에게 압도당한다. 감독은 유키오의 눈빛이 무엇을 말하고 있는지 관객들에게 말해주지 않는다.

걸인이 아무것도 모르는 유키오를 압도할 때 유키오의 눈빛은 선한 눈빛이었지만 인간의 본성을 알아차리지 못한 눈빛이었을 것이다. 그러나 유키오가 걸인을 압도할 때 그의 눈빛은 모든 것을 다 알아 버린 눈빛이었을 것이다. 모든 것을 다 알아 버린 그의 눈빛에 괴짜 걸인은 두려워 떤다.

인간의 본성을 일찌감치 알아 버린 것이 불교다. 알았기 때문에 더 이상의 해답을 찾을 필요 없이 양면성이 본래의 것이 아니었음을 확인해 가는 고뇌의 종교이며 모든 것을 알아 버린 지혜의 종교다. 반면 기독교는 하느님의 형상으로 태어난 교만한 인간이 끊임없이 하느님처럼 되고 싶어 했던 종교다. 그들이 하느님처럼 되고 싶어 했던 것은 꼭 신의 머리 꼭대기에 있고 싶어서는 아니었다. 그들은 하느님처럼 정의를 실현하고 가난한 이들을 돕고, 시비를 가리고 싶었을 뿐이다. 그런데 결코 혼자 힘으로 될 수 없음을 알았던 것이 사도 바울이다. 그는 선악이 충돌하고 있는 인간 존재를 다음과 같이 서술한다.

> 나는 내 속에, 곧 내 육신 속에 선한 것이 깃들어 있지 않다는 것을 압니다. 나는 선을 행하려는 의지는 있으나, 그것을 실행하지는 않으니 말입니다. 나는 내가 원하는 선한 일은 하지 않고, 도리어 원하지 않는 악한 일을 합니다. 내가 해서는 안 되는 것을 하면, 그것을 하는 것은 내가 아니라, 내 속에 자리를 잡고 있는 죄입니다. 여기에서 나는 법칙 하나를 발견하였습니다. 곧 나는 선을 행하려고 하는데, 그러한 나에게 악이 붙어 있다는 것입니다. (로마서 7:18-21)

이처럼 자신조차 파악하지 못했던 기독교는 모든 것을 알아 버린 불교에 비하면 무지의 종교다. 그런데 무지의 끝에서 그리스도를 만난다. 그리스도를 통해 뻔히 알고 있는 사실도 나를 변화시키지 못함을, 나 혼자 극복할 수 있을 것 같은 일들도 결국은 나의 힘으로는 안 된다는 사실을 깨닫는다. 유키오는 스테키치를 만나기 전의 자아, 즉 선하기만 한 명의의 이미지를 가진 자아가 거짓 자아였다는 것을 알게 된다. 역설적으로 잊혀진 악마성을 긍정함으로써 그는 선으로 인도된 것이다.

비 오던 날 도움을 청하던 부라쿠민의 진료를 미루었던 유키오는 부라쿠에 왕진을 나간다. 그런데 부라쿠로 가는 길을 모른다. 왕진을 기다리던 부라쿠의 아이가 마을 어귀까지 나와 유키오를 안내한다. 나약한 어린이면서 천민인 이중적 취약성을 가진 아이는 그가 죽인 동생의 분신일 수도 있다. 어리석고 약해 사람 같지 않은 사람들에 의해 인도되는 삶, 그것이 진리로 인도되는 삶이다. 사회적 비인으로 나의 존재를 확인하려는 사람은 죄인이다. 나 또한 누군가에 의해 비인으로 취급되고 있음을 알고 그동안 나와 비인을 나누었던 경계를 허물고 그들을 연대의 대상으로 삼는 사람이야말로 영적으로 건강한 사람이다.

영화를 따라가다 보면 아내 링과는 달리 관객의 입장에서 유키오와 스테키치를 구별하는 것은 어렵지 않다. 그런데 유키오가 곧 스테키치이고 스테키치가 곧 유키오인데 구별이 무슨 의미가 있겠는가?

# 정       의       란
# 무  엇  인  가 ?

세상에 정의보다 귀한 것은 없다. 사람들을 보고 말하기를 "네게 갓과 신을 주고, 그 대신 너의 손발을 끊겠는데 그래도 좋으냐." 하고 물으면 좋다고 할 사람은 없을 것이다. 왜냐하면 갓과 신이 손발만큼 귀하지 못하기 때문이다. 또한 "네게 천하를 주고 그 대신 너를 죽이려 하는데, 너의 생각은 어떠하냐?"고 하면 이것 역시 듣지 않을 것이 뻔하다. 왜냐하면 천하의 귀한 것이 내 몸 귀한 것을 따르지 못하기 때문이다. 그러나 단 한 마디 시비로 서로 다투어 죽게 되는 것은, 정의가 내 몸보다도 귀하기 때문이다. 그러므로 세상에 정의보다 귀한 것은 없다.(묵자『墨子』귀의편「貴義篇」)

그들은 두렵고 무서운 백성이다. 자기들이 하는 것만이 정의라고 생각하고, 자기들의 권위만을 내세우는 자들이다.(「하박국」1:7)

———————————— 프랑스에서 독일이 물러난 1944년 8월, 나치에 협력한 비시(Vichy) 어용 정부 관리들과 일반 부역자들에 대한 엄격한 처벌이 드골 정부의 주도 아래 이루어졌다. 약 100만 가량이 재판에 회부되었으며 그중 10만여 명 정도는 감옥에서 죽거나 총살당했다. 당시 프랑스의 문호 프랑수와 모리악과 알베르 카뮈가 과거 청산을 놓고 벌인 논쟁은 유명하다. 모리악이 관용을 주장한 반면 카뮈는 정의를 위해 처벌이 불가피하다는 입장이었다. 이 논쟁에서 주목할 만한 것은 관용과 정의가 대립했다는 사실이다. 넓은 마음의 정의는 존재하지 않고 엄격함이 정의의 기초가 된다고 보았던 것이다.

———————————— 2차 세계대전 이후 빠른 속도로 진행된 포스트모더니즘은 대칭적이던 관용과 정의를 같은 맥락에 놓고 이해한다. 어차피 보편적 정의는 존재하지 않는 것, 다양한 가치들에 대한 관용이 후기 현대 사회의 우상이 되었다. 모두가 관용만이 진리라고 믿으며 살던 세상에서 관용은 다시 정의와 결별한다. 차이와 관용을 즐기던 사람들은 정말 옳고 그름을 구별할 수 있는 역량을 그만 놓쳐 버린 것이다.

마이클 센델의 『정의란 무엇인가』가 2010년 베스트셀러가 된 것은 이런 배경 때문이었다. 사람들은 관용을 넘어선 정의를 찾고 싶었다. 하지만 책의 명성과는 달리 저자는 정의가 무엇인지 명확하게 설명해 주지 않는다. 만약 그가 독일 패전 이후의 프랑스 문호였다면 모리악의 편에 섰을 가능성이 크다. 마이클 센델은 다양한 딜레마들을 제시하면서 어느 곳을 선택할 것이냐고 묻는다. 모두가 선택이 애매한 경우들을 예시하면서 센델이 최종적으로 귀착하는 곳은 법이라는 사회적 합의다. 도덕적·종교적 가치에 기초한 법이 공동선의 기준이 될 때 공동체의 정의도 서게 된다는 것이다. 안타깝게도 센델은 합법성과 정당성을 구별하지 않는다. 법이라는 것이 이미 제정 당시부터 다양한 불평등 위에서 시작된 것인데 그것을 정의의 기준으로 삼기는 너무 위험하다.

묵자의 이야기처럼 정의란 너무 귀한 것이기에 파악하기도 쉽지 않다. 결국 정의는 정당한 선택에 따를 수밖에 없는데 누가 정당성을 확인해 줄 것인가? 그것은 영원한 숙제다. 여기 소개되는 다섯 편의 영화는 옳다고 생각되는 것을 쉽게 결정하는 세태를 걱정한다. 관용이 정의라고 주장하는 이에게, 인간의 선택권이 정의라고 주장하는 이에게, 혁명이 또는 처벌이 정의라고 말하는 이에게 네 일 아니라고 함부로 말하지 말라고 이야기하는 것 같다. 정의란 무엇인가? 정답이 쉽지 않은 이 질문에 영화는 나름 대답을 시도하며 어떠한 이론보다도 더 깊은 철학적 사유를 제공한다.

# 은혜가 재앙이 될 때

## 도그빌

원제 : Dogville

감독 : 라스 본 트리에(Lars Von Trier), 2003

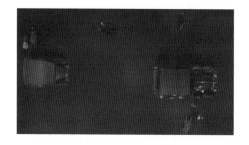

어느 날 밤 록키 산맥의 작은 마을 도그빌에 총소리와 함께 세련된 도시 여인 그레이스가 숨어든다. 약자(작은 마을 주민들)도 강자(도시인)를 보호할 수 있다는 현실에 흥분한 도그빌 주민들은 사연도 모르는 그레이스를 보호하며 자기 만족에 빠져 든다. 아이들에게 공부를 가르치고, 고상한 사람들의 말동무가 되어 주는 그레이스를 포용하던 도그빌 주민들은 그레이스의 도시적 능력으로 강자와 약자의 위치가 원상태로 돌아가게 되자 그녀를 경계하기 시작한다. 본래 관용이란 약자를 향하는 것인데 그레이스의 능력이 그들보다 위에 있는 것을 발견한 도그빌 주민들은 그녀가 도망자라는 사실을 다시 확인하고 관용이 필요 없는 약자로 취급한다. 그레이스는 관용의 대상에서 질시의 대상으로, 질시의 대상에서 노예나 다름없는 성적 노리개로 변해 간다. 마침내 그레이스는 현상금과 교환되어야 할 물질로 인식된다.

개마을이라는 뜻을 가진 마을에 사는 개의 이름은 모세다. 이집트로부터 히브리인들을 탈주시켰던 모세는 개가 되어 줄에 매여 있다. 홍해를 건너지 못하고 과거에 매여 있는 도그빌 주민들의 상황을 암시하는 이름이다. 반면 그레이스는 은혜라는 기독교 용어에서 따온 이름이다. 영화는 진정한 은혜와 자비가 무엇인지 마지막 부분에서 충격적으로 보여준다. 마지막 장면은 2011년 노르웨이에서 총기 난사로 수십 명의 목숨을 앗아간 범인 브레이비크가 자신의 페이스북에 〈도그빌〉을 감동받은 영화 중 하나로 소개한 것 때문에 더욱 유명해졌다. 덴마크 출신의 라스 본 트리에 감독은 〈도그빌〉로 유럽영화상(16회) 감독상을 수상했다. 각종 기법을 배제하고 순수한 영화 기법으로 돌아가자는 〈도그마 95〉 회원이기도 한 본 트리에 감독은 노르웨이 참사 이후 덴마크 일간 폴리티켄과의 인터뷰에서 "그 영화를 만든 것에 대해 슬프냐는 질문을 받는다면 대답은 '예스.'"라고 말했다고 전해진다.

## 참다가 마침내 폭발한 도시 처녀 이야기

'아무개 집에 숟가락이 몇 개 있는 것까지 아는 사이'는 매우 절친한 사이이거나 옹기종기 모여 사는 작은 마을을 표현할 때 쓰는 말이다. 〈도그빌〉의 무대가 되는 로키 산맥 폐광 근처의 도그빌은 바로 그런 마을이다. 사람들은 어느 집에 어떤 일이 일어나는지 다 안다. 그래서 영화는 마치 연극의 세트처럼 마을을 꾸며 놓았다. 벽도 없고 지붕도 없고 문도 모두 가상이다. 배우들은 없는 문을 삐걱 열고 들어가며(배우들의 연기가 참 어려웠을 것이라는 생각이 든다) 사방이 트인 공간을 밀폐된 공간으로 생각하고 자신들의 삶을 살아간다. 하지만 우리가 그들의 삶을 모두 엿볼 수, 아니 관객으로 정당하게 볼 수 있듯이 마을은 누구에게나 노출되어 있다.

영화는 바로 이 점을 지적하며 특이한 무대 설정을 했다. 영화의 배경은 1930년대쯤으로 추정되지만 가상의 문을 열고 가상의 공간에서 하는 행동은 가상의 현실을 보여 주는 〈매트릭스〉(앤디 워쇼스키 감독, 1999)와 크게 다르지 않다. 소꿉장난 같은 가상과 최첨단의 가상 속의 인간 역시 비슷하게 살아간다. 세상은 진보를 말하고 과학은 진화를 말하지만 사람의 교만과 악, 위선과 거짓 관용은 그대로이다. 도그빌의 세트가 모두에게 노출되듯이 디지털 세상 속에서 모든 정보는 노출된다.

도그빌이 작은 마을이라고 해서 우습게 볼 것은 못 된다. 있을 것은 다 있다. 신구 세력 간의 갈등이 있으며, 주민회의가 있으며, 교회가 있으며, 남녀 간의 사랑이 있으며 거래가 있다. 작은 마을이라고 정의에 대해서 고민하지 말라는 법이 있겠는가? 누구보다도 관용을 역설하는 탐이 있고, 양념처럼 흑인 가정도 있다. 당시 시대상으로 볼 때 흑인의 차별이 심할 때이지만 흑인 가정은 주민회의에도 참석할 수 있다. 마을은 가난하지만 정과 정의가 살아 있는 마을이다.

어느 날 밤, 외지인이라고는 찾아올 일이 없는 마을에 총성과 함께 세련된 도시 여인 그레이스가 숨어들어 온다. 여러 장으로 구분되어 있는 영화의 첫 장 제목인 "탐이 총소리를 듣고 그레이스를 만나다"가 말해 주듯 총성을 들은 것은 마을의 현실을 철학적으로 고민하는 탐이다. 그는 일상에 묻혀 그냥 살아가는 마을 사람들이 늘 걱정스럽다. 그들을 계몽하고 자신감을 심어 주려 한다. 문명의 이기인 라디오를 통해 들려오는 세계는 급격히 변화하고 있는데 도그빌은 미래에 대한 고민이 없는 것이 안타까울 뿐이다. 자신의 답답한 마음을 글로 끄적여 보지만 해소되는 것은 아니다. 게다가 탐의 이러한 진취성을 가장 우습게 보는 사람은 은퇴한 의사인 아버지다. 이런 저런 씁쓸한 기분에 언짢던 어느 날 밤 마을 벤치에 누워 있다가 마을에 숨어 들어온 그레이스와 조우하게 된다. 그레이스는 뭔가에 쫓기는 듯 로키 산맥을 넘어 도망가려고 한다. 마을 사람들은 탐의 주장을 늘 심드렁해

했지만 그레이스의 출현은 관용을 직접 실험할 좋은 기회였다. 숨어 있을 곳을 찾는 약자를 보호하는 것만큼 정의와 관용에 어울리는 것은 없다. 탐의 표현대로 그녀는 마을에 주어진 선물이다. 낯선 사람이 마을에 들어오지 않았냐고 물어오는 험상궂은 방문자들을 탐이 따돌리는 것으로 그레이스의 도그빌 생활이 시작된다.

## 갑자기 우쭐해진 시골 마을

외부 세계와 교류가 없었던 마을 사람들은 숨을 수밖에 없는 사연이 있는 여인을 관용으로 받아들이고 2주가 지난 후 어떻게 처리해야 할지를 판단하기로 한다. 낯선 이에게 관용을 베풀면 모두가 행복할 것이라는 이론을 직접 실천할 기회를 얻은 탐은 갑자기 활기차졌다. 영화를 설명하는 화자는 마을 사람들이 우쭐해질 수 있음을 염려한다. 그렇다. 누군가에게 베푼다는 것은 시혜자로서 자기의 능력을 과시하는 것이다. 연예인들은 오지에 봉사 활동을 다님으로써 자신의 이미지를 개선하고, 종교 단체들은 앞다투어 노숙자 급식에 나선다. 때로는 아프가니스탄과 같은 죽음의 땅에 선교를 떠났다가 실제로 죽기도 한다. 모두가 자기를 과시하고 자기 만족감을 위해 하는 일이지만 참여자들은 모두 상대방을 '먹이고', '선교하고', '치료' 했다는 착각에 빠진다. 타자들을 통해 자신들이 변화되었다면 혜택을 받은

사람들은 시혜자들인데 우쭐함에 취한 그들은 주객을 바꾸어 놓는다. 많은 기부행위로 유명한 연예인 김제동은 자신이 기부를 하는 것은 "자신이 행복해지기 위해서"라고 말한 적이 있다. 선행은 타자를 위한 것이 아니라 자신을 위한 것이라고 고백했다는 점에서 김제동은 정직하다.

그레이스의 마을 체류가 결정된 후에 그레이스는 자신을 받아준 고마운 이웃들에게 노동으로서 봉사한다. 그레이스의 노동은 점점 다양해진다. 마을 아이들을 돌보고 가르치고, 오르간을 가르치는 일에서부터 막노동까지 하게 된다. 곱게 자란 그녀에게는 힘든 일이지만 자신에게 베풀어진 마을 사람들의 관용을 생각한다면 모두 감수할 수 있다. 마을 사람들 역시 관용의 대가로 착취한다고 생각하지 않는다. 그들은 그녀에게 정당한 임금을 준다. 그레이스의 아름다운 체험은 오래가지 않는다. 그레이스를 찾던 방문자들은 처음에는 실종 벽보를 붙이더니 다음에는 그레이스가 은행 강도라며 거액의 현상금이 걸린 벽보로 바꾼다. 마을 사람들은 그레이스의 노동에 많은 도움을 받고 있지만 불편하다고 느끼던 차에 현상금에 조금씩 동요하기 시작한다. 관용과 미덕보다 그들에게는 돈이 중요했다.

## 제 모습을 드러낸 도그빌

사과를 수확하는 척이 그레이스를 강간하면서 베푸는 자들의 본색이 드러난다. 그레이스를 은행 강도로 의심한 도그빌 사람들은 자신들이 베풀었기 때문에 그녀의 운명도 좌우할 수 있다는 교만에 빠진다. 현상금이 걸린 그녀이므로 노동을 시키는 자들은 당당하게 그레이스를 착취한다. 한국에 수많은 제3세계 노동자들은 단지 제대로 된 신분을 갖추지 못했다는 죄로, 때로는 백인처럼 생기지 않았다는 이유로, 노동의 대가를 정당하게 받지 못한다. 심지어는 저임금에 구타까지 당한다. 고용주들은 자신의 죄를 잘 알지 못한다. 적게 받아도 너희 나라에서보다는 잘살지 않느냐는 것이 그들의 의식 저변에 깔려 있다. 고향에서 만져 보지 못한 돈을 만져 보려면 그깟 저임금과 폭력은 참아야 한다는 생각을 가진 고용주들도 있다. 도그빌 사람들이 그레이스를 착취하는 것도 같은 맥락이다. 현상금이 걸린 범죄자를 이렇게까지 보호해주는데 모든 남성들의 성노리개 정도는 별 것 아니라는 논리가 도그빌 주민들을 지배한다.

## 선물이 재앙이 되다

마을의 모든 것이 노출되어 있듯이 그레이스에게 일어나는 은밀한 일들을 탐은 모르지 않는다. 탐은 자신은 그런 사람이 아니라는 것을 보여줄 뿐 적극적으로 나서지 못한다. 그동안 관용과 정의를 역설해 왔지만 작은 마을의 얽히고설킨 관계 속에서 그가 할 수 있는 일은 많지 않다. 탐은 운송업을 하는 벤의 차에 그레이스를 숨겨 도그빌을 떠나 멀리 탈출시킬 계획을 세우지만 화물차 뒷칸에서 벤에게도 강간을 당한다. 마을의 여인들은 남성들의 추악함을 알면서도 질책하지 않는다. 처음에 척이 세련된 도시 여자 그레이스와 관계를 가졌을 때 그의 아내는 질투했으나 범죄자 그레이스가 도그빌 여인들의 지위를 대체할 수 없다는 사실을 알고 난 후로 더 이상 질투하지 않는다.

이 장면은 〈안개마을〉(임권택 감독, 1983)을 생각나게 한다. 마을에 사는 바보 깨철은 동네 아낙네들과 돌아가면서 성관계를 갖는다. 사실을 알게된 남편들은 아내들의 상대인 깨철을 매로 응징할 뿐 마을에서 추방시키지 않는다. 깨철은 남성이라기보다는 바보이기 때문에 남편들의 남성성에 대한 위협으로 느끼지 않는다. 마을의 남성들은 자신들이 채워주지 못하는 부분을 깨철을 통해 아내들에게 제공하고 그럼에도 불구하고 남편의 지위는 보존되기에 묵인하는 것이다.

그레이스는 무거운 추를 달고 노동을 해야 하는 인간 이하의 상황에 이른다. 탐이 주장하는 관용의 철학은 사라진 지 오래이고, 낮에는 노동에 시달리고, 밤에는 성적 노리개가 되는 그녀는 도그빌의 개(도그) 신세로 전락한다. 그레이스는 탐의 충고를 받아들여 마을 회의에 참석해서 양심에 호소도 해 보지만 그레이스의 진심은 받아들여지지 않고 마을 사람들은 그레이스에게 걸린 현상금에 욕심을 낸다.

도그빌에 선물처럼 왔던 은혜(그레이스)는 인간 욕망의 노예가 되고 욕망의 배설구가 되고 마지막 몸뚱이마저 돈으로 교환되려는 순간 영화는 반전을 맞는다. 그레이스를 찾으려던 갱단의 두목은 그레이스의 아버지였다. 아버지가 갱인 것이 싫어 가출했던 딸을 아버지가 찾아 헤맨 것이다. 처음의 실종 신고가 효과가 없자 누구보다도 인간의 욕망을 잘 아는 아버지는 돈을 걸어 딸을 찾으려 했다. 아버지가 세상에서 가장 악한 존재인 줄 알았던 그레이스는 도그빌에서 아버지보다 못한 존재들을 만났다. 아버지에게 권한을 위임받은 그레이스는 도그빌의 모든 사람들을 죽인다. 그가 사랑하던 아이들, 비교적 점잖게 대해 주었던 주민들도 모두 죽이고 마지막에는 탐도 죽인다.

은혜가 욕망에 사용되었을 때 은혜는 파멸로 나타난다. 신앙과 기도를 자기들의 물적 토대를 확보하는 것에 사용하는 사람들에게 특히 그렇다. 부조리한 아버지를 떠난 그레이스는 도그빌의 평범한 사람들에게서 아버지보다 추악한 폭력성을 발견하고 은혜로운 판단을 멈춘다. 탐은 그레이스와의 관계를 고려해서 자신의 생명은 보장받을 줄 알았으나 착각이었다. 찢기고 상처받은 그레이스는 도그빌의 모든 기억을 지우고 싶다.

그레이스에게 정의는 용서도 관용도 아니다. 그녀에게 정의는 모든 것을 되돌려 놓음이다. 그레이스(은혜)는 기독교에서 거저 주어지는 것이며(용서) 죄인인 인간을 원위치로 되돌려 놓는 선물이다. '거저'와 '되돌려 놓음' 사이에 간극이 넓을 수도 있고 좁을 수도 있다. 그레이스의 아버지(신)와 고통당한 대행자 그레이스는 간극이 너무 넓어 그냥 되돌려 놓을 수 없었다. 아버지는 폭력을 통해 되돌려 놓음을 위임한다.

하느님의 은혜를 선물로만 생각해 온 사람들에게 영화의 결말은 섬뜩하다. 그러나 하느님의 한켠에는 정의를 위한 계획도 있을 것이다. 너무 쉬운 쪽만 바라보고 살면서 종교적이라고 믿고 살아왔던 삶, 너무 헛 산 것 같지 않은가?

# 종교도 이성도 모두 유령이 되어 버린 시대

## 고야의 유령
원제 : Goya's Ghosts
감독 : 밀로스 포먼(Milos Forman), 2006

18-19세기 스페인의 궁정화가로 활동했던 고야의 시선에 비친 당시 시대상을 다룬 영화다. 오랫동안 이슬람의 지배 아래 있던 스페인의 가톨릭은 다시 잡은 권력을 놓치지 않기 위해 중세의 종교적 권위를 그대로 유지한다. 종교 개혁이나 신대륙의 발견과 같은 시대적 흐름들을 차단하는 교회는 종교재판을 통해 고야의 모델이었던 이네스를 마녀로 구금한다. 이네스를 구하려는 여러 노력들이 실패로 돌아가고 남은 것은 고문으로 정신마저 놓아버린 이네스와 그를 심문하

던 로렌조 신부와의 사이에서 태어난 딸뿐이다.

프랑스로 도망간 로렌조는 프랑스 혁명 이후 고국으로 돌아온다. 종교로 세상을 구원하려던 로렌조는 혁명의 전위대가 되어 이성으로 세상을 구원하려 든다. 이 광기의 시대를 고야는 화가의 눈으로 바라본다. 광기를 바라만 보고 적극 개입하지 못하는 고야의 괴로운 시선이 유령이라는 제목을 만들어 냈다. 실제로 괴물이라는 단어를 부제로 사용한 고야의 판화집도 있다.

〈뻐꾸기 둥지위로 날아간 새〉(1975), 〈아마데우스〉(1984)로 유명한 거장 밀러스 포먼이 연출했으며 로렌조 신부 역의 하비에르 바르뎀〈노인을 위한 나라는 없다〉과 이네스 역의 나탈리 포트만이 명품 연기를 펼친다. 유럽의 정치와 종교, 문화의 얽히고설킨 관계를 마치 고야의 판화처럼 그려낸 수작이지만 흥행에는 성공하지 못했다.


## 모두에게 버림 받은 미친 여자 이야기


종교개혁이 일어난 지 벌써 200여 년이 훌쩍 지나간 18세기. 그동안 프랑스에는 혁명의 기운이 무르익어 가고 있었고, 신대륙으로 이민 간 사람들의 소문이 멀리서 들려왔다. 신대륙은 신교인들에게는 약속의 땅이었고 구교인에게는 남 주기 아까운 땅이었다. 대표적인 구교 권력인 스페인 교회는 중세처럼 강하고 싶었다. 스페인 교회는 이슬람 통치 기간 동안의 트라우마가 너무 컸기에 다시 잡은 교회 권력을 놓치고 싶지 않았다. 그래서 그들은 신대륙 중 아직 신교의 영향이 미치지 않은 남미 대륙을 피비린내 나게 정복하고 원주민을 '선교'한다. 국내적으로는 이미 구시대 유물이 되어 버렸어야 할 종교재판을 통해 교회 권력을 강화하고 혁명의 정신이 프랑스로부터 남하하는 것을 막아 낸다.

〈고야의 유령〉은 종교를 빙자한 폭력을 견디기 힘들었던 스페인 궁정화가 고야(1746~1828)가 목격한 시대를 담은 영화다. 고야는 성당 벽화를 새로운 기법으로 그려 봄으로써 답답한 시대의 탈출구를 찾지만 사제들의 비난이 드세다. 종교 권력, 왕실의 절대 권력이라는 유령 앞에서 객관적 묘사라는 근대성으로 맞서 보았지만 힘에 부치기는 마찬가지다. 훗날 프로이드에 의해 무의식이라고 이름 붙여진 유령이 힘겨워하는 고야를 찾아온다. 그는 처음 만난 유령을 만화 같은 기법, 또는 판화를 통해 표현한다.


## 신이 고문을 이기게 해 줄 것이니


고야의 그림 모델이었던 이네스는 발랄한 부잣집 처녀다. 그녀는 어느 날 종교재판소의 소환장을 받는다. 돼지고기를 먹지 않은 것이 소환 이유였다. 그냥 싫어서 먹지 않은 것뿐인데 그것이 유대인이라는 증거로 채택되었으며, 무시무시한 고문 끝에 그녀는 자신이 유대교를 믿어왔다고 거짓 자백을 한다. 종교재판소에서 고문에 의한 자백을 인정하는 배경에는 예외 없이 그들의 편의에 따라 사용하는 하느님이 있다. 정말 죄가 없다면 하느님이 고문을 이기게 해서 자백을 하지 않게 할 것이고 죄가 있다면 하느님이 이겨낼 힘을 주지 않은 것이기 때문에 고문에 의한 자백은 유효하다는 허망한 논리가 종교재판정의 논리였다.

1215년 라테란 공의회에서 유대인에게 예수 죽음의 책임을 물었던 이래 교회는 위기에 처할 때마다 유대인을 희생양으로 삼았다. 외부 세계에서 스페인으로 조금씩 전해져 오는 계몽의 바람을 막는 데는 유대인만큼 좋은 구실이 없었다. 이네스의 부자 아버지는 딸을 풀어내기 위해 백방으로 노력하지만 무시무시한 종교재판소를 상대로 로비를 해 줄 사람을 찾기는 쉽지 않다. 아버지는 마침내 평소 가깝게 지내던 화가 고야의 소개로 로렌조 신부를 집으로 불러들이는 데 성공한다. 그는 거액의 성당 개축 헌금을 제시하며 신부와 거래를 하지만 신부는 뇌물에도 아랑곳하지 않고 그녀가 죄가 없다면 하느님이 그녀를 지켜줄 것이라고 이야기한다. 분노한 이네스의 아버지는 신부를 딸이 당한 것과 똑같은 방법으로 고문한다. 그리고 "나는 원숭이고 교회 파괴자"라는 진술서에 서명하게 한다. 당신이 원숭이가 아니라면 하느님이 고문을 이기게 해주실 것 아니냐는 교회의 논리를 그대로 따른 것이다. 아버지는 진술서를 가지고 딸의 석방을 요구하고 로렌조 신부는 주교를 찾아가지만 주교는 성전 개축 헌금만을 챙긴 채 석방을 외면한다. 아버지는 로렌조가 쓴 진술서를 폭로하고 로렌조 신부는 종교재판을 피해 프랑스로 도망간다.

15년 후 프랑스 군대가 스페인을 점령했을 때 로렌조는 나폴레옹 군대의 고위 관리가 되어 스페인에 '금의환향' 한다. 그는 프랑스에서 이성과 계몽, 박애라는 혁명 정신의 세례를 받았다. 하지만 프랑스 군은 교회 권력과 믿는 대상만 다를 뿐 이성의 맹신 아래 스페인을 짓밟는다. 이네스의 가족도 모두 죽는다. 프랑스 군대는 종교재판소를 해체하고 신부들을 투옥하고 종교재판 피의자들을 석방한다. 이것은 종교의 자리에 이성이 대신하게 된 사건이지만 바뀐 것은 감옥에 갇힌 사람들뿐이다.

## 누가 진짜 딸인가

폐인이 되어 석방된 이네스는 고야의 집을 찾아간다. 여기서 그녀는 놀라운 사실을 털어 놓는다. 감옥에서 아기를 낳았는데 아기를 찾아달라는 것이었다. 아이의 아빠는 로렌조다. 자신에게 아이가 있었다는 사실을 전혀 모르고 있던 로렌조는 수소문 끝에 자신과 이네스 사이에서 난 딸 알레시아를 찾는 데 성공한다. 그녀는 거리의 여인이 되어 있었다. 로렌조는 아버지라는 사실을 숨긴 채 알레시아에게 신대륙 행을 권유한다. 그에게 신대륙은 기회의 땅이 아니라 죄인들의 땅이다. 로렌조가 자신의 말대로 이성과 계몽으로 거듭났다면 신대륙은 신앙의 땅이기에 무지의 땅이다. 무지의 땅이기에 죄인들이 살기에는 좋은 땅일 뿐이다. 이성과 신앙이 과소비되고 있는 오늘 한국은 어떤 땅일까?

알레시아가 낯선 남자의 제안을 받아들일 리가 없다. 어쨌든 딸의 존재를 부정하려는 로렌조는 사창가 단속을 벌이고 모든 매춘부들을 잡아서 신대륙으로 강제 이주시키기로 한다. 고야는 로렌조보다 먼저 화가다운 직관으로 공원에서 우연히 마주친 알레시아가 이네스의 딸인 것을 알게 된다. 이네스 역시 딸을 찾는다. 매춘부들이 모두 잡혀간 선술집에 남겨진 어느 이름 모를 매춘부의 아이가 자기 아이라고 확신한다. 15년이라는 세월을 잊어버린 이네스는 아기를 품에 안고 돌본다.

영화는 누가 진짜 딸인가를 우리에게 묻는다. 로렌조처럼 관계자들의 증언을 추적해서 이성적으로 찾아낸 딸이 진짜 딸인가? 그런데 이성으로 찾아낸 딸과의 관계를 로렌조는 끊으려고 한다. 이성의 시대는 사제들이 몰래 낳은 아이들을 버렸다는 소문이 성행하던 중세보다 나은 시대가 아니다. 그렇다면 화가의 직관으로 찾아낸 딸이 진짜 딸인가? 직관으로 찾아낸 딸은 부모에 대해 관심이 없다. 고야 역

시 그녀가 이네스의 딸이라는 것만 알 뿐 해줄 수 있는 일은 아무것도 없다. 사실이 사실 그대로인 것이 인정받는 시대가 시작되었지만 사실이 사실 그대로인 것이 해줄 수 있는 것 또한 아무것도 없다.

세월을 잊어버린 채 주운 아기를 제 딸인 줄 믿고 정성을 다하는 이네스 품 안의 아이가 진짜 딸인가? 생물학적으로는 딸이 아니지만 둘의 관계가 가장 아름답다. 생물학적 엄마는 잡혀가고 자신이 엄마라고 믿는, 미친 데다 가짜이기까지 한 엄마는 아기를 돌본다. 두 명의 알레시아(매춘부 알레시아와 이름 없는 아기)와 세 명의 찾는 사람 사이에 어떤 관계가 가장 아름다운 관계인가를 통해 생물학적 기준으로 맺어진 가족애라는 것이 실재하는 것인가의 질문도 영화는 함께 던진다.

스페인에 영국군이 침공하고 프랑스군은 서둘러 퇴각한다. 강제 이송 당하던 매춘부들은 풀려나고 알레시아는 재빠르게 영국 장교의 여인이 된다. 감옥에 갇혔던 주교는 풀려나고 탈출에 실패한 로렌조에게 회개하면 살려 주겠다고 제안한다. 이성이라는 죄에 빠졌다가 용서를 구하는 로렌조가 교회로서는 훌륭한 선전물이 될 수 있기 때문이다. 그러나 로렌조는 제안을 거절한다. 그에게는 종교도 이성도 구원의 도구가 아니었다. 로렌조가 도망가다가 총에 맞아 말에서 떨어졌을 때 그가 프랑스에서 꾸린 가정의 아내와 아이들은 아무 일 없다는 듯이 도망가는 발걸음을 재촉한다. 독신 신부였던 그에게 새로운 기쁨을 준 가족도 구원의 안식처는 아니었다.

로렌조의 사형이 집행되던 날 알레시아는 자신을 신대륙으로 보내려고 했던 남자(아버지)의 사형 현장을 영국 장교와 함께 즐겁게 내려다본다. 고야는 현장을 그림에 담는다. 이네스는 아기를 품에 안고 아이의 아버지를 애타게 부른다. 마침내 사형이 집행되고 수레 위에 버려진 로렌조의 시체를 따라가며 이네스는 그의 손을 놓지 않는다.


## 유령으로부터 자유로우려면


영화 밖 고야는 이성을 신뢰했다. 그의 판화집의 부제는 '이성이 잠들면 마귀가 깨어난다(The Sleep of Reason produces Monsters)'였다. 감독은 이 부제에서 괴물(Monster)만 유령(Ghost)으로 바꾼 것으로 보인다. 그러나 영화 후반부에서 이성은 잠들지 않고 활발했다. 이성이 잠들면 유령이 깨어나겠지만 이성이 유령이 되면 세상은 더 위험해진다. 고야의 시대에 출몰하던 유령으로부터 우리는 자유로운가? 종교 권력은 교회의 울타리를 넘어 세상을 지배하려 들고, 대규모 전쟁을 일으킨다. 중세는 세상이 교회 밑에 있다고 믿었기에 종교전쟁이 그나마 명분이라도 있었다. 그러나 세속에 대한 종교 권력이 약화된 시대에도 종교는 전쟁에 개입한다. 기독교 근본주의와 이슬람 근본주의라는 유령은 서로 세상이 자기 것이라고 싸운다. 죄가 없다면 하느님이 고문을 이기게 해준다는 터무니없는 확신처럼, 테러와의 전쟁을 명분으로 어떤 학자는 고문을 정당화하고 어떤 정부는 비밀 감옥을 운영한다.

한국의 반공 기독교라는 유령은 전쟁을 부추기며 십자가 대신 성조기를 흔든다. 근본주의자들이 진화론과 대화를 거부할 때 다윈 근본주의자들은 교회의 무지를 비웃으며 세상을 지배하려 든다. 싸움에 지친 이들은 관용을 거론하며 모든 것은 다 같다는 일반화의 유령에 빠져들면서 싸움도 말리지 못하고 진리도 수호하지 못한다. 보편화의 유령을 벗어나고자 개별적 사실과 묘사에 치중하던 포스트모더니즘이라는 시대 풍조(에베소 4:14)가 세상에 희망을 주기에는 아직도 갈 길이 멀어 보인다.

세상은 종교를 비난하지만 세상에도 대안은 없어 보인다. 오히려 교회의 모략이 뛰어나 보일 때가 있다. 성당 개축 헌금을 이네스의 아버지로부터 받고도 이네스를 석방하지 않은 주교의 예를 보자. 헌금은 귀하게 받고 하느님의 성전은 아름답게 개축하고 헌금한 이의 이름은 오랫동안 기억될 것이지만 이교도임를 자백한 이네스를 풀어주는 것은 별개의 문제다. "뇌물에 넘어가지 않는 주교는 신앙적으로 순수하다." 이 명제는 윤리적으로 옳다. 그런데 윤리적으로 옳은 것이 죄 없는 생명을 구하지 못할 때 자크 엘룰이 이야기한 윤리의 한계가 새삼 떠오른다. 반대로 주교가 헌금을 받고 이네스를 풀어 주었다고 치자. 세상은 무죄한 자를 풀어준 거룩한 주교로 그를 기억할 것인가? 전혀 그렇지 않다. 주교는 스스로의 믿음을 부정하고 뇌물에 넘어가고 죄 없는 사람을 고문한 사제가 된다.

이성이 지배하는 세상(관객)은 주교와 정치적으로 거래할 여지를 남겨두지 않는다. 이래도 욕을 먹고 저래도 욕을 먹을 수밖에 없는 상황에서 영화 속 주교의 선택은 '정치적'으로 옳다. 그의 정치력은 로렌조에게 목숨이 달려 있는 상황에서도 잘 발휘된다. 그는 알레시아의 행방을 가르쳐 주며 자신의 목숨을 구걸한다. 이성의 시대가 되었기에 죽어도 순교자가 될 수 없는 상황에서 주교는 죽음을 택할 이유가 없다. 그런데 이성(윤리)에 사로잡힌 결벽주의자들은 뱀처럼 교활하지도 못하고 비둘기처럼 순수하지도 못하면서 과학과 이성의 힘으로 상대방을 퇴로 없이 몰아붙이며 세상을 지배하려 든다. 그들은 이성의 시대가 가져온 비극이 종교의 시대가 만들었던 비극보다 더 비참

했던 것을 기억하지 못한다.

예술도 대안은 되지 못한다. 그림으로 모든 것을 남기며 시대정신을 지키려고 했던 고야의 시도는 기특하지만 영화 속에서 사건을 좇아가는 그의 시선은 비겁하다. 이처럼 오늘도 우리는 유령이 지배하는 시대에 살고 있다. 문제는 모두가 유령의 지배를 받고 있으면서 자신은 진리를 따라 살아간다고 착각한다는 점이다.

그렇다면 누가 시대의 유령으로부터 자유로울 수 있는가? 영화는 이네스에게서 해답을 찾는다. 이네스는 미친 여자다. 그러나 푸코의 주장처럼 미친 사람은 이성 중심적 사회가 배타적이고 독선적인 가치기준으로 만들어 놓은 존재다. 미친 사람뿐 아니라 어린이, 피식민자, 여성을 근대 사회가 타자화했다. 그러나 타자로서의 이네스는 미쳤을지 몰라도 영혼의 순결함은 유지했다. 그는 품안의 아이를 보호하며 아이의 아버지가 자신을 사랑했을 것이라고 믿고 로렌조의 마지막을 지킨다. 세상에서 로렌조는 추악한 인물이었지만 이네스는 죄인의 곁을 지킨다. 아니, 그가 죄인인지조차 모른다.

## 죽은 자와 함께 걸어가는 이네스

죽은 자와 함께 걸어가는 그녀의 뒷모습은 쓸쓸하다. 그러나 그녀의 품에는 태어난 생명이 있으며 손에는 죽은 자의 손이 있다. 그녀에게 육체의 목숨이나 혈연관계는 중요한 것이 아니다. 그의 사랑이 닿는 것은 곧 살아 있는 것이고 나의 가족이다.

육체로서 사고 능력은 상실한 미친 사람이지만 영혼은 살아 있다. 영혼까지 죽어 버린 유령에 잡힌 사람들과는 다르다. 모든 것이 실패한 사람을 끝까지 따르는 그녀의 모습은 아름답다. 배신한 유다와 도망간 제자들과 달리 여인들이 십자가의 자리를 지켰듯이 이성도 종교도 다 망가진 그 마지막 길을 이네스가 지킨다. 강한 자가 약한 자를 용서하는 교만도, 약한 자가 강한 자를 용서하는 기독교적 역설도 없다. 약한 자가 실패한 자와 함께 걸어감이 있을 뿐이다. 영화 〈반지의 제왕〉(피터 잭슨 감독, 2001)에서 반지를 지니려고 하는 세력과 버리려고 하는 세력 사이의 지루한 싸움에서 버리려는 선한 세력에 힘을 보태는 존재들은 마법사, 난쟁이, 요정 등 비근대적 인물들이다.

근대는 막스 베버가 지적한 대로 탈주술(탈마법)의 시대이며, 요정과 같은 동화 속 인물은 계몽주의 시대에 설 자리가 없었다. 난쟁이 같은 장애자는 근대 의학에서 의학적으로만 판단되는 존재였다. 그러나 근대에서 버림받은 존재들은 선한 세력의 주축이 된다. 지난 세월 동안 기독교의 해방신학과 민중신학은 사회적 약자들을 구원의 담지자로 끌어 올리는 공헌을 했다. 그러나 이론가들은 이 구원의 담지자들을 주제 넘게 계몽하려 했고, 실천가들은 실천적 정의감으로만 무장된 채 실패한 자들을 위로해 주지 못했다. 그 틈새를 터무니없는 기복 신앙이 밀고 들어왔다. 그들은 영화 속 주교처럼 정치적으로 교활하게 입지를 확고히 했다. 욕망의 유령에 사로잡힌 이러한 교회들이 자리를 잡아 가는 동안 반대하던 사람들은 우왕좌왕하다가 설자리를 잃어 버렸다. 스스로 약자가 되기보다는 약자를 계몽하려던 사람들은 자신들이 사회적 약자들에게 세상 지혜를 모두 가진 강자로 보이고 있다는 사실을 망각했다.

진정한 약자와 착각한 약자들의 부조화 속에 진보적인 종교인들은 하나 둘씩 무너져 갔다. 종교 기관들이 사회복지 시설 같은 근대적 제도를 통해 실수를 만회하려 했지만 이반 일리치의 말처럼 그것 역시 "자신들의 구원을 위해 다른 세계를 조종"하려 한다는 점에서 욕망의 종교와 크게 다르지 않다. 오늘의 종교, 특히 교회는 안팎으로 거대한 위기에 직면해 있다. 이것을 이겨 내는 방법은 성공·계몽·세련 등의 시대의 유령에서 벗어나서 오히려 어처구니없을 정도로 어리석은 종교의 본질을 회복하는 일이다.

종교에 필요한 것은 중세 교회의 교활함도 아니며 현대 교회의 이성적 세련됨도 아니다. 성공한 자와 함께하는 종교가 아니라 이네스처럼 실패한 자와 끝까지 걸어가 주는 종교가 될 때 비로소 시대의 유령을 축사(逐邪)할 수 있는 힘을 확보하게 된다. 그것이 곧 정의다.

# 얻은 것과 잃은 것

## 더 브레이브

원제 : True Grit

감독 : 코엔 형제(Ethan Coen, Joel Coen), 2010

1968년 발표된 찰스 포티스의 소설 『트루 그릿』(1968)을 원작으로 만들어졌던 존 웨인 주연의 영화 〈진정한 용기〉를 코엔 형제가 리메이크 했다. 한국에서는 '더 브레이브'(The Brave-용감한 사람)라는 제목으로 상영되었으나 코엔 형제는 〈트루 그릿〉이라는 소설 제목을 그대로 살렸다. 코엔 형제는 그들이 연출한 다른 영화와는 달리 서부 영화의 문법에 충실하게 스토리를 전개시켜 나간다. 장르에 충실하다는 것이 코엔 형제의 독특성이 드러나지 않는다는 말은 아니다. 복수극으로 보일 수밖에 없는 전개지만 복수의 동선 아래 종교적 동선을 배치 시켜 놓는 그들다움을 잃지 않는다.

14세 소녀 매티는 자신의 아버지를 살해한 탐 채니에게 복수하기 위해 퇴물 연방 보안관 루스터 카그번을 고용해 그의 뒤를 쫓기 시작한다. 여기에 현상금 사냥꾼 라 뷔프가 합세하면서 어린 소녀의 당돌한 여행이 시작된다. 어른 못지 않은 매티는 자신의 당돌함으로는 풀 수 없는 세계가 있다는 것을 경험한다.

놀라울 정도로 침착한 매티 역을 연기한 헤일리 스테인펠드는 시카고 비평가 협회상(23회)에서 여우조연상을 수상했다. 영화는 전형적인 서부영화로 보자면 총격 장면도 많지 않고 긴장감이 떨어진다. 그것이 흥행에 좋은 성적을 거두지 못한 이유이기도 한데 서부영화라기보다는 종교 영화라고 해도 될 정도의 감동적 울림이 있다.

## 성장을 포기한 고집스런 소녀 이야기

가톨릭 시각에서 영화 평론을 하는 로버트 배런 신부는 형제 감독인 코엔 형제(조엘 코엔과 에단 코엔)를 가리켜 이 시대에 가장 영적으로 깨어 있는 감독이라고 말한 적이 있다. 「허핑턴 포스트」에 영화평을 쓰는 캐틀린 팰서니 역시 코엔 형제에게서 보이는 성서적 세계관에 주목한다. 그녀는 에단 코엔이 프린스턴 대학에서 비트겐슈타인에 대해 논문을 쓴 점을 지적하면서 비트겐슈타인의 종교관이 에단에게 도 흘러 들어가 있다고 이야기할 정도다. 그녀는 "종교적 삶을 산다 는 것은 그 종교에 대해서 많은 말을 하는 것이 아니라 다른 이들과 다르게 사는 것이며, 다른 사람들이 하느님을 찾을 수 있도록 돕는 것"이라는 비트겐슈타인의 사상이 에단에게 영향을 미쳤다고 굳게 믿는 듯하다. 언어 게임과 삶의 형식을 연구한 비트겐슈타인에게 있 어서 언어와 형식은 대립적인 것이 아님에도 불구하고 그의 이야기 를 복음적으로 사용한 팰서니의 인용에 다소 무리가 있기는 하나 보 면 볼수록 코엔 형제의 영화 속에는 기독교가 살아 있는 것이 사실이 다. 이 책에서는 소개하지 않았지만 구약성서의 욥을 생각하게 만드 는 〈시리어스 맨〉(2009)이나 이 책에서 소개한 잔인한 폭력물 〈노인을 위한 나라는 없다〉에서도 시간에 대한 냉소와 그럼에도 불구하고 버 릴 수 없는 희망이 교차하고 있다.

코엔 형제가 감독한 〈더 브레이브〉 역시 정의와 구원, 용서와 자비 를 다루고 있는 영화다. 영화는 여주인공 매티 로스의 회상으로부터 시작한다. 이 회상에는 찬송가 '주의 친절한 팔에 안기세'가 배경음 악으로 흐르며 "악인은 쫓아오는 자가 없어도 도망친다."는 잠언 28:1이 소개된다. 매티 로스의 아버지는 자신이 데리고 있던 탐 채니 에게 피살당했다. 사고는 다소 우발적이었지만 어쨌든 탐은 매티 아 버지의 말과 금화를 가지고 도망쳤다. 아버지가 사고를 당한 마을을 찾은 매티는 아버지의 시신을 다루는 장의사와 흥정을 하며 시신이 되어 버린 아버지에게 작별 키스조차 하지 않을 정도로 차가운 소녀다. 아버지의 원수를 갚아야 할 당돌한 14살짜리 소녀는 마을에서 세 사람의 교수형 장면을 목격하고도 눈 하나 깜짝 않는다. 세 명의 사형수 중 한 명은 속죄를 하며, 다른 한 명은 자신의 죽음은 구조적인 잘못 때문이라고 세상을 고발하며, 인디언*은 마지막 유언조차 거부당한다. 개인적 속죄와 구조적 모순에 대한 비판, 말할 기회조차 봉쇄당한 원주민은 시대를 초월해서 발견되는 사람들의 살아가는 모습이다. 개인으로부터 문제를 풀려는 사람을 보수적이라고 부르고 구조의 문제에서 세상을 보는 사람을 진보적이라고 부른다. 그러나 이러한 구분 역시 한가한 사람들의 편가르기일 뿐 한켠에는 삶 자체가 무시당하고 표현이 봉쇄당하는 사람들이 있다.

## 가장 그럴 듯한 14살짜리의 정의

매티가 마을에 남은 이유는 아버지를 죽인 범인을 추적하기 위해서다. 서부 개척 시대의 혼란 속에서 사람이 하나 피살된 것은 그저 이웃에 좀도둑 하나 든 것 정도의 관심밖에 끌지 못한다. 게다가 법과

---

* 미국원주민으로 표기해야 맞으나 영화에서 처럼 인디언으로 부르기로 한다.

정의가 적용되지 않는 인디언 보호 구역으로 도망쳐 버린 범인을 혼자서는 도저히 찾을 수 없다는 것을 아는 매티는 연방 보안관인 루스터 카그번을 고용하려고 한다. 루스터는 차가운 추격자이다. 추격 과정에서 피의자의 인권은 고려하지 않은 채 수많은 범죄자들을 스스로 처결했다. 루스터는 어쩔 수 없는 상황이었다고 항변하지만 그의 행위는 법정에 설 만큼 구설수에 올라 있다. 그렇지만 법정 자체도 정의롭지는 않다. 검사는 루스터의 비인도적 행위를 계속 지적하지만 남북전쟁이 끝났을 즈음의 남부 아칸소와 같은 보수적인 지역에서 범죄자를 보안관 맘대로 죽이는 것이 뭐 그리 큰 죄였겠는가? 인디언이라는 이유로 유언의 기회조차도 주지 않는 사회 분위기인데 말이다. 인디언 보호 구역이 법과 정의가 통용되지 않는 일종의 치외법권지역이라는 것은 그들의 전통을 존중해서가 아니라 그들을 근대의 틀 안으로 들여 놓기가 싫어서이다.

법정에서 진술을 마치고 나오던 루스터에게 매티가 다가간다. 소녀는 아버지를 죽인 범인을 잡기 위해 루스터를 고용하려 하지만 루스터는 철없는 아이의 투정쯤으로 생각하고 매티의 제안을 일축한다. 하지만 아버지를 도와 경리 장부를 정리해 왔던 매티는 보통 아이가 아니다. 결국 루스터를 고용하고 그와 함께 범인을 찾아 나선다. 범인을 쫓는 또 다른 사람은 현상금 사냥꾼 라 뷔프다. 그는 현상금 사냥꾼이라는 직업답지 않게 다소 '허당'이다. 이 세 사람의 불편한 여행이 시작된다. 그 여행이 끝날 즈음 그들이 생각하는 정의에 대한 해답은 주어질까? 매티에게 있어서 정의란 아버지를 죽인 범인을 잡아 법에 맡기는 것이다. 아버지의 죽음에 대한 가족으로서의 복수가 아니라 정의가 살아 있다는 것을 보여주고 싶을 뿐이다. 복수가 정의라면 과정도 정의로워야 한다. 매티는 자신이 정의를 신봉하고 있다고 믿기에 루스터와 계약을 체결하면서도 빈틈을 보이지 않는다. 노인네 루스터가 혹시라도 노회함을 이용해 계약한 돈 값을 하지 못할까 계속 감시하며 질책한다.

## 내가 사는 것이 정의라는 루스터

루스터에게 있어서 정의란 그리 심각한 것이 아니다. 죄를 지은 자는 죽어야 하며, 죄를 지은 자들의 손에 죽지 않기 위해 조금이라도 위험을 느끼면 그들을 먼저 죽인다는 법칙이 있을 뿐이다. 남북전쟁을 겪으면서 수많은 죽음을 목격한 루스터에게 삶과 죽음은 그냥 상태의 차이일 뿐이다. 그러나 늙어 가는 자신에 대한 두려움인지, 아니면 삶과 죽음의 현장을 수없이 지켜본 자의 두려움인지 그는 알코올에 의지하는 반 주정뱅이다. 단순히 적과 나를 구별하는 루스터에게 나와 다른 것은 살아 있는 유령일 뿐이다. 당돌한 매티가 자신에게 함부로 하는 것은 괜찮다. 매티가 그를 고용했기 때문이 아니라 백인이기 때문이다. 그러나 매티 또래의 원주민 아이들을 아무런 이유없이 발로 걸어차면서도 그는 전혀 죄책감을 느끼지 않는다.

매티는 정의와 그것의 근거가 되어 줄 법을 믿는다. 여행 중에 만난 무법자들에게 법이나 보안관을 이야기하며 때로는 정보를 얻어 내기 위해 회유한다. 그러나 어느 움막에서 루스터의 포로가 된 악당 중 한 명은 매티의 말에 솔깃하지만 다른 사람은 죽어 가면서까지 범죄 집단을 보호하려 한다. 매티는 고민한다. 내가 믿는 법을 예외적으로 규정하는 그들은 누구인가? 오히려 자신을 죽여 버리면 재판에 회부되는 일조차 없다고 말하는 범죄자들 앞에서 정의는 법에만 의지할 수 없다는 것을 어렴풋이 깨닫는다. 매티의 마음에 들지는 않아도 루스터를 정의의 수호자 정도로는 인정하고 싶었지만 시간이 갈수록 술주정에 총 실력이나 자랑하는 반푼 노인쯤으로 보이기 시작한다.

불편한 여행 끝에 소녀는 결국 탐의 죽음이라는 목적을 달성하지만 독사에게 물려 한쪽 팔을 잃는다. 루스터는 독사에 물린 매티를 살리기 위해 달려간다. 얼마나 힘들었는지 말조차 지쳐 쓰러진다. 늙고 취한 루스터가 직접 아이를 팔에 안고 뛴다. 매티에게 받지 못한 50달러를 위해 뛰는 것이 아니라 아이를 살리기 위해 뛰는 것이다. 매티가 팔 하나를 잃고 병원에서 깨어났을 때 루스터는 떠난 뒤였다. 그를 지탱해 왔던 냉정함이 한 소녀를 살리기 위한 열정으로 바뀌었을 때 정의의 사도로서 루스터의 역할은 끝난 것이다. 매티는 그에게 남은 50

달러를 돌려 주고 싶지만 연락이 되지 않았다. 25년 뒤에 매티는 루스터의 편지를 받는다. 그는 서부 개척 시대를 소재로 삼는 서커스단의 광대가 되어 살아가고 있었다. 그러나 매티가 루스터를 찾았을 때 루스터는 이미 3일 전에 세상을 떠난 뒤였다. 루스터는 죽음을 예견하고 매티를 불렀을지도 모른다. 매티는 연합군 묘지에 묻힌 루스터를 자기 소유의 묘지로 옮긴다. 영화는 찬송가 '주의 친절한 팔에 안기세'의 새로운 버전으로 끝난다. 전통적 음계의 찬송가로 시작한 영화는 가벼운 음계의 편곡으로 끝난다. 루스터의 시신을 거둔 것으로 매티의 마음은 조금 가벼워졌을까? 매티의 경험이 어린 소녀의 성장기처럼 묘사된다면 〈더 브레이브〉는 그렇고 그런 영화이겠지만 매티는 성장보다는 고통을 선택하고, 루스터는 매티를 위해 자신이 평생 용기라고 믿어 온 것을 포기한다. 이것이 코엔 형제만의 연출의 힘이고 영화의 주제이기도 하다.

루스터는 히브리인들에게 심판과 징계로만 인식되던 구약의 여호와 같은 존재였다. 그는 모든 것을 율법으로 엄격하게 징계했다. 엄격함이 강하다고 해서 징계의 효과가 있는 것은 아니었다. 엄격한 그가 매티를 안고 지쳐 갈 수 없는 지경까지 뛴 뒤 이야기 한다. "나도 이제 늙었다". 그의 시대는 끝났다. 자신만큼이나 엄격한 어린 매티에게 자신이 롤모델이 되는 것이 싫다. 그래서 루스터는 냉정과 엄격의 가장 반대편의 자리에 있는 광대가 되었다. 서커스단의 광대로서 사람들의 웃음거리가 되었을 때 그의 정의는 완성된다. 그가 죽은 3일 뒤 여인 매티는 무덤을 찾는다.

성인이 된 매티는 아직도 차갑다. 14살 시절의 당돌함에 머물러 있는 것처럼 보인다. 그녀에게 있어서 아버지의 원수를 갚는다는 것은 자식의 도리이며 정의를 세운다는 것은 하느님에 대한 의무였다. 그녀는 빚진 것을 견딜 수 없다. 그래서 그녀는 계약에 아주 능숙하다. 매티의 목표는 빚진 것을 모두 갚는 일이다. 그러나 빚을 갚으려는 매티의 완고한 마음은 무려 6명이나 죽게 만들었다. 이들 가족 중 누군가는 또 빚을 갚기 위해 원한을 쌓아갈 것이다. 게다가 루스터의 죽음으로 남은 빚을 갚을 수도 없다. 세상에는 내가 아무리 냉정하게 갚으려고 해도 갚을 수 없는 일들이 있다. 여기서 은총이 개입된다. 기독교에서 은총이라는 신적 개입이 없었다면 세상은 빚 또는 원수 갚는 일로 채워졌을 것이다. 은총이 없는 정의는 폭력이 되기 쉬우며 정의가 없는 은총은 광신이 되기 쉽다. 은

총과 정의의 조화에 익숙하지 못했던 루스터가 광대가 되지 않았다면 매티의 찬송가는 그렇게 가벼워지지 않았을 것이다.

## 정의란 무엇인가

'정의란 무엇인가'라는 질문이 최근 우리 사회의 중요한 화두가 되었다. 많은 희생을 거치며 쌓았던 민주적 가치들이 지난 5년간 무너지는 것을 경험하면서 정의에 대한 고민도 깊어졌다. 그러나 새로운 정의를 세우려는 사람들이 빚 갚음의 논리에서 벗어나야만 바라던 정의가 비로소 완성될 것이다. 정의를 실현해 나가는 자들의 팔 잘려나감과 광대됨이 없으면 자비가 없는 폭력적 정의가 된다. 영화 〈더 브레이브〉에서 루스터와 매티는 자기 희생을 통해 자비와 정의의 상관관계를 발견한다. 〈도그빌〉의 정의관과는 사뭇 달라 보이지만 〈도그빌〉이 돌려 놓음에 멈추어져 있다면 〈더 브레이브〉는 돌려놓은 이후에도 관심을 갖는다.

정치권력, 시민 권력, 어떤 것이든지 간에 권력이 만들어 내는 정의가 아니다. 지식인, 남성, 특정지역 거주자들, 전쟁 또는 민주화 운동의 경력자들의 계급적 자살이라는 자기 희생을 통해 규정되는 정의세우기에 동참하는 사람들이 많아질수록 규정짓기 어려운 정의와의 거리는 점점 좁혀질 것이다.

# 잊혀진 죽음이 없는 세상을 향하여

## 데드맨 워킹
원제 : Dead Man Walking
감독 : 팀 로빈스(Tim Robbins), 1995

루이지애나의 흑인 빈민가에서 희망의 집을 운영하는 헬렌 수녀는 매튜 폰스렛으로부터 편지를 받는다. 잔혹한 범죄자인 매튜가 헬렌을 만나려고 한 이유는 사형을 감형받기 위해 헬렌의 도움이 필요했기 때문이다. 순수한 수녀 헬렌은 노련한 매튜를 위해 감형 운동에 나서지만 영화는 사형제도라는 폭력을 무작정 비난하지 않는다. 국가가 합법적으로 살인을 저지르는 것이 사형제도의 문제점이라면, 피해자들에게 범죄자들을 용서하라고 다그치는 사형 폐지론자들도 용서를 말할 자격이 없기는 마찬가지다. 사형수 입장이라는 뜻을 가진 〈데드맨 워킹〉은 사형제도의 옳고 그름을 따지기보다는 그것을 매개로 용서와 속죄의 문제를 다루고 있다. 사형제도와 용서의 문제를 다룬 〈우리들의 행복한 시간〉(송해성 감독, 2006)과 〈오늘〉(이정향 감독, 2011)은 〈데드맨 워킹〉보다 나중에 나온 영화임에도 불구하고 두 영화가 〈데드맨 워킹〉을 넘어서지 못하고 감상주의로 뒤처진 것이 아쉽다.

〈쇼생크 탈출〉(1994)의 주인공이었던 팀 로빈스가 연출했으며, 헬렌 역의 수잔 서랜든은 아카데미(68회) 여우주연상을, 매튜 역의 숀 펜은 베를린국제영화제(46회)에서 남자연기자상을 수상했다.

---

## 청원

원제 : Guzaarish

감독 : 산제이 릴라 반살리 (Sanjay Leela Bhansali), 2010

최고의 마술사였지만 14년 전 마술 중 당한 사고로 전신마비가 된

이튼은 라디오 프로그램을 통하여 사람들에게 음악과 함께 희망을 전해주는 유명 진행자로 살아간다. 전신마비가 치유할 수 없는 큰 상처이기는 하나, 실의에 빠진 사람들에게 희망을 주고 헌신적으로 봉사하는 미녀 간병사 소피아가 항상 대기하고 있는 대저택에 사는 이튼은 몸을 제외하고는 세상의 모든 것을 다 누리고 있는 것처럼 보인다.

어느 날 라디오 방송 중 걸려온 전화는 희망 전도사로서의 이튼에게는 가슴 뿌듯한 내용이었다. 누구보다 기뻐해야 할 소식에 오히려 안락사를 청원한 이튼의 마음이 〈청원〉의 주제다. 대부분의 영화 평론가들이 이튼의 심리적 변화를 놓치고 영화를 안락사를 다룬 영화로 풀어나가고 있다.

〈청원〉은 안락사 논쟁을 넘어 생명의 근원과 삶과 죽음의 정당성을 주제로 한 영화다. 인도에서 댄스의 화신으로 불리는 리틱 로샨이 전신마비 환자로 열연한 것도 영화를 철학적으로 보게 만든다. 청각장애인 부모와 딸의 관계를 그린 뮤지컬 〈카모시〉(1996)로 데뷔한 산제이 라 반살리 감독은 첫 작품부터 호평을 받으며 명감독 대열에 합류했다.


## 죽기 싫은 사람과 죽으려는 사람 이야기


진보와 보수, 또는 좌우의 대립을 넘어서야 한다는 상투적인 말은 사회의 의제를 늘 선점당하는 보수의 푸념이기는 하지만 진보와 보수 모두 자신들이 미리 정해 놓은 정답을 고민해 볼 필요는 있다. 예를 들어 자발적 병역 거부를 진보는 옹호하지만 납세 문제에 대해서는 냉정하다. 병역 거부를 옹호하는 이유는 국가 폭력을 정당화하는 것에 대한 저항적 양심을 인정하라는 것인데 국가 폭력이 가능하도록 돈을 대는 납세 행위에 대해서는 고민하지 않는다. 국가 폭력에 대한 저항권을 인정하려면 폭력의 젖줄이 되는 세금에 대해 양심적 비납세도 인정해야 한다. 물론 사회의 존경을 상실한 종교가 면세 혜택을 받는 것이 모두에게 불편한 것은 사실이지만, 그리고 이들의 행위를 양심적 저항권이라는 고상한 말로 규정하기에는 단어가 아깝지만 그렇다고 해서 병역 거부와 납세 거부가 가질 수 있는 공통점을 간과해서는 안 된다는 뜻이다. 『월든』의 저자인 헨리 데이빗 소로우가 멕시코 전쟁에 반대하면서 납세를 거부했던 것도 같은 맥락이었다.

진보적 의식을 가진 사람들이 빠지기 쉬운 함정 중에는 사형제도도 있다. 지금 소개하려는 영화에서 사형수 구제 활동을 하고 다니는 주인공 헬렌에게 피해자 가족은 당신은 사회주의자냐고 묻는다. 스스로를 진보라고 규정하는 사람들은 대부분 사형제도를 반대하는 것 때문에 그렇다. 그들의 사형 반대 배경에는 법의 불완전성, 종교적 용서, 휴머니즘 등 다양한 성찰이 있겠지만 기본적으로는 국가 폭력에 대한 거부감이 깔려 있다. 아무리 중범죄자라 할지라도 그를 대상으

로 국가가 살인을 저지를 권리가 없다는 것이다. 이런 생각을 가진 사
람들이 안락사를 찬성하는 경우가 많다. 불치병에 걸려 정상의 삶을
살아갈 수 없는 사람들에게 존엄하게 죽을 권리를 주자는 것이다. 국
가라는 집단은 사람의 생명을 앗을 수 없지만 생명의 주체인 개인은
스스로 죽음을 택할 수 있다는 논리다.

## 사형은 안되고, 안락사는 되고

하지만 안락사를 원하는 사람의 선택이 전적으로 개인의 선택일
수 없다. 안락사가 합법화되더라도 불치라는 의사의 최종 판단이 있
은 후에야 개인에게 삶을 포기할 권리가 주어진다. 그렇다면 의료 권
리는 국가의 권리와는 달리 100% 신뢰할 수 있는가? 안락사를 선택한
사람의 삶은 사회적인 구조로부터 자유로울 수 있는가? 회생의 가능
성이 없는데도 쉴 새 없이 들어가는 의료비가 남은 가족에게 부담이
되는 것이 두려워 안락사를 택하는 사람이 나올 수도 있다. 현재 제한
적으로 용인되고 있는, 뇌사상태 환자의 호흡기를 가족의 동의하에
떼는 데에도 경제적 이유가 개입될 수 있다. 선택은 개인적인 것이 아
니라 자본의 영향을 받은 것이 되고 마는데 그렇다면 국가는 안 되고
자본은 되는가? 모두가 분노한 범죄자에 대한 국가적 폭력은 비난받
아야 하고 선한 인생을 살아온 사람이 자본 때문에 스스로 또는 가족

에 의해 죽음을 택하는 것을 안락사라는 이름으로 미화될 수 없다. 진보라는 지점에 서 있는 나 역시 사형제도에 반대하고 존엄하게 죽을 권리를 인정하자는 입장이지만 삶과 죽음의 문제는 편가르기 식으로 쉽게 정리할 수 있는 성질의 것은 아니라는 것은 꼭 말하고 싶다.

〈데드맨 워킹〉과 〈청원〉, 이 두 영화는 표면상으로는 사형제도와 안락사 제도를 다루고 있는 영화다. 그러나 이것은 형식적 접근일 뿐 실제로는 삶과 죽음, 회개와 회귀를 다루는 속 깊은 내용을 담고 있다. 두 영화는 죽음 앞에 선 인간이 마지막으로 이룰 수 있는 것은 무엇인가를 우리에게 묻고 있다.

## 수녀와 사형수의 공통점은

영화 〈데드맨 워킹〉은 사형제도에 대한 이야기다. 루이지애나의 흑인 주택가에서 도시 빈민들을 돌보며 희망의 집을 운영하는 헬렌 수녀는 어느 날 교도소로부터 편지 한 장을 받는다. 편지를 보낸 사람은 사형 선고를 받고 집행을 기다리고 있는 매튜 폰슬렛이다. 데이트 중인 젊은이를 공격해서 남자는 총으로 쏘아 죽이고 여자는 강간 후 살해한 흉악범이다.

수녀와 사형수는 정반대 편에 있지만 모두 갇힌 자이다. 하지만 스스로 택하여 신에게 갇힌 헬렌의 삶은 행복하다. 서원할 때 입었던 순결의 수녀복을 더이상 입지 않지만 수녀복이 의미하는 남과 구별되는 삶을 살고 있다고 자부한다. 변호사 부친을 둔 유복한 가정에서 자란 수녀임에도 가난한 흑인 지역에서 그들과 함께 살아간다는 것 자체가 다른 삶이다. 헬렌에게 편지를 보낸 매튜 역시 갇힌 자이다. 그는 죄수복을 벗을 수 없다. 수녀와 죄수는 옷으로 구별되어야 하지만 수녀는 옷을 입지 않아도 자신이 구별된 삶, 즉 교회의 여자로 살고 있다고 자부한다. 하지만 죄수는 그럴 수 없다. 그는 옷으로부터 자유롭고 싶어도 자유로울 수 없다. 헬렌은 매튜에게 다른 환경이지만 지금 가난한 사람들과 함께 살고 있다는 공통점이 있다며 매튜의 경계심을 풀어주려고 노력한다. 그러나 농담 같은 공통점보다 그들은 신과 국가라는 절대 권력에 각각 삶을 위탁했다는 공통점을 가지

고 있다.

　매튜는 감상적인 방법으로 접근해서 헬렌으로 하여금 감형 운동에 나서게 만드는 낮은 수를 쓰지 않는다. 매튜는 오히려 헬렌으로 하여금 인간이 얼마나 악할 수 있는지를 보여주는 작전을 택한다. 인종차별적인 발언과 과거 나치즘에 대한 옹호 발언들을 통하여 자신이 얼마나 나쁜 사람인가를 보여주면서 한편으로는 동정을 구한다. 첫 면회에서 매튜는 범행은 공범이 저지른 것이며 자기는 시키는 대로 한 종범일 뿐이라고 항변한다. 공범은 변호사를 잘 써서 석방되었고 가난한 자신이 죄를 다 뒤집어 썼다는 것이다. 변호사 가정에서 성장한 헬렌의 양심을 건드리는 언급이다. 순간 헬렌의 머릿속에서 매튜는 흉악범이 아니라 법률적 구제를 받지 못한 사회적 약자로 둔갑한다. 사회의 구조적 모순으로부터 발생한 '피해자'를 위해 헬렌은 무료 변호사를 알아 보고, 사형이 집행되지 않도록 매튜의 어머니와 피해자 가족을 찾아 다니며 청원을 받으려고 한다. 종교인으로서 헬렌은 피해자 가족에게 용서를 설교하고 사형수를 구제하자고 말하지만, 선택은 피해자 가족의 몫이다. 그들이 용서하지 못한다고 해서, 그들을 종교적으로 탓할 수 없다.

　구약성서의 욥은 자녀들이 모두 죽은 것에 대해 하느님을 용서하지 못한다. 엘리바스, 빌닷, 소발의 세 명의 친구는 그에게 와서 함부로 신에게 덤비지 말고 네 자신을 먼저 돌아보라고 설교하지만 그들의 설교는 나중에 제단을 쌓고 신에게 용서를 빌어야 할 정도로 잘못된 충고였다. 헬렌은 좋은 수녀이지만 피해자의 마음을 헤아리기에는 부족하다. 피해자 가족은 설득하는 헬렌에게 당신이 아이를 낳아 길러 보았냐며 수녀의 가장 취약점을 건드리기까지 한다. 헬렌의 설득은 욥의 친구들의 설득과 크게 다르지 않다.

**사랑을 발견하려면 죽어야 하나 봐요**

최종 사면위원회에서도 사면이 거부된 매튜는 사형장으로 가는 마지막 일주일 동안 헬렌에게 영적 안내자가 되어 달라고 부탁한다. 삶을 얼마 남기지 않은 매튜는 흑인에 대한 인종 혐오적인 발언을 서슴지 않는다. 그가 흑인을 싫어하는 이유는 항상 피해자인 척 한다는 것이다. 지금 백인 흉악범인 자신이 피해자인 척 하는 것에 대한 자각은 없다. 그는 아리안 족을 예찬하며 히틀러와 카스트로를 칭송한 적도 있다. 매튜는 흉악범으로만 인식되는 자신을 확신범의 위치로 변화시키기 위해 미디어를 이용할 만큼 교활하다. 그러나 순수한 헬렌은 매튜의 정치적 행동을 전혀 눈치채지 못한다. 매튜의 발언이 계산적이 되어 갈수록 헬렌은 더욱 순수해진다. 매튜의 죽음 앞에서 헬렌은 어릴 때 동네 친구들과 야생동물을 함께 사냥하다가 동물을 때려 죽였던 악몽이 자꾸 떠오른다. 매튜를 구제하는 것은 자신을 구제하는 것임을 헬렌은 알아 간다. 매튜의 사면을 통해 구원받고 싶은 존재는 자신이라는 사실에 괴로워한다.

영화 속 대사처럼 천사가 되기는 쉽지만 성자가 되기는 어렵다. 헬렌은 매튜를 용서하는 사람들로 가득찬 성자들의 세상을 원하지만 모든 사면의 노력은 실패하고 사형 날짜는 잡혔다. 국가 기관이 한 사람을 죽이는 과정이 공무원들에 의해 덤덤하게 진행된다. 분명 국가적 폭력이며 불편한 모습이다. 헬렌은 매튜의 죽음을 준비하는 냉정한 절차를 보며 그가 죽음 앞에서 용기를 잃지 않게 해 달라고 기도한다. 헬렌의 기도에 대한 응답인가? 매튜는 마지막 용기를 얻는다. 매튜가 얻은 용기란 죽음을 두려워하지 않는 용기가 아니라 자신의 죄를 비로소 인정하고 회개하는 용기다. 매튜는 자신이 청년을 죽이고 여인을 강간했다는 사실을 시인한다. 자신 말고는 누구도 사랑해 보지 않았던 매튜는 헬렌 앞에서 그리고 죽음 앞에서 회개한다. 그의 회개의 고백은 진솔하다. "사랑을 발견하려면 죽어야 하나 봐요."라며 자신의 죽음이 피해자 가족에게 조금이라도 위로가 되기를 바란다는 말을 남긴다.

사형제도는 분명히 비인간적이고 국가 살인이다. 그러나 죽음 앞에 선 매튜는 회개를 통한 자유를 얻었다. 그의 생명은 초월에 귀속된다. 매튜가 치밀한 계획에 따라 사면을 받았더라면 그는 회개없이 세상을 조롱하며 여생을 보냈을 수도 있다. 그러나 세상의 악한 제도를 통해 매튜는 진정으로 회개한다. 영화는 살려줌과 회개 중 어느 것이 값진 것인가를 우리에게 묻는다. 사형제도뿐 아니라 세상의 제도는 어느 것이든 악할 뿐이다. 우리는 그 안에서 살아가며 정답을 모른 채 고민할 뿐이다.

## 죽음을 피하려는 매튜, 죽으려는 이튼

〈데드맨 워킹〉에서 죽음을 피하려는 매튜는 결국 사형을 당했지만 변화 속에서 마지막을 맞았다. 반면에 죽으려는 사람들이 있다. 삶이 힘들 때 사람들은 스스로 목숨을 끊는다. 견딜 수 없는 고통 때문에 자신의 생명에 대한 선택권을 달라고 청원하는 사람들도 있다. 〈청원〉(같은 뜻의 인도어인 〈구자리쉬〉가 원래 제목인 인도 영화다)의 주인공인 이튼은 뛰어난 마술사였으나 마술 공연 중 생긴 추락으로 전신 마비가 된다. 마비 사고 후에도 라디오 프로그램을 통해 사람들에게 희망을 주는 열정적인 상담가로 전성기와 같은 인기를 누리며 저택에서 살아간다.

어느 날 이튼은 딕이라는 사람의 전화를 받는다. 딕은 1년 전쯤 실연 때문에 자살을 생각하다가 이튼의 라디오 방송에 고민 상담을 했던 사람이다. 당시 이튼은 딕에게 사랑하는 여인에게 한 번 더 용감하게 구애해 보라고 충고했었다. 상담 후 용기를 얻은 딕은 사랑하는 여인과 결혼에 성공했고 1년 뒤에 아이를 낳았다고 감사 전화를 한 것이었다. 딕은 이튼에게 당신의 마술이 내 인생을 바꾸어 놓았다고 이튼을 추커 세운다. 이튼은 전화 이후 죽음을 생각한다. 죽음에 직면했던 딕의 인생을 구제했다면 명상담가로서의 이튼을 확인시켜 주는 기쁜 전화다. 그런데 왜 이튼은 기쁜 소식 이후 죽음을 생각하게 되었는가?

이튼은 그의 마술을 돌아본다. 실제로 스카프가 비둘기로 변할 수는 없는 일, 그러기에 마술이 실재라고 생각해 본 적이 없다. 그가 당한 부상도 하늘에 뜬 묘기를 보이다가 누군가 이튼이 허공에서 지탱하고 있던 투명한 끈을 끊어 버림으로써 지상으로 떨어져 생긴 것이 아니던가? 그가 부상 이후 라디오를 통해 상담해 온 것도 이런 맥락이었을 것이다. 상담을 요청해 온 사람에게 그럴듯한 말을 해 주는 것이 피상담자를 변화시킬 수 있다고는 생각해 본 적이 없다. 마술사 이튼의 속임수에 사람들이 환호했듯이 상담가 이튼의 그럴듯한 말에 사람들이 환호할 뿐이다. 장애를 극복한 그에게서 사람들은 인간 승리를 발견하고, 부상 전과 다름없는 그의 유쾌함에서 정서적 감동을 얻는다. 그런데 1년 만에 다시 온 딕의 전화에서 그의 마술이 현실이 되었다. 실재하지 않는다고 믿었던 변화가 현실세계로 들어왔다. 거짓이 거짓일 때 힘을 얻었던 이튼은 실제로 일어난 변화 앞에서 당황하며, 부상 전이나 부상 후나 속임수에 의지해 온 자신의 삶을 돌아본

다. 갑자기 성적인 농담을 해대면서 입으로 인생을 즐겨 보려 하지만 이것 또한 이튼의 욕망을 해소해 주지 못한다. 그가 실재를 발견할 수 있는 마지막 남은 세계는 죽음의 세계다.

## 스카프가 실제로 비둘기로 변할 수는 없는 일

서구 영화에서 기독교 세계관이 자주 발견되듯이 인도 영화에는 인도적 세계관이 발견된다. 자아라는 개별자(아트만)는 우주의 중심이다. 그것에 진흙이 묻어 있어도 진흙 그대로를 받아 들인다. 어차피 인생은 무지이고 거짓 세계의 전개인 것, 마술사 이튼에게 인생은 존재하지 않는 것들, 또는 불가능한 것들의 연속일 뿐이었다. 사람들은 마술쇼를 보듯이 어떤 것이 가능하다고 속아주는 것뿐이었다. 그런데 덕에게서 마술이 현실이 되었다. 그러기에 이튼은 더 큰 실재의 세계, 우주의 본질(브라흐만)로 돌아가고 싶다. 마술이 실재가 되는 상황에서 전신 마비 장애인 이튼에게 실재에 대한 궁금증이 엄습해 온다.

이튼은 주변 사람들의 도움을 얻어 안락사를 법원에 청원한다. 그를 헌신적으로 돌보아 오던 소피아부터 반대한다. 소피아는 이튼의 간병인일 뿐 아니라 라디오 녹음을 돕는 프로듀서이다. 지난 14년간 헌신적으로 이튼을 도와 온 소피아의 입장에서 이튼이 갑자기 마음을 바꾼 이유를 알 수 없다. 오랜 법정 공방을 하는 중에 많은 사람들과 가까워지며 때로는 오해가 쌓인다. 안락사 청원 중에 이튼에게 마술을 배우겠다는 오마르가 찾아 온다. 나중에 밝혀지지만 그는 라이벌 마술사 야세르의 아들이었다. 야세르는 이튼의 마술을 질시해서 공중에 뜬 이튼을 땅에 떨어지게 했던 장본인이었다. 용서를 구하는 야세르에게 용서할 것이 없다고 말한다. 사고 이후 야세르는 이미 죽었다는 것이 용서할 것이 없는 이유였다. 원수의 잘못을 용서하는 것이 기독교의 용서관이라면 인도의 용서관은 독특하다. 실재가 아닌 마술의 세계에서 이튼을 질시한 야세르는 이미 죽은 자이다. 생명의 있고 없음이 죽고 사는 기준이 아니라 거짓의 세계에 질투를 끌어 들이는 무지한 자로서 죽은 자이다. 죽은 자이므로 용서의 대상도 아니다. 구약성서에서 사울에게 쫓기던 다윗은 사울의 아들 요나단 앞에서 삶과 죽음의 거리가 한 걸음밖에 되지 않는다는 말을 전한다. 생명은 소중한 것이지만 우주적 맥락에서 보면 사실 삶과 죽음은 같은 것이다.

나와 죽음 사이는 한 발짝밖에 되지 않네.(사무엘상 20:3)

법정에서 이튼의 청원은 거부된다. 혼자서 죽을 수도 없는 이튼은 계속 거짓 세계에서 살아야 한다. 그런데 이튼의 청원을 반대하던 소피아가 이튼의 안락사를 도와주겠다고 생각을 바꾼다. 소피아는 오랫동안 그녀를 괴롭히던 폭력 남편과 이혼한 후 마음을 바꾼 것이다. 지난 10여 년간 소피아는 남편과 떨어져 살았기에 결혼제도라는 족쇄가 얼마나 그녀를 괴롭히고 있는지 알지 못했다. 그런데 10년 만에 다시 나타난 폭력 남편 앞에서 그녀는 법적 아내라는 이유로 당하기만 한다. 단순히 법적인 부부관계라는 것만으로도 남편으로부터 자유롭지 못했던 소피아는 남편과 법적 이혼을 하고 나서야 이튼의 답답함을 이해할 수 있게 되었다. 이튼이 법에 의해 계속 살아야 한다는 것은 그녀가 법 때문에 남편에게 당한 것과는 비길 수 없을 정도의 고통이라는 것을 소피아는 알게 된 것이다. 이튼의 행복을 위해 죽음을 돕겠다는 소피아에게 이튼은 청혼하며 모두가 모인 가운데서 죽어간다. 죽음에 대한 그의 법적 청원은 거절되었지만 소피아에 대한 결혼 청원은 받아들여져 사랑하는 이에 의해 죽음을 맞는다. 〈데드맨 위킹〉에서 매튜가 죽음 직전에 신과의 관계를 회복했다면 이튼은 죽음 직전 모든 이들과의 관계에서 사랑을 발견한다. 사랑이 실재한다는 것을 발견하며 실재의 세계로 회귀한다.

## 벌거 벗은 생명

사형제도를 반대하는 휴머니스트들의 소망을 〈데드맨 워킹〉은 비켜갔지만 매튜는 죽음 앞에서 처음으로 인간의 본질에 다가선다. 안락사를 허용하자는 휴머니스트들의 소망대로 이튼은 '불법적' 으로 죽었다. 하지만 이튼은 죽을 조건을 다 갖추고 있었다. 마술사로 이룬 부와 좋은 친구들, 사랑하는 여인이 곁에 있었다. 안락사 논쟁이 고귀하게 죽을 권리로만 받아들여져서는 안되는 이유다. 안락사는 세상 모든 일이 그렇듯이 구조적이다. 우리가 진보의 지점에서 사형제도를 반대하고 안락사를 청원하는 사이 우리 곁에는 논란에서조차 소외된 벌거벗은 생명들이 있다. 고민없이 가장 안전하게 자신을 보호할 수 있는 것이 휴머니즘인 것처럼 신과 영원의 세계를 애써 외면하는 휴머니즘의 세계에서 이런 모순은 수없이 발견된다.

이태리의 철학자 아감벤은 호모 사케르(벌거 벗은 생명)라는 개념을 우리에게 소개한다. 누구나 죽여도 되지만 신에게 바칠 수는 없는 목숨이 있다는 것이다. 매튜의 목숨은 국가 권력에 의해 빼앗겼지만 그는 사랑을 확인하며 갔고 이튿 역시 마술의 세계에서 벗어났다. 그러 므로 그들에게 목숨은 많이 가진 것 중에 하나일 뿐이다. 반대로 목숨 밖에 가진 것이 없는 사람들, 그래서 매일 매일 산 입에 거미줄 치지 않기 위해 살아야 하는 사람들도 있다. 이들은 아감벤의 말을 따르자 면 혼자서 살아 남아야 하는 사람들이다. 국가가 원하는 방식으로 살 지 않는 사람들은 이등 국민이 되어 국가는 이들을 모든 복지의 사각 지대에 둠으로써 그냥 죽도록 내버려 둔다. 이들에게 고귀하게 죽을 권리라든지 국가에 의해 저질러지는 살인 따위의 용어는 무가치하 다. 휴머니스트들이 이런 죽음과 삶의 문제에 관심을 쏟는 것은 반대 로 죽지 못해 살면서 실제로는 국가에 의해 죽도록 방치되는 벌거벗 은 생명들을 외면하기 위한 장치가 아닌지 돌아보아야 한다. 죽어가 는 자들에 대한 관심도 물론 중요하지만 죽지 못해 사는 남은 자들이 잊혀져서는 안 된다.

매일 매일 일어나는 자연사와 병으로 인한 죽음들, 그리고 삶의 막 다른 골목에서 선택하는 자살, 삶의 존엄성을 끝까지 지키고 싶어 죽 음을 선택하려는 안락사 청원자들, 인간의 욕망이 불러내는 전쟁에 서 이유 없이 죽어가는 무고한 죽음들, 산업 재해로 죽는 죽음들, 교 실에서 친구들에게 맞아 죽는 아이들 수많은 죽음 앞에서 사형제도 의 찬반과 안락사는 아주 작은 부분이다. 실제로 우리나라에서는 최 근 십수 년간 사형이 집행되지 않고 있다. 우리가 선택권과 용서를 거론하며 스스로 지식인의 사명을 다하고 있다고 최면에 빠지는 순간, 돈 때문에, 무관심 때문에 수많은 사람이 죽어간다. 사형제 폐지와 안락사 인정이 정의인 것처럼 섣불리 말해서는 안 되는 이유다.

죽을 권리와 국가 폭력에 의한 죽음을 당하지 않을 권리도 중요하지만 살 권리와 죽을 권리를 한가하게 생각할 겨를조차 없이 매일 매일 죽어가는 벌거벗은 생명에 대해서 더 많은 관심이 필요하다. 죽음의 방법 또는 죽음을 넘어서는 구원이 사치재로 느껴지는 생명들에게 우리는 어떻게 접근할 것인가? 관심 속의 죽음보다 잊혀진 죽음이 없는 세상을 만드는 일이 먼저 풀어야 할 숙제다.

## 처 음 에 는
### 희극으로
## 다 음 에 는
### 비극으로*

그때에 큰 환난이 닥칠 것인데, 그런 환난은 세상 처음부터 이제까지 없었으며, 앞으로도 없을 것이다. 그 환난의 날들을 줄여 주지 않으셨다면, 구원을 얻을 사람이 하나도 없을 것이다. 그러나 선택받은 사람들을 위하여, 하느님께서 그날들을 줄여 주실 것이다.(「마태복음」 24:21-22)

화에는 복이 깃들어 있고 복에는 화가 숨어 있으니 누가 그 궁극을 알겠는가? 일정하게 정해진 바가 없네. 바른 것이 변해 기이한 것이 되고 선한 것이 변하여 요사한 것이 되니 사람들이 미혹된 지 이미 오래 되었네.(「도덕경」 58장)

---

* 지젝의 저서 『처음에는 비극으로 다음에는 희극으로』(창비, 2010)를 비틀어 보았다.

——————————————————— "나의 지성은 비관주의적이지만 나의 의지는 낙관주의적이다." 안토니오 그람시가 옥중에서 동생에게 보낸 편지에 썼다는 이 말은 본래 프랑스의 작가 로맹 롤랑이 한 말이다. 그람시의 석방 운동에서 중요한 역할을 했던 로맹 롤랑으로부터 시작된 이 말은 이후 체계바라가 즐겨 쓰기도 했다. 사람들이 이성의 한계를 인식하면서 세상에 대한 비극적 인식이 팽배해질 무렵, 한 무리의 사람들은 의지로 그것을 극복하려고 했다. 그러나 곧 의지를 실현할 주체도 미미해지자 세상의 비극은 더 깊어지는 것처럼 보였다.

——————————————————— 횡포와 그로 인한 한숨이 그치지 않는 세상에서 영화도 세상의 비극을 비켜가지 않는다. 오히려 영화 속 세계들은 현실을 과장되게 묘사하며 비극의 바닥으로 우리를 인도한다. 비극적인 세상을 희극으로 사는 사람들도 물론 있다. 낙관주의자가 아니라 세상의 모든 것을 다 가지려고 하는 이들이다. 이들의 탐욕이 쌓일수록 탐욕의 대상이 되는 사람들의 슬픔은 더욱 깊어진다. 세상이 이러하니 성서는 심판의 날에 구원받을 대상이 하나도 없을 것이라고 위협하면서도 마지막 선택의 가능성은 열어 놓는다. 선택받을 대상이 탐욕과 폭력 속에 살아가던 이들이 아님은 종교 없이도 가능한 예상이다. 『도덕경』은 옳다고 믿던 것과 선한 것이 요사한 것이 되어 버리는 세상으로 변해 버린 지 이미 오래 되었다고 말한다. 낙관주의자들이 즐기는 희극 속에 화가 있을지도 모를 터, 비관주의자들에게 너무 좌절하지 말라고 설교한다.

────────── 고생 끝에 낙이 온다는 단순한 세상 이치는 아닐 것이다. 희극과 비극의 경계, 행운과 불운의 경계, 선과 악의 경계가 모호해지는 현실 속에서 지금 비극을 너무 무겁게 받아들일 필요는 없다. 아직 더 내려갈 비극의 단계가 남아 있을 지도 모른다. 그 비극을 경험한 뒤에야 우리가 이미 알고 있던 고전적 의미의 선과 악이 극복되고 모두가 슬픔 속에서 웃을 수 있는 세상이 기다리고 있을 것이다.

────────── 이 장에서 소개되는 4편의 영화는 모두 비극이다. 기득권이라고는 남성인 것밖에 없는 사람들의 이야기도 슬프고, 바른 가치가 모호해져서 슬프고, 가족 때문에 슬프고, 지구의 파멸 때문에 슬프다. 이 영화들은 슬픔을 극복할 수 있는 값싼 희망을 이야기하지 않는다. 그래서 비극이지만 희망이 없다고도 이야기하지 않는다. 그래서 한 번 더 다른 세상을 기다리게 만든다.

# 모두 자기의 춤을 추는 것이 인생

## 안토니아스 라인

원제 : Antonia's Line

감독 : 마를렌 고리스 (Marleen Gorris), 1995

　2차 세계대전이 끝난 네덜란드의 어느 농촌에 오래 전 마을을 떠났던 안토니아가 어머니의 임종을 지키기 위해 딸과 함께 귀향한다. 독일군이 물러난 자리에 들어오는 미군을 환영하며 쓴 것 같은 "해방군을 환영" 한다는 낙서는 낡은 구조를 벗지 못한 고향으로 돌아오는 안토니아를 환영하는 구호처럼 읽힌다. 물려받은 어머니의 농장에서 여성이 중심이 되는 새로운 세상을 만들어 가는 안토니아와 4대에 걸친 여성들의 비극과 희극이 줄거리를 지탱한다.

안토니아의 농장에서는 전쟁 내내 겪었을 굴욕을 남성이란 것으로 보상받으려는 남자들을 피해 여성들이 하나 둘씩 찾아오고, 전통적인 남성성을 갖지 못한 주변 남성들 또한 안토니아의 농장에 자리를 잡는다. 많은 사건의 연속 속에 안토니아의 농장은 역사가 그렇듯이 비극과 희극을 반복하며 유지된다. 많이 흘러 버린 세월 속에 안토니아도 세상을 떠나지만 농장에는 또 다른 씨가 뿌려진다.

여성 감독 마를렌 고리스의 작품으로 아카데미(68회)에서 외국어영화상을, 토론토 영화제(20회)에서 작품상을 수상했다. 미국의 연예 주간지인 엔터테인먼트지 선정 1996년 최악의 영화 2위를 차지한 것이 특이하다.

## 씨를 뿌리며 사는 여자들 이야기

에덴 동산에서 금단의 열매를 먹은 아담은 저 여자의 권유를 따른 것뿐이라며 여자 뒤에 숨는다. 믿음의 조상 아브라함은 하갈과 사라 사이의 갈등을 풀지 못한다. 삼손은 여인에게 잘 보이기 위해 헛힘을 쓰며, 아비가일의 남편인 지역 유지 나발은 아내 앞에서 뜨내기 다윗에게 본때를 보여주려다 비명횡사한다. 성서 곳곳에서 하느님은 남성의 비겁함을 드러내지만 성서 밖 남성들은 여성 앞에 으스대고 싶어한다. 조국과 가족을 위해 그들은 목숨 바쳐 싸웠노라고 주장하지만 싸움에서 피해를 입는 쪽은 항상 여성들이다. 성서는 남성이건 여성이건 하느님 앞에서 모두 나약하다는 것을 증언하지만 역사 속 남성은 이것을 가부장 제도로 바꾸어 놓음으로써 신에게 도전한다. 여성신학자 휘오렌자(E.S. Fiorenza)가 지적했듯이 성서는 가부장적인 경전으로 변화되고 역으로 가부장 제도를 고착화시켜 왔다.

## 삶과 죽음의 신비

〈안토니아스 라인〉은 2차 세계대전이 끝난 직후 네델란드 어느 농촌에서 일어난 이야기다. 안토니아는 어머니의 장례식에 참석하기 위해 16살짜리 딸 다니엘을 데리고 고향으로 돌아온다. 고향은 개신교가 강한 네델란드에서 몇 남지 않은 가톨릭 마을이다. 가톨릭과 농촌이라는 두 문화가 만나는 지점인지라 가부장 문화는 힘이 세다. 안토니아는 그런 마을의 분위기가 싫어서 떠났는지도 모른다. 그러나 전쟁은 가부장 제도 속에서 많은 것을 누리던 남성들의 자존심에 큰 상처를 입혔다. 종교적 분쟁에서는 제 목소리를 내던 그들이었지만 나치 앞에서는 누구도 용감할 수 없었다. 일부 용감한 사람들이 유대인을 숨겨 주기는 했지만 그것이 발각되어 집주인이 나치에게 사형당할 때는 가톨릭 사제도 외면했다.

전쟁이 끝나고 회복할 것에는 경제뿐이 아니라 남성들의 잃은 자존심도 포함된다. 그런데 안토니아가 돌아온다. 구약성서의 나오미의 귀환과는 사뭇 다르다. 안토니아는 당당하게 귀향하고 그것을 보는 사내들의 시선은 곱지 않다. 누군가는 뒤에서 이렇게 수근거렸을지도 모른다. "어릴 때부터 드셌던 여자가 전쟁 중에 도시에 나가서 무슨 짓을 해먹고 살았는지 어떻게 알아? 다니엘은 또 누구의 씨일까?" 남성들이 기득권이라는 허상에 갇혀 있을 때 다니엘은 관 속에 누워 있던 할머니가 일어나서 미소 짓는 환영을 본다. 세상은 알량한 힘을 놓고 싸우지만 삶과 죽음은 그것을 뛰어 넘는 유쾌한 신비다. 마을에서 술집을 경영하는 올가가 산파와 장의사를 겸업하고 있는 것도 오고 감이 유쾌할 수 있다는 것을 보여주는 상징이다.

마을 사람들은 어머니의 농장에 정착한 안토니아를 달가워하지 않지만 마을의 철학자인 크룩핑거는 그녀를 반긴다. 전쟁 때 입은 충격으로 두문불출하지만 뭔가 잘 못 돌아가는 세상에서 젊은 시절 안토니아와 크룩 핑거는 마음이 통했을 것이다. 마을로 이사온 바즈도 안토니아의 과거(?)를 모르기에 호의적이다. 과거란 흘러간 시간이며 왜곡된 기억인데 바즈는 그 점에서 자유롭다. 어느 날 안토니아의 농장으로 찾아온 바즈는 어렵게 안토니아에게 청혼한다. "내 아들들에게는 어머니가 필요하오." 재혼을 원하는 남성들의 단골 수사는 동서양이 다르지 않다. 안토니아는 어리둥절한 채로 대답한다. "나는 아들이 필요없는데?" 당황한 바즈는 수사를 바꾼다. "남편은 필요하지 않소?". 안토니아는 대답한다. "남편도 필요없는데?" 이후로 둘은 그냥 좋은 친구가 된다.

댄의 농장에서 일하는 발달장애인 '미친 입술'이 동네 아이들에게 모욕을 당해도 댄은 미친 입술의 편을 들어 주지 않는다. 참다 못한 안토니아가 동네 아이들을 혼내자 미친 입술은 그 길로 돌아서서 안토니아 농장의 식구가 된다. 다니엘은 오빠 피터에게 강간당하는 댄의 딸 디디를 구해 준다. 디디 역시 발달장애를 가지고 있었다. 다니엘에게 망신을 당한 피터는 마을을 떠나고 디디 역시 안토니아의 농장으로 들어와서 미친 입술과 가정을 이룬다. 결혼은 싫지만 아이를 낳고 싶다는 다니엘을 도시로 데리고 나간 안토니아는 미혼모 보호 시설에서 만난 레테의 도움으로 도시 청년과 잠자리를 같이 한다. 다니엘은 임신에 성공하지만 동네 교회의 신부는 강론 시간마다 땅에 떨어진 성윤리를 개탄한다. 하지만 안토니아는 신부의 추행 현장을

잡아 내고 일종의 거래를 한다. 추행이 발각된 신부는 다음 주일 강론에서 세상의 구원은 여성에게 있다고 선포한다. 영재로 성장한 다니엘의 딸 테레사는 마을 청년과 가정을 이루어 딸 사라가 태어나는데 사라는 어릴 때부터 뛰어난 문학적 감수성을 보인다.

## 한 가지만 없는 농장

안토니아의 농장은 일종의 대안공동체가 되어 다양한 사람들이 모여든다. 주임 신부의 위선 때문에 파계한 보좌 신부도 함께하고 테레사의 출생에 큰 기여를 한 레테도 아이를 주렁주렁 달고 농장으로 들어온다. 첫눈에 반한 신부와 레테는 가정을 꾸린다. 안토니아로 시작되어서 4대까지 이어진 영화는 안토니아의 죽음으로 끝나지만 안토니아가 시작한 새로운 가능성의 세계는 안토니아가 씨를 뿌리는 장면처럼 지속될 것이다.

그 씨는 남성만이 생산의 주체라는 인식에 대한 저항이다. 하지만 남녀의 대결 구도가 영화의 주제는 아니다. 남녀의 구분을 넘어 그냥 편한 사람들과 함께 씨 뿌리며 살아가는 사람들의 이야기, 늘 새롭게 다가오는 신비 앞에서 겸손한 사람들의 이야기가 덤덤하게 그려질 뿐이다. 독일 철학자 슬로터다이크가 원한의 형태를 띤 모든 것들 – 페미니즘, 탈식민주의, 생태주의 등–은 원한을 넘어서 갈 필요가 있다고 말한 것이 그대로 영화에 드러난다.

　땅의 베풂, 노동의 대가, 분배의 정의, 다니엘의 영적인 안목, 테레사의 지성, 사라의 시적 감수성, 건강한 섹스가 모두 있지만 원한은 없는 안토니아의 농장은 낙원 같지만 지상에서 만들 수 있는 최상의 공동체는 아니다. 죽음과 악은 항상 이곳을 노린다. 디디를 추행했던 피터는 남성성의 상징인 군인이 되어 에덴 동산을 침범한 뱀처럼 테레사마저 추행한다. 안토니아는 술집에 있던 피터를 찾아 총으로 경고한다. 현장에 있던 마을 청년들은 피터에게 뭇매를 가한다. 뭇매는 강간범에 대한 징벌이 아니라 여인에게 협박당한 남성성에 대한 분노의 표현이다. 비틀거리며 집으로 돌아온 피터는 동생에게 도움을 청하지만 동생은 그를 익사시킨다. 그들 아버지의 죽음 이후 유산을 챙기러 온 피터는 유산의 전부를 갖고 싶은 동생에 의해 살해당한 것이다. 폭력을 징벌하는 폭력 역시 위선적이다. 남성의 상한 자존심 때문에, 돈 때문에 그들은 강간하고, 때리고, 죽인다. 그렇다고 죽음이 악인의 전유물은 아니다. 농장의 선한 사람들도 불의의 사고로 죽고 크룩 핑거는 자살한다. 그의 자살은 아우슈비츠 수용소의 모진 고통까지 이겨내었던 이태리 작가 쁘리모 레비가 이성의 시대에도 해답이 없는 것을 못 견뎌 자살한 사건을 연상시킨다. 크룩 핑커는 모든 이에게 살아가야 할 이유를 가르쳐 주었지만 자신에게는 그 방법을 적용시키지 못했다.

## 낙원은 없다

세상에서 만들 수 있는 낙원은 없다. 안토니아는 처음부터 그런 공동체를 꿈꾸지도 않았고 그것을 이루지 못한다고 염세하지도 않았다. 그는 신비 속에서 현실을 살아가는 지혜로운 여인이다. 하버드 로스쿨 교수이면서 〈보스톤 리뷰〉에 영화평을 쓰는 앨런 스톤은 이 영화를 평하면서 죽음을 두려워하기 때문에 결국 죽음에 갇혀 있는 문화를 남성의 원리라고 보고, 삶과 죽음을 있는 그대로 인정하고 그냥 호기심있게 바라보는 것을 여성의 원리라고 정의한다. 여성의 원리는 삶과 죽음에서 특별히 의미를 찾으려고 하지 않는다라는 것이다.

영화 도입부에서 안토니아가 어머니의 장례식을 치르러 왔을 때 그녀의 어머니는 아직 죽지 않았었다. 어머니는 30년 전 죽은 난봉꾼 남편을 임종 직전까지 원망한다. 안토니아는 아버지의 기억을 벗어나지 못하는 어머니가 싫다. 그런데 장례식에서 다니엘은 할머니의 시신이 비로소 웃는 환영을 본다. 인생에서 남편 때문에 고통을 당했지만 그녀의 영혼은 비로소 춤을 춘다. 장례식이 거행되는 성당의 십자가에 달린 고통받는 예수는 죽은 여인의 즐거운 노래 소리에 놀라 고통 때문에 숙이고 있었던 고개를 들어 안토니아의 어머니를 바라본다. 앨런 스톤이 삶과 죽음을 그대로 인정하는 것이 여성의 원리라고 해석했던 장면이다.

〈안토니아스 라인〉은 정형화된 가족의 모습을 단란한 가정이라고 표현하는 틀을 거부한다. 전통적인 역할에 충실한 아버지와 어머니와 자녀들로 이루어진 가정을 누구도 비난할 수 없다. 반대로 틀에 벗어난 가정도 비난해서는 안 된다. 안토니아의 농장의 가족들은 우리의 상투적인 표현에 따르면 모두 결손 가정들이다. 그러나 그들에게 결손된 것은 아무것도 없다.

안토니아 가족의 틀은 〈가족의 탄생〉(김태용 감독, 2006)을 생각나게 만든다. 피 한 방울 안 섞인 어머니, 그리고 고모도 이모도 아닌 사람들로 이루어진 '결손 가정'에서 자라난 채현은 티없이 맑다. 너무나 맑아서 누구와도 쉽게 교류한다. 채현은 경석과 연인이 되지만 경석 입장에서는 모든 사람에게 친절한 채현이 불안하다. 친절 덕분에 자기와 연인이 되었지만 친절을 독점하고 싶은 경석과 늘 삐걱거린다. 오랜 세월이 흐른 뒤 채현의 집에 특이한 구도를 만들어 놓고 훌쩍 떠났던 남성(형철)이 돌아온다. 정형화된 가정을 꿈꿔 오던 형철의 누이 미라는 옛날에는 형철을 남동생이라는 이유만으로 받아들였지만 피가 섞이지 않은 여성들과 가족을 이룬 미라는 형철을 받아들이지 않는다. 이들은 남성 없는 새로운 가족을 탄생시킨 것이다. 그들만의 유쾌함이 있는 가정에 남성이 없다는 이유로 비난할 수도 없고 그들이 우리에게 위해를 끼칠 것이라고 두려워하는 것은 더없는 모순이다. 세상은 정형에서 벗어난 결손 가정에서 자라난 아이들은 문제라는 편견을 가지고 있지만 안토니아의 농장에도 미라의 가정에도 결손은 없다.

## 종교와 가부장 제도

그런데 종교는 가정의 정형성을 격려하는 데 그치지 않고 가부장 제도를 고착화한다. 동성애에 대한 종교의 혐오도 동성애가 정형성을 벗어나 있기 있기 때문이다. 기독교 근본주의자들의 눈에는 타종교나 신흥종교가 보수적인 정형성을 유지하고 있는 것처럼 보인다. 무슬림의 가부장 문화는 견고해 보이고, 서구인의 눈에 비친 아시아는 남성들의 천국이고 건전한 가정의 표본 같아 근본주의자들은 두렵고, 두려움을 감추기 위해 폭력적이 된다.

지난 2011년 7월 발생한 노르웨이 총기 난사 사건은 여기서부터 시작한다. 범인 브레이비크는 가정(아버지)이 무너지는 서구 사회에 경종을 울릴 필요가 있다고 느꼈다. 가부장적 종교인 무슬림이 몰려 오는데 서구 기독교인들이 별 문제점을 못느끼는 것에 불안했을 것이다. 기독교 세계관을 가진 처지에 무슬림을 닮을 수도 없고, 온순해서 사회 모순에 저항할 의지도 없어 보이는 아시아인들이 그나마 가부장 제도를 유지하고 있는 것 같아 그들을 본받아야 한다고 주장했다. 아버지 역할의 축소가 가정의 붕괴라고 믿는 사회에서 남성들은 돈으로 군주가 되어 여성을 성노리개로 삼거나 힘을 자랑하고 싶다. 규범적으로 가부장 제도가 고착되어 있는 아시아 사회에서 성의 소비가 서구 사회보다 훨씬 심한 이유도 여기에 있다. 브레이비크는 이 점을 모르고 있었다.

오늘날 종교는 무엇을 가르치는가? 정형화된 틀을 강요하고 있다면 그것은 종교가 아니다. 가정은 소중한 가치 중 하나이지만 성서는 '정상적인' 가정을 이룰 수 없었던 사람들의 이야기가 많다. 예수도 가정을 이루지 못했고 요셉은 먼발치에서 마리아의 아들 예수를 보호해야만 했다. 제자 중 하나는 아버지의 장례식을 앞두고 죽은 자는 죽은 자로 하여금 장례 치르라는 예수의 명령을 듣는다. 디모데는 믿음이 좋은 가정의 본보기가 되지만 요즘 말로 하면 다문화 가정이다. 결손의 조건을 갖춘 이들이 하느님 나라에 대해서 꿈꿔 온 이야기들이 성서에 담겨 있다. 우리는 성서 속에서 자유롭게 자신의 춤을 추라며 권하는 하느님의 손짓을 본다.

인생은 모두가 자신의 춤을 추는 것이다. 그 춤이 누군가에게 피해가 되지 않는다면 나의 춤을 즐길 권리가 있다. 자신의 춤을 추고 있는 타인들을 보며 거짓 주류들은 낯선 춤 앞에서 두려움을 감추지 못한다. 용기 있는 사람은 정형성을 넘어 새롭게 다가오는 세상을 두려워하지 말아야 한다. 낯선 것에 대한 두려움보다는 낯섬 속에서도 함께하는 하느님을 발견하는 것, 그것이 바로 신비다.

---

감독도 모르는 영화 속 종교 이야기

# 두려운 것들 속에서 세상을 살아가는 법

## 노인을 위한 나라는 없다

원제 : No Country for Old Men

감독 : 코엔 형제(Ethan Coen, Joel Coen), 2007

사막에서 사냥으로 살아가는 퇴역 군인 모스는 우연히 갱단의 총격전을 목격하게 되고 그곳에서 이백만 달러가 들어 있는 가방을 손에 넣는다. 모두가 죽어 버린 상황에서 물 한 모금을 요구하는 한 명의 생존자를 발견하지만 돈가방을 들고 사라진다. 생존자의 물 요구가 내심 마음에 걸렸던 모스는 밤중에 현장을 다시 찾았다가 사건에 연루되고, 경찰과 돈을 찾아야 하는 살인청부업자 안톤 시거에게 쫓기는 신세가 된다.

영화 내내 계속되던 피투성이 추격전 끝에 남는 것은 냉혹한 청부업자 안톤 시거와 세상의 타락을 슬퍼하는 보안관 벨뿐이다. 두 사람의 생존은 세상의 비극과 희극을 상징한다. 영화는 친절한 설명 없이 끝나 버리지만 두 사람의 생존을 통해 역사의 종말이 비극인지 희극인지 쉽게 단정짓지 말라고 관객들에게 충고한다. 폭력적인 장면과 명쾌하지 않은 결말 때문에 장르적 혼선이 있으나 폭력물이라고 보기에는 너무나 많은 철학적·종교적 성찰들을 담고 있다.

아카데미(80회)에서 작품상, 감독상, 남우조연상(하비에르 바르뎀)을 수상한 것을 비롯해 영국 아카데미, 일본 아카데미, 미국 배우 조합상 등에서도 많은 부문을 수상했다.

## 자신이 세상의 마지막이 되기를 바라는 노인 이야기

세상은 늘 악했지만, 사람들은 내가 당하는 현재의 악이 가장 심각하다고 생각하며, 현대 문명이 위기에 직면했다고 선언한다. 반면 어떤 특정한 악은 문화적 재생산을 통해 가장 엄청난 악으로 기억된다. 유대인의 아우슈비츠 고난이 대표적인 예다. "유대인들의 수용소에서의 죽음이 엄청나고 독특한 것이라고 주장할 때 그들의 주장은 옳다. 하지만 이 땅에서 살해당한 사람들의 죽음도 마찬가지로 엄청난 것이며, 그들도 비참하게 살육되었으며 마찬가지로 이유 없이 처절하게 살해되었다." *는 아더 코헨의 주장은 귀담아 들을 필요가 있다.

그런데 문화적 재생산은 내가 속해 있는 사회에 의해 만들어진 것으로 결국 나와 관계가 있다. 그러므로 사람들은 자신이 속해 있는 사회가 저지른 악에 대해서는 관대한 경향이 있다. 결국 악이라는 것은 지극히 주관적이기에 악의 정도는 계측될 수 없다. 자신의 손에 찔린 장미 가시가 타인의 억울한 죽음보다 아픈 이유도 이러한 주관성 때문이다. 사람들은 악의 주관성을 숨기기 위해 악을 객관화한다. 실제로는 자기의 이해관계에 밀접하게 연결되어 있지만 나에게 피해를 주는 악을 객관화함으로써 사회와 연관 짓는 방식으로 사용한다. 나의 경험은 공공의 경험이 되어야 하며 현대 사회가 악으로 치닫고 있음을 나와 함께 모두 인정해야 한다.


## 관객을 모두 공범으로 만들다


영화 〈노인을 위한 나라는 없다〉는 이러한 악의 성격을 잘 보여주고 있다. 모스는 어느 날 사냥터에서 모두가 죽어 버린 범죄 현장을 목격하고 거액의 돈가방을 손에 쥔다. 현장에 있던 유일한 생존자이지만 더 이상 생명을 유지할 가망성이 없어 보이던 사람에게 물을 주

---

＊ 다니엘 밀리오리(Daniel Migliore), *Faith seeking Understanding*, (Eerdmans,2004)에서 재인용

지 않은 것이 내심 마음에 걸린 모스는 밤에 그를 다시 찾아간다. 그러나 모스는 그로 인해 쫓기는 신세가 된다. 돈가방과 관계된 범죄 조직의 부탁을 받은 살인청부업자 시거는 돈가방을 찾아달라는 의뢰인도 죽여 버린 채 모스를 찾아 나선다. 쫓는 자와 쫓기는 자 모두 돈가방의 실제 주인은 아니다. 관객도 돈가방의 주인은 아니다. 그러나 관객들은 자신들도 모르게 돈가방을 모스에게 주고 싶어 한다.

삶에서 우연찮은 행운은 접하게 될 때 그것이 우리의 것이었으면 하는 생각에 당신들도 동의하지 않느냐고 관객들을 모독한다. 따라서 모스는 악의 범주에서 제외된 채 유일하게 돈가방을 추적하는 냉혈한 청부업자 시거만 악인이 된다. 그는 악의 화신답게 이유 없는 살인을 저지른다. 돈가방을 쫓는 과정에서 많은 사람을 잔인하게 살해한다. 이 잔혹한 살인에는 남의 돈을 들고 도망 다니는 모스의 책임도 있지만 관객들은 시거의 잔인함에만 집중한다. 산소통으로 사람을 살해하는 시거의 독특한 방식은 보안관 벨을 비웃는 장치다. 벨 보안관은 경찰이 총도 차고 다니지 않던 좋은 시절을 회상하는 퇴물 보안관이다. 쉬거는 총이 없어도 산소통으로 사람을 죽인다. 생명의 필수 조건인 산소이지만 그것을 담은 용기는 사람을 죽이는 데 사용될 수 있다.

돈도 교환가치 이외의 가치로 취급될 때 무기가 된다. 사람을 죽일 수 있는 무기라고는 총뿐이라고 단정하는 순진한 시골 보안관은 모스와 시거를 추적한다. 돈 때문에 목숨을 거는 도망자와 추적자를 바라보며 세태가 한심스럽다고 느끼는 도덕주의자 벨은 예전에는 도덕이 살아 있었다고 단정 짓는다. 모스와 시거라는 두 범죄자보다 더욱 교묘한 범죄가 권력의 이름으로 행해지는 것에는 관심이 없다. 지금 나의 도덕 체계를 뒤흔들고 내가 담당한 공동체를 뒤흔듦으로써 나에게 영향을 미치는 악이 세상을 위협하는 가장 큰 악일 뿐이다. 자본과 무기(기술)로 상징되는 근대적인 것과 거리를 두고 살아가던 벨은 말세적 사건에 말려드는 현실을 가장 큰 악이라고 여긴다. 예전에도 이유 없는 악의 횡포가 있었음을 주변 사람들이 벨에게 이야기해 주지만 선뜻 인정하고 싶지는 않다. 예전이랄 것도 없이 영화 속 70년대 남부의 멕시코인들에 대한 백인들의 인종 차별적 발언은 무심하게 넘어간다. 범죄 현장에서 멕시코 갱들의 시신보다 죽은 개를 더 안쓰러워하는 경찰의 모습은 월남 양민을 '적'으로 오인해 죽이고서도 물에 빠진 개는 살리려고 했던 어느 월남전 소재 영화 속 미군을 떠올리게 만드는 오마쥬처럼 보인다.

## 사라진 돈가방

전문 살인자와 시골 사냥꾼이 동일한 욕망으로 싸울 때 그 싸움은 치열하다. 비록 시골 사냥꾼이기는 하지만 그는 퇴역 군인이다. 국가

적 폭력의 도구로 사용된 적이 있는 만만치 않은 존재다. 게다가 모스 뒤에는 그의 편을 들어 주고 싶어 하는 제3자(관객)들이 있기에 힘이 난다.

전문 살인자의 추격을 잘 피해 오던 모스는 시골 모텔에서 주검으로 발견된다. 추격전을 긴장 속에서 바라보던 관객들은 주인공의 장렬하지 못한 죽음 앞에 허탈해한다. 돈에 목숨 건 인생이란 이렇게 허무한 것이구나라고 생각할 겨를도 없이 영화는 모스의 죽음을 생략해 버린다. 모스의 죽음은 시거와 모스의 인과관계 밖에서 일어난 일이기에 죽음의 장면이 생략될 수밖에 없다. 현대는 중심과 대의 없는 시대라는 것을 확인시키기라도 하려는 듯이 영화는 가장 핵심적인 장면이 되어야 할 모스의 죽음을 생략해 버린다.

모스의 죽음에도 돈가방은 시거의 것이 되지 않는다. 모스의 죽음 이후 돈가방은 영화에서 사라진다. 어차피 돈가방은 영화적 장치였을 뿐이기에 누구의 소유인가는 중요하지 않다. 자본은 중요한 것 같지만 어떤 시대에도 주인공은 될 수 없다는 상징이다. 돈가방을 따라가던 관객을 한 번 더 모독한다. 시거는 모스의 아내를 찾아가 그녀도 죽인다(영화는 이 장면도 생략한다). 어이없는 교통사고로 부상을 입은 시거는 길거리에서 만난 아이들에게 돈을 주고 옷을 산다. 범죄자인 줄 뻔히 보이는 낯선 사람에게 아이들은 옷을 판다.

영화에는 범죄에 얽히게 되는 것인지 알면서도 돈에 매수되는 젊은이들과 아이들이 등장한다. 그들은 나중에 커서 자신들이 범죄에 이용되었던 일은 기억에서 생략된 채 물질에만 매몰되고 도덕성이 결여된 '요즘 애'들을 탓하며 인생을 살아갈 것이다. 사람을 쉽게 죽이던 시거가 아이들을 죽이지 않았던 이유도 여기에 있다. 아이들은 성인이 된 후에도 자신들의 죄는 기억하지 않은 채 옛날의 도덕을 그리워하게 될 것이다. 이것은 시거가 저지른 악보다도 더 큰 악이 될 수 있기에 시거는 그들을 남겨 둔다.

## 비잔티움을 향한 항해

여기서 영화 제목에 대한 해답이 나온다. 예이츠의 시 〈비잔티움을 향한 항해)는 "노인을 위한 나라는 없다"로 시작한다. 종교적 도시 비잔티움에는 시간이 초월된 채 늘 새로운 것에 대한 갈구만이 있는 도시이다. 영화와 예이츠의 시에서 노인은 규범과 질서, 즉 옛것을 상징한다. 노인은 옛것을 모든 것의 기준으로 삼는다. 왜냐하면 격변하는 사회 속에서 새로운 세대에 뒤쳐지지 않기 위해서는 경험의 양밖에 내세울 것이 없기 때문이다. 그러나 세상은 경험의 양으로 우월성을 내세우기에는 너무 복잡하다. 영화에는 젊은 노인이 나온다. 시거를 잡기 위해 고용된 살인청부업자 카슨이다. 그는 모더니스트 살인자이다. 규칙과 규범을 강조하며 이론과 자신감으로 무장하고 있다. 그러나 그도 시거에게 어이없게 당한다. 시거는 그를 죽이며 말한다. "너를 살리지 못하는 규칙이 무슨 필요가 있단 말인가?" 카슨은 법에 예속된 노인일 뿐이다. 세상의 모든 법칙이 인과 관계, 또는 이론으로만 설명된다면 얼마나 편할까? 그러나 영화는 이유 없는 살인, 생략된 죽음의 장면, 사라진 돈가방, 동전 던지기를 통하여 인과 관계가 가진 한계를 보여준다.

시간이 갈수록 악은 더 극성을 부리는 것 같다. 그래서 우리는 자꾸 옛것을 뒤돌아보게 된다. 인과의 관계를 깨 버리며 새롭게 다가오는 것에 대한 낯섦은 우리를 두렵게 한다. 범죄만 악이 아니라 새로운 낯선 것이 악이 될 때도 있다. 난데없이 바코드는 악의 상징이 된다. 줄기세포, 유전공학, 동성애 등의 용어도 낯설고 악해 보인다. 그러나 영화는 악은 예전에도 늘 있어 왔던 것이지 새로운 것은 없다고 말한다. 그렇다면 우리는 끊임없이 다가오는 악에 대해 침묵하고 절망해야 하는가? 과거의 경험은 무엇인가? 영화는 친절하게 설명한다. "우리가 옛것에 집착하는 순간, 새로운 것은 창문으로 들어왔다가 달아나 버린다."

## 과거는 부활하지 않는다

구약성서에 보면 블레셋과의 전투를 앞두고 불안해하던 사울은 사무엘의 유령을 불러낸다(사무엘상 28장). 사울은 미래를 앞에 두고 과거로부터 해답을 찾고 싶었던 것이다. 그러나 불러낸 과거(사무엘의 유령)는 미래의 모든 가능성을 닫아 버린다. 그런 점에서 과거를 불러내는 것은 유령을 불러내는 것과 같다. 과거는 기억되어야 할 것이지 부활되어야 할 것이 아니다. 보안관 벨은 유령을 불러내는 사람처럼 어둡다.

과거에 익숙한 사람들이 가지는 낯선 것에 대한 불안감은 악을 절대화한다. 악은 초월자와 대등한 관계가 아님에도 불구하고 사람들은 그들이 경험하는 악 앞에서 쉽게 절망한다. 하지만 어거스틴의 주장처럼 악은 완전히 사람의 책임이다. 세상이 악한 것이 아니라 악이 세상을 악하게 만든 것뿐이고 그로부터 자유로울 수 있는 사람은 아무도 없다. 영화에서 보안관 벨은 모스의 집에서 시거가 먹다 남은 우유병을 발견하고 컵에 따라 마신다. 인간의 기준에 따른 선과 악, 그것은 우유를 병째 마시느냐, 컵에 따라 마시느냐의 차이처럼 미세할지도 모른다.

결국 악으로 인해 당하는 고통은 선택의 문제다. 영화는 시거라는 악을 통해 고통을 우연의 연속으로 설명하지만 기독교에서는 섭리 또는 신정론으로 설명한다. 영화처럼 우연이 강조되면 허무가 따라오지만 섭리에는 희망이 있다. 때로는 불공평해 보이는 섭리 앞에서 인간은 흔들리지만 선택의 신비를 완전히 이해할 방법은 없다. 다만 이런 악과 고난이 넘치는 비극적 세계가 끝은 아니라는 것이다.

그러므로 개인이 당하는 악에 대해서 과장하거나 두려워할 필요가 없다. 어느 시대 어떤 개인 또한 동일한 악에 대해서 고통 받아 왔고 또한 받을 것이기 때문이다. 오히려 개인이 짓는 악 또는 개인이 속한 공동체가 짓는 악에 대해서 회개가 필요하다. 동시에 개인이 당하는 고난이 아니라 이웃이 당하는 고난에 대해서 함께 대처하는 신앙이 필요한 때이다. 그것이 우리로 하여금 악 앞에서 절망하지 않고 종말을 향해 열려 있게 만든다.

# 세상은 비극일까 희극일까

## 시
감독 : 이창동, 2010

　〈시〉는 한 중소 도시 문화센터에서 시를 배우기로 결심한 할머니 미자의 이야기다. 할머니라는, 세상에서 규정해 준 신분에도 불구하고 소녀적 감성을 가지고 살아가는 미자는 시를 배움으로써 인생의 가장 아름다운 순간을 기록해 두고 싶어한다. 세상은 소녀적 감성으로만은 설명되지 않은 복잡한 구조를 가지고 있지만 미자는 늘 순수하다.

　어느 날 미자는 동네 소녀의 자살을 보고 혼란에 빠진다. 할머니도 소녀로 살아가고 싶은데 가장 아름다운 시절을 보내고 있는 소녀의 죽음이 이해가 안 되었던 것이다. 소녀의 죽음에 자신도 관련되어 있는 것을 알게 된 미자는 세상을 아름다운 시선으로만 본다고 아름다워지지 않는다는 것을 깨닫고는 시로 담아낼 수 없는 세상을 향한 고민을 시작한다. .

이창동 감독은 47회 백상예술대상(47회)에서 감독상을 수상했고 미자역의 윤정희는 청룡영화상(31회), 대종상(47회)에서 여우주연상을 수상했다. 평단의 호평에도 불구하고 극적 긴장감이 부족한 탓에 흥행에 성공하지는 못한 것이 아쉬운 부분이다.

## 순수의 상실을 슬퍼하는 할머니 이야기

대부분의 사람들은 자신들이 깨끗하게 살고 있다고 착각한다. 세상 사람이 몰라주어서 그렇지 나는 법 없이도 살 사람이며 욕망으로부터도 자유롭다고 생각한다. 누구만큼 죄도 짓지 않았으며 가능하면 나보다는 남을 먼저 생각하는 착한 삶을 살고 있다고 믿는다. 세상 사람 모두가 나만큼만 살아 주어도 세상은 훨씬 아름다운 곳이 될 터인데 주위를 둘러보아도 나만한 사람은 없는 것 같다.

이렇게 사는 사람들 사이에도 두 가지 유형이 있다. 내가 깨끗이 살기 때문에 세상은 아름다운 곳이며 기쁜 곳이라는 신념을 갖고 사는 유형이다. 이러한 생각을 가진 사람들이 만약 기독교인이라면 대부분 세상을 아름답게 볼 수 있도록 유혹하는 프로그램이 있고 연예인의 선행이 칭송되는 그런 교회에 다닌다. 내가 세상을 보는 눈에 따라 세상은 충분히 아름답다고 믿는 것은 자신을 기준에 두는 자유주의적 접근인데 이들 대부분은 자신들은 신실하고 보수적인 기독교인이라고 믿는다. 그 아름다움 뒤에 쪽방에서 죽어가는 사람들, 공부 때문에 아파트에서 뛰어 내리는 아이들, 개발의 이름으로 훼손되는 자연의 아름답지 못한 이야기는 숨겨진다.

반대편에는 세상의 죄인들과 함께 살아가기가 너무 힘들어 점점 외골수가 되어가는 유형의 사람들이 있다. 그들의 표정은 밝음 대신 항상 전의로 가득차 있고 세상과 끊임없이 불화한다. 하느님께서 엘리야에게 바알을 섬기지 않은 사람이 7,000명이나 더 있다고 한 말을 듣지 못한 채 세상에 자신만이 의롭다는 몽상에 빠져 산다(열왕기상 19장). 그들은 자신들만의 힘으로 세상이 아름다워질 가능성이 전혀 없는 것을 알아 버리고 자기 의에 더욱 집착한다.

바리새파의 이야기가 아니라 오늘 주변에서 쉽게 발견되는 우리 이웃들의 이야기다. 세상의 아름답지 못한 면을 외면하는 앞의 부류의 사람들의 삶은 슬프다. 눈물을 쏙 빼야 비극이겠는가? 보아야 할 진리를 외면하면서 항상 행복한 웃음이 가득찬 얼굴을 가진 인생은 슬프다. 세상이 아름답지 않다는 것을 알고 고쳐 보려다가 좌절하는 인생 또한 슬프다. 어차피 안 되는 것을 너무 늦게 알아 버린 그 슬픔은 더욱 아프다. 인생이라는 것은, 아니 역사라는 것은 이처럼 비극의 연속일 뿐일까?

## 참 아름다운 세상이에요

〈시〉는 세상을 아름답게 보고 싶던 미자의 이야기다. 손자 하나를 데리고 사는 미자는 어렵지만 아름답게 살아가려는 할머니다. 손자를 떠맡기고 객지에 나가 살고 있는 딸도 밉지 않다. 외로운 노후에 보살펴 주어야 할 손자가 있고, 자주 통화하는 친구 같은 딸이 있는 인생이 얼마나 아름다운가? 이웃들과 나누는 밝은 인사 속에 세상은 행복하다. 이 별일 많은 세상에서 들으면 깜짝 놀랄 만한 이야기지만 미자는 대중가요 제목처럼 그야말로 '별일 없이 산다.'

게다가 간병인으로 중풍 걸린 부자 할아버지를 돌보는데 그가 가끔은 임금 이외에 용돈도 얹어 준다. 그런데 어느 날 꽃다운 소녀의 자살한 시체가 동네 강에 떠오른다. 사건의 이야기를 들은 미자는 소녀가 궁금하다. 나이 많은 할머니도 이렇게 기쁘게 살아가는데 꽃 같은 소녀가 죽을 일이 도대체 무엇이란 말인가? 어떤 상황에서든지 기쁘게 살아가던 미자는 소녀의 죽음을 계기로 동네 문화교실에서 시를 배우려고 마음 먹는다. 미자는 어려움 속에서도 즐거움을 잃지 않

고 살아 왔는데 소녀의 죽음을 통해 자신이 아직 이해 못한 세계가 있다는 것을 발견한 것이다. 시를 배우고 나서 세상의 아름다움을 이해 못하는 사람들에게 시를 읽어 주고 싶은 것이 미자의 마음이다.

어느 날 손자 친구 아버지의 연락을 받고 나간 자리에서 소녀의 죽음에 손자와 친구들이 관련되어 있다는 이야기를 듣는다. 몇 명의 사내아이들이 가난한 집 소녀를 오랫동안 집단 성폭행해 왔으며 소녀는 충격으로 자살을 했다는 것이다. 소녀의 일기장에 씌어 있던 가해 소년들의 아버지들과 아버지가 없는 손자를 대신해 미자가 문제를 해결하기 위해 머리를 맞댄다. 왜 어머니가 아니고 아버지인가? 아버지들은 사회구조 속에서 죄를 덮는 방법에 익숙한 존재들이다. 노래방을 경영하는 아버지는 경찰들에게 뒷돈을 대주는 데 익숙할 것이며, 가해 소년의 아버지는 아니지만 학교 교감은 학교의 명예를 위해 죄를 덮는 데 급급하다. 누군가의 아버지일 신문기자는 사건을 파헤치려고 노력하지만 정의와는 거리가 멀다. 나중에 기자는 아버지들과 피해 소녀 어머니의 합의를 이끌어내는 개평을 챙겼을 것이다.

이처럼 영화 속 아버지들은 죄 앞에서 침착하다. 아들들의 죄를 덮으려고 할 뿐 인정하지 않는 것은 아니다. 어차피 피해자가 죽어 버린 마당에 증거가 어디 있느냐고 적반하장일 아버지도 세상에는 차고 넘친다. 그에 비해 영화 속 아버지들은 아들을 무조건 감싸는 기존의 나쁜 아버지들이 아니다. 주범격인 아이의 아버지에 대한 책임 전가도 없다. 각 가정에서 돈을 추렴해서 피해자 어머니에게 전해주는 것을 가난한 이웃을 돕는 것과 같은 일로 여긴다. 돈 준비가 어려운 미자에 대한 배려도 있다. 그들은 시종일관 침착하게 사건을 풀어 나가는 참 '좋은' 아버지들이다. 하지만 이렇게 좋은 아버지들이 만드는 세상은 결코 아름다울 수 없다. 반면 미자는 아버지들이 심각한 해결책을 논의하는 자리에서도 슬그머니 빠져 나와 아직도 믿는 아름다움을 관찰하기 위해 꽃을 바라본다. 세상의 아름다움만 누리고 살아도 모자란 인생에 자신의 의지와 상관없이 진흙탕에 발을 빠뜨린 미자는 괴롭다.

## 나와 상관없는 일은 없다

이창동 감독이 인터뷰에서 이야기했듯이 "내 발 밑의 물처럼 나와 큰 상관이 없다고 여겨지던 일들이 사실은 관계가 있다." 어디서부터 문제를 풀어나가야 할까가 그녀의 고민이다. 다른 아버지들에 비해 돈 준비가 어려운 미자이지만 설사 돈 준비가 쉽다고 해도 미자에게 풀어야 할 첫 단추는 돈이 아니다. 인생을 즐기고 싶은 내가 왜 연루되었는가? 아름다움을 누리기에도 시간이 모자라야 할 청소년들이 왜 어른들의 흉내를 내는가? 어른 흉내에 희생된 소녀의 꽃다운 젊음은 누가, 그리고 어떤 형태로 감히 보상할 수 있겠는가? 혼돈에 빠진 미자는 성폭행의 현장이었던 학교 과학실을 돌아보고, 소녀의 추모 예배가 열리는 성당에도 간다. 그곳에서 피해 소녀의 사진 액자를 품에 감추고 빠져 나온다. 소녀와 미자 사이의 보이지 않는 끈을 발견하고 싶어서이다. 그래서 소녀가 투신한 강도 찾아가는데 거기서 늘 쓰고 다니던 모자가 바람에 날려 강물에 떠내려간다. 미자의 선택을 보여주는 복선이다.

미자가 이렇게 괴로워할 때 손자는 그들이 한 짓의 심각성을 모르고 있다. 피해자의 죽음에도 아랑곳 않고 아이들은 태연하게 살아간다. 성인스러운 범죄를 저지르고도 해결의 순간에는 청소년이 되어 버리고 아들이라는 봉건적 구조 속에 숨어 버리는 이러한 유형도 우리 주변에는 많다. 범죄의 주체는 자신이면서 결과에 대해서는 사회 통념 속에 또는 용서라는 교리 속에 숨어 버리고 별일 없이 사는 사람들 말이다. 미자가 손자의 태연한 태도를 보고 잔소리를 늘어 놓는 것도 자신에 대한 분노의 표현이다. 피해 소녀의 어머니가 돈 받기를 거절하자 아버지들은 같은 여자인 미자를 보내 소녀의 어머니를 설득하게 만든다. 침착한 아버지들에 비해 여자의 마음은 여자가 달랠 수 있다는 것이 이유였다. 아버지들은 그들의 용의주도함이 결코 상대방의 마음까지 움직일 수 없다는 것을 안다. 미자는 소녀의 어머니를 찾아가지만 자신이 가해자의 할머니라는 사실은 숨긴 채 실컷 세상 사는 이야기만 늘어 놓고 설득에 실패한다.

## 세상과의 연결 고리가 끊기다

미자의 세상은 아직까지는 아름답다. 돈도, 용서의 구걸도, 감정의 호소도 아름다움을 가릴 뿐이다. 사람 사이에 그냥 살아가는 이야기를 이해관계 없이 즐겁게 나누는 아름다운 세상을 미자는 꿈꾸지만 현실은 자꾸 멀어져 간다. 결국 미자는 아름다운 세상은 없다는 것을 깨달아 간다. 단순 건망증으로 알았던 자신의 기억력 저하가 치매 초기 상태라는 것을 안 뒤에 더욱 세상의 아름다움이 위선적으로 보인다. 세상의 아름다움과 자신을 연결시켜 주던 매개인 단어가 치매로 점점 잊혀져 가는 것은 진정 아름다운 세상은 말로 설명되지 않는다는 것의 은유다. 우리 모두는 진정한 아름다운 세상을 설명할 수 있는 단어를 구사하지 못한다. 혼돈의 끝에 미자는 자신이 간병하던 노인을 찾아가 성관계를 갖는다. 어차피 노인은 미자에게 추근대던 차였기에 돈을 마련하기 위한 미자의 몸부림으로 읽힐 수도 있다.

그러나 적어도 이 순간에 돈은 개입되어 있지 않다. 미자는 딸만 하나 있는 것으로 보아 남편과 일찍 사별했을 것이다. 오직 사랑하는 사람은 남편이었기에 그녀는 독신으로 '깨끗하게' 살아왔다. 그런데 자신이 생각조차 하지 못했던 범죄에 연루된 미자는 아름다움 자체에 회의를 갖고 자신을 내던지듯이 노인과 성관계를 가진 것이다. 이 전까지 그녀는 성에 관계된 이야기는 듣기조차 싫어 했었다. 시 동호회에서 늘상 분위기에 맞지 않는 음담패설을 늘어놓는 회원도 못마땅했다. 미자에게 그 회원은 아름다운 시의 세계를 음담으로 더럽히는 사람일 뿐이다. 그런데 주변 사람들은 그가 청렴한 경찰이라고 일러 준다. 입에서 나오는 '더러운' 음담패설과 청렴, 그녀는 또 갈등에 빠진다. 미자의 갈등은 『도덕경』 2장을 생각나게 한다.

세상 사람들이 아름다운 것을 모두 아름답다고 알고 있지만, 이것은 추한 것이다. 세상 사람들이 모두 선한 것을 선하다고 알고 있지만, 이는 선하지 않은 것이다.

노자는 일찍이 미추와 선악이 인간의 언어로 제대로 설명될 수 없다는 것을 알았던 사람이다. 그녀는 세상이 그녀의 눈에 아름답게 보였을 뿐 실제는 아름답지 않다는 것을 안다. 결국 노인에게 받은 돈을 피해자 어머니에게 건넨다. 믿어 왔던 모든 것들이 무너지는 순간이었다. 아름다움이 무너진 세상에서 미자가 해야 할 마지막 일은 손자를 경찰에 넘기는 일이다. 동호회 회원이자 청렴한 경찰(아름다움과 추함의 기준이 미자의 고정관념에서 벗어나 있는 사람)의 손에 넘겨지는 손자는 그제야 사태의 심각성을 깨닫는다. 세상은 아름답지 않지만 그렇다고 돈으로 모든 것을 해결할 만큼 추하지도 않다는 것을 미자는 손자에게 마지막으로 가르쳐 주고 싶었다.

## 처음이자 마지막으로 쓰는 시

미자는 마지막으로 시를 쓴다. 시는 세상의 아름다움을 표현하기 위해서 쓰이는 장르가 아니다. 그것은 누군가를 위로하기 위해 쓰여야 하며 속죄를 위해 쓰여야 한다. 온 인생을 바쳐 쓴 시를 읽는 미자는 영화 속에서 사라지고 시 속에서 소녀는 부활한다. 시를 통한 미자의 속죄는 소녀에 대한 속죄가 아니다. 어차피 미자는 직접적인 가해자가 아니기 때문이다. 한국적인 가족 역학 관계 안에서 미자는 부모도 아니고 할머니이며 친할머니도 아니고 외할머니일 뿐이다. 모든 점을 감안하면 소녀에 대한 속죄는 자칫 동정으로 흐를 수가 있다. 이창동의 전작 영화 〈밀양〉(2007)에서도 가해자는 피해자에게 쉽게 용서를 구하지 않는다. 피해자로 하여금 속죄의 선언과 동정을 혼돈하지 않도록 차단해 버리는 것이다. 그러므로 미자의 속죄는 나만 아름다우면 세상도 아름답다고 믿었던 자신에 대한 속죄이다.

자신에 대한 속죄가 있었기에 시 속에서 소녀는 부활한다. 영화 〈시〉를 보고 있으면 아리스토텔레스의 『시학』을 읽는 것 같다. 아리스토텔레스는 『시학』 1부 「비극론」에서 "비극의 주인공은 특별히 좋지도 않고 나쁘지도 않은 평범한 인간, 즉 좋은 자질과 더불어 어떤 약점을 가지고 있는 사람이어야 한다."고 정의한다. 이 인물은 동기가 악해서가 아니라 그리스어로 하마르티아(hamartia), 즉 판단의 잘못 때문에 실수를 저지른다. 여기서 페리페테이아(peripeteia), 즉 삶의 역전이 일어난다. 이 과정에서 비극의 주인공은 귀중하게 여기던 모든 것을 잃고 자신의 생명을 대가로 내놓는다.

미자가 그렇다. 그녀는 평범한 인간이다. 그러나 미자는 아름다움 앞에서 너무 쉽게 좌절하며 부정한 방법으로 돈을 마련하고 부정한 일에 쓰기 위하여 돈을 건네는 잘못된 판단을 한다. 돈을 건네는 순간 그녀는 정신이 번쩍 든다. 그래서 아버지들에게 묻는다. "이대로 끝난 건가요? 완전히?" 질문을 풀어쓰면 이렇게 된다. "그렇다면 우리 삶은 세상이 아름답지 않다는 것을 인정하는 비극이 되어야만 하는가요?"

아리스토텔레스의 『시학』은 2부 「희극론」이 있었다고 추정할 수 있지만 2부는 현존하지 않는다. 정말 있기는 했던가? 아니면 분실된 것인가? 움베르토 에코의 소설을 원작으로 하는 영화 〈장미의 이름〉(장 자크 아노 감독, 1986)에서 『시학』 2부 「희극론」은 수도원의 깊은 서고에 감추어져 있다가 불에 타 버렸다. 종교 권력은 「희극론」을 읽지 못하게 한다. 어차피 우리 인생에서 희극이 존재해서는 안 된다는 것의 상징일까?

그러나 종교는 비극을 세상의 끝으로 보지 않는다. 우리가 살고 있는 세상이 죄로 만연된 아름답지 못한 세상이라는 것은 우리를 숙명론으로 옭아매기 위한 비극이 아니라 그것을 넘어선 세상이 아직 남아 있다는 희망의 상징이다. 영화에서 미자 역시 돈으로 모든 것이 끝나서는 안 되는 것을 이야기하면서 아름다움의 가능성을 열어 놓는다.

기독교 교리에서 예수는 인간의 죄를 대신하고 십자가에서 죽었다가 부활한다. 이것은 독단에 갇힌 교리가 아니라 매우 과격한 교리다. 내가 할 수 있는 것이 아무것도 없음을 깨닫는, 아니 우리가 지난 역사 속에서 끊임없이 보아 왔던 비극의 현장에서 새로운 가능성을 모색하도록 인도하는 역동적인 선포다. 모든 종교는 세상에 만연한 비극에 좌절하지 않고 낙원을 모색하는 의지와 노력, 그리고 성찰을 쉬지 않아야 할 삶을 대안으로 제시한다. 그런 점에서 믿음을 가지고 사는 사람들에게 세상의 비극은 또 다른 시작이다.

---

# 쓰나미보다 우리 곁 인간 재해부터 대비하라

## 더 로드
원제 : The Road
감독 : 존 힐코트(John Hillcoat), 2009

〈더 로드〉는 하나의 장르로 자리 잡은 세상의 종말을 다룬 많은 영화 중 하나지만, 세상의 종말의 원인을 구체적으로 설명해 주지 않으며 세상을 파멸에서 지켜낼 마지막 구원자도 소개하지 않는다. 세상이 모두 파괴된 뒤, 아버지와 아들은 남쪽을 향한 여행을 시작한다. 그곳에 어떤 약속의 땅이 있다는 보장도 없지만 아버지와 아들은 죽음을 무릅쓰고 그곳을 향하고 있다.

여행 중 만나는 사람의 숫자는 적지만 그들의 유형은 파멸 전의 세상과 똑같다. 나쁜 사람이 있고, 좋은 사람이 있다. 나쁜 사람을 피해 달아나는 아버지는 약자를 만나면 나쁜 사람이 되고, 좋은 사람을 만나면 경계부터 한다. 열악한 여행이 계속되면서 쇠약해진 아버지는 아들에게 세상을 살아가는 방법을 전수하며 세상을 뜬다. 혼자 남겨진 아들은 새로운 사람을 만나 다시 여행을 시작한다.

소설 『노인을 위한 나라는 없다』의 작가로도 유명한 코맥 매카시의 『더 로드』를 원작으로 한 영화다. 그는 이 소설로 2007년 퓰리처상을 수상했다. 뮤직비디오 감독으로 유명한 존 힐코트가 연출을 맡았는데 뮤직비디오의 짧은 편집을 길게 늘인 것 같은 지루함이 원작을 훼손한 듯한 느낌을 준다.


## 먼저 좋은 사람이 되어 주는 이웃 이야기


재앙을 다룬 영화들 대부분이 해일이나 지진과 같은 자연재해, 또는 우주인의 침공을 화면에 담기 위해 엄청난 제작비를 쏟아 붓는다. 그런데 영화 〈더 로드〉는 처음부터 끝까지 회색 톤이다. 이 영화에서 재앙은 흥밋거리가 아니라 삶과 죽음을 넘나드는 실존 그 자체다.

사람들은 외국에서 일어난 대참사를 최상의 화질로 보면서 내 형제자매가 당한 일이 아니라 화면 저편에서 일어난 일로 간주한다. 보는 이의 마음에 안타까움이 있는 것은 사실이지만 기술이 더 발전하면 사이버 상으로도 섹스가 가능하다는 이야기처럼 인간의 아픔 자체도 사이버적이다. 아픈 마음에 진정성은 있을지언정 폐부를 찌를 정도는 아닌 것을 인정해야 한다. 우리가 이처럼 타인의 고통을 사이버적으로 느낄 수밖에 없는 것은 스펙터클한 재앙영화에 익숙해져 있기 때문이 아닐까? 이런 비난을 피해가기라도 하듯이 〈더 로드〉에는 '영화 같은' 장면이 없다.

이 영화는 매우 불친절하다. 앞뒤 없이 마구 총질을 해대는 원저자 코맥 매카시의 소설을 영화화 한 〈노인을 위한 나라는 없다〉보다도 더 불친절하다. 화면의 우중충함도 그렇고, 재앙 영화의 단골 메뉴인 휴머니즘도 없다. 가장 불친절한 것은 재앙의 원인이 무엇인지 설명하지 않는다는 점이다. 핵전쟁일 수도, 대규모 지진일 수도, 전염병의 창궐일 수도 있지만 정확히 말해 주지 않는다. 불친절은 생물이 거의 다 죽은 현실에서 원인을 분석하는 일은 부질없는 일이라고 말해 주는 장치다. 중요한 것은 살아남은 자의 생존뿐이다.

남쪽으로 향하는 아버지와 아들, 그들의 이름도 우리는 모른다. 불러 줄 사람이 없는 이름은 이름이 아니다. 아버지는 간혹 단란했던 그들의 삶을 회상하는 꿈을 꾸다가 놀라 잠에서 깨곤 한다. 어느 날 밤 시계가 멈춰 버린 새벽 1:17분. 무라카미 하루키의 소설 『1Q84』처럼 그 날짜는 중요하지 않다. 모년 모월 모일에 일어났을 뿐이다. 멈춰 버린 시계에서 그 일이 새벽을 기다리는 한밤중에 일어났다는 것만을 알 수 있다. 그날 밤 이상한 느낌에 잠을 깬 남자는 창밖을 본다. 창밖 섬광으로 미루어 볼 때 뭔가 일어났다. 그 이상한 일은 모든 것을 앗아가 버렸고 무슨 이유에서인지 어떤 남자와 여자는 살아남았다. 현실이 끔찍한 여자는 모든 것을 놓아 버리고 싶지만 새로운 생명이 태어난다. 불친절한 영화에서 생략된 모든 시간들 속에서 살아남은 자들은 죽거나 죽였다. 약탈과 강간이 지배하는 세상이 되었다.

## 자살한 아내와 살아남은 아버지와 아들

새 생명의 탄생에도 불구하고 세상에서 살아남아야 할 이유를 발견하지 못한 여인은 가족과 함께 동반 자살을 하려고 한다. 남편의 설득으로 겨우 하루하루를 살아가던 여인은 계속되는 공포를 견딜 수 없어 자살을 택하고 아버지와 아들만 아내의 마지막 부탁에 따라 사람이 살 것 같은 남쪽으로 향한다. 아이의 나이도 알 수 없다. 8세에서 10세 사이로 추정될 뿐이다. 지구의 모든 것이 멈추어 버린 그날 이후로 두 사람은 용케도 10여 년의 세월을 살아남았다.

남쪽을 향하는 이들을 보면 구원의 길을 찾아 온갖 어려움을 감내하는 존 번연의 『천로역정』을 보는 듯하다. 아버지와 아들은 슈퍼마켓용 손수레에 모든 생필품을 싣고 하염없이 걷는다. 로스앤젤레스 다운타운의 노숙자들에게서 발견할 수 있는 매우 친숙한 장면이다.

그런데 노숙자들의 작은 손수레에는 항상 물건이 수북이 쌓여 있다. 욕망의 도시에서 거리로 쫓겨난 이들이건만 이들 역시 자신들의 손수레를 채운다. 반면 영화 속 두 사람의 손수레는 그리 가득 채워져 있지 않다. 욕망이 없어서가 아니라 파괴된 세상에는 채울 것이 남아 있지 않기 때문이다.

그들은 몇 번의 죽을 고비를 넘겨 가며 남쪽을 향한다. 이 과정에서 총과 트럭을 가진 폭력배들과 맞닥뜨리기도 한다. 원작에는 강도의 무리와 행군자라고 하는 '완장'(소설에서는 스카프)을 찬 훈련된 집단이 분리되어 있는 반면 영화에서 두 집단은 한 무리다. 공포만이 남은 시대에도 폭력의 광기를 드러내는 조직의 위선을 작가가 표현하고 싶었다면 영화에서 강도와 폭력으로 자신들을 보존하려는 조직은 같은 무리다. 그래서 원작에서는 행군자들의 복장 중 하나인 마스크가 영화에서는 폭력배들이 쓰고 있는 것으로 나온다. 얼굴이 드러나는 미디어도 사라진 시대에 마스크를 쓴 자들은 무엇이 두려웠을까? 폭력 속에 살아가는 자신이 부끄러워서일 수도 있고, 아직도 그들의 잠재의식 속에 남아 있는 미디어의 위력 때문이기도 할 것이다.

## 신은 남았지만 사람이 없다

아버지와 아들은 가는 길 곳곳에서 식인의 흔적들을 발견한다. 먹을 것이 없는 현실에서 사람은 좋은 식량이 된다. 식인을 거부하고 끝까지 인간다움을 유지하려는 아버지는 아들에게 불씨를 잘 간직하라고 말한다. 단순히 추위를 피하는 불을 피우기 위해 불씨를 간직하라기보다는 희망을 잃지 말라는 뜻이다. 또한 아버지는 어떤 일이 있어도 사람을 먹는 것은 옳지 않다고 아들에게 이야기한다.

어느 날 운 좋게도 이들은 지하 식량창고를 발견하고 많은 식량을 비축하게 된다. 어느 집에서는 오랜만에 목욕도 하고 달콤한 휴식을 취한다. 다시금 새 출발할 수 있는 정신과 물질을 비축한 뒤 떠난 길에서 어떤 노인을 만난다. 아버지는 노인을 외면하고 싶다. 지금 비축한 식량을 한 사람과 더 나누어야 한다는 것이 싫다. 그러나 아들은 노인을 외면하지 말라고 아버지에게 떼를 쓴다.

결국 노인과 두 사람은 모닥불을 피워 놓고 하룻밤을 같이 지내게 된다. 영화는 처음으로 어떤 사람의 이름을 이야기 해준다. 노인의 이름은 엘라이(태나의 하느님)다. 노인에게도 아들이 있었는데 아들에 대한 이야기를 좀처럼 하지 않는다. 십자가에서 죽일 수밖에 없었던 아버지의 아픔을 떠올린다면 노인은 하느님을 상징한다. "주의 크고 두려운 날이 이르기 전에" 하느님께서 보내겠다는 말라기 4:5을 생각하면 그는 엘리야일 수도 있다. 그는 아이를 가리켜 마지막 남은 신이라고 이야기해 준다. 신은 남아 있지만 사람은 없다는 것이 엘라이 노인의 이야기다.

아들을 지켜 주는 것만으로 좋은 아버지가 되는 것은 아니다. 재앙은 계속되고 사람의 위협은 그들을 조여 온다. 아버지는 세상을 떠날 때가 되었음을 알지만 남겨질 아들에게 세상을 살아가는 방법을 가르쳐 주고 싶다. 좋은 사람과 나쁜 사람, 즉 선악을 가르쳐 주고 싶지만 사람을 판단하는 데 아들과 늘 생각이 부딪힌다. 아버지의 생각에 그들에게 피해를 주는 사람은 모두가 나쁜 사람이다. 그러나 아들의 생각에는 그들의 도움이 필요한 사람은 모두 선한 사람이다.

## 내가 바로 그 사람

아버지는 가르쳐 주고 싶지만 아들은 알고 있다. 어느 바닷가에서 아버지는 바다에 나가고 아들은 잠시 잠이 든 사이 그들의 식량을 도둑맞는다. 식인이 난무한 세상에서 도둑은 아들은 죽이지 않고 물건만 훔쳐간 비교적 점잖은 도둑이다. 그러나 도둑을 잡은 아버지는 도둑을 용서하지 않고 그의 옷을 모두 벗긴다. 도둑은 곧 얼어 죽을 것이다. 아버지는 나쁜 사람에게 정의를 실천했을 뿐이다. 그러나 아들의 생각은 다르다. 그는 도움이 필요한 사람이지 나쁜 사람이 아니다. 참지 못한 아버지는 아들에게 화를 낸다. "너는 세상에 모든 일을 걱정해야 하는 사람이 아니야!" 그때 아버지는 놀라운 대답을 듣는다. "내가 바로 그 사람이에요!" 아이는 세상을 걱정하고 좋은 사람과 나

뻔 사람의 기준을 나에게서 찾는 것이 아니라 그에게서 찾는다. "누가 나의 이웃이냐?"고 묻는 사람에게 선한 사마리아 사람의 비유를 들려주고선 "네가 가서 그의 이웃이 되어 주라."는 예수의 말씀을 기억나게 한다(누가복음 10장).

어느 바닷가에서 아버지는 아들을 남겨두고 마침내 숨을 거둔다. 아들은 혼자 남은 것 같은 상황에서 어디선가 좋은 사람들이 나타난다. 아들은 이들에게 묻는다. "불씨가 있나요?" "사람을 먹지 않나요?" 그런데 이 가족에게는 개까지 있다. 개가 아직 살아 있음은 사람을 먹지 않는 좋은 사람들이라는 뜻이다. 아들은 새로 만난 가족과 함께 여행을 시작한다. 영화가 끝나면서 엔딩 크레딧이 올라갈 때 희미한 소리가 들린다. 마지막 가족이 키우던 개일 것 같은 개 짖는 소리, 마켓에서 계란을 사야 한다는 소리 등이 불투명하게 들려온다. 무슨 소리인지 잘 알 수 없지만 계란이 있고, 장난감 비행기 프로펠러 소리 등은 행복한 세상이 다시 시작되었음을 암시한다.

영화 속 아버지는 끝까지 희망을 놓지 않으며 아들을 위해 모든 것을 던질 수 있는 애틋한 아버지다. 세상의 아버지들이 모두 본받아야 할 모습이다. 그러나 아버지는 정체불명의 재앙이 닥치기 전의 세상 사람들과 크게 다르지 않다. 그는 공격하지 않을 뿐 돕지 않는다. 먼저 공격하는 일은 좀처럼 없지만 화살로 그를 공격한 사람은 총으로 응징하며, 물건을 훔친 자 역시 철저하게 응징한다. 여행 중에 그들 역시 누군가의 물건을 훔쳤지만 자신의 행위는 살기 위한 정당한 행위이고 다른 이가 그들에게 피해를 입히는 것은 참지 못한다. 아들을 지키기 위해 행하는 모든 일이 선한 일은 아니다. 그럼에도 아버지는 아들에게 선악을 가르치려 든다. 그러나 아들의 생각은 다르다. 아들은 도움이 필요한 사람을 먼저 생각했던 것이다.

재앙이 모든 것을 앗아가 버렸지만 마지막 남은 희망의 불씨로 새롭게 시작되는 세상에는 내가 기준이 될 수 없다. 나에게 좋은 사람을 찾는 세상이 아니라 내가 그에게 좋은 사람이 되어 주는 세상이 되어야 한다. 마지막 만난 가족은 홀로 남겨진 아이를 부담스러워하지 않는다. 도움이 필요한 그 아이에게 좋은 사람이 되고 싶어 한다.

아이는 아버지의 가르침과 새로 만난 사람들이 보여주는 태도 사이에서 잠시 혼란에 빠진다. 당신들은 좋은 사람이냐는 당돌하면서도 어리석은 질문을 하는 아이에게 4명과 한 마리 개로 이루어진 가족은 좋은 사람들이 되어 준다. 아버지의 세계관이 구약의 세계관이라면 아들은 예수의 세계관을 대변한다. 길에서 만난 엘라이 노인의 이야기처럼 아이는 마지막 남은 신이다.

## 따라오는 것이 싫은 사람들

파괴된 세상에 남은 사람들은 누군가를 만나면 언제부터 따라왔느냐, 또는 왜 따라왔느냐고 묻는다. 처음 만난 사람들의 인사말처럼 영화는 따라옴을 강조한다. 파괴된 세상은 어떤 세상인가? 따라오는 것이 싫은 세상이다. 누군가와 동행하는 것은 물론 따라오는 것조차 싫다. 물론 그들은 잡아먹기 위해 추격해 오던 강도들에 대한 공포가 기억나기도 했을 것이다. 그러기에 내가 지금 살아남아야만 하는 전쟁 같은 현실에서 누군가가 따라온다는 것은 나눈다는 것이고 그것은 곧 공멸을 의미한다는 생각이 들 수도 있다. 그러나 추격자와 달리 함께 가자고 따라오는 자를 구별하는 지혜를 갖지 못하는 한 세상의 비극은 극복되지 않는다. 따라오는 사람은 내가 어떤 방법으로든 점유한 것을 빼앗는 사람으로 보인다. 영화 속 아버지는 여행을 하는 것은 자신이건만 어떤 집에 있던 사람을 죽이고서는 슬피 우는 죽은 자의 아내에게 언제부터 따라다녔냐고 묻는다. 따라옴이 병적으로 싫어질

때 걷는 자가 멈춘 자에게 왜 따라오느냐고 묻는다.

정치권에서 복지 논쟁이 뜨겁다. 가진 자들은 한국처럼 복지가 잘되어 있는 나라가 어디 있느냐고 주장한다. 전형적인 시혜적 복지의 가치관이다. 감히 따라가지 못해 멈추어 선 이들에게 왜 따라오느냐고 질책한다. 따라오지 않겠다고 약속만 하면 먹을 것은 던져줄 수 있다며 자신들의 선행을 내세운다. 뒤처져 있는 아이들과 앞서 있는 내 아이가 함께 공짜밥(무상급식)을 먹을 수 없다. 그들이 뒤처져 있다는 것을 인정하고 따라오지 않으면 그들에게는 얼마든지 공짜밥을 줄 수 있다는 것이 따라오는 것이 싫은 사람들의 논리다.

그러나 아버지의 세상이 끝나고 시작된 아들의 세상에서는 따라옴이 도와줌이다. 바닷가에서 만난 가족은 아버지와 아들을 돕기 위해 따라왔다. 그러기에 아버지가 죽은 상황에서 아들은 따라온 가족과 함께 새로운 세상을 시작한다. 따라오는 사람은 나의 것을 빼앗는 사람이 아니라 나를 살리는 사람이다. 우리의 작은 베풂에 대상이 되는 사람은 시혜의 대상이 아니라 우리를 살리는 자들이다.

## 자연 재해보다 더 무서운 것

자연 재해를 직접 경험하지 않은 사람들은 간접적 두려움만 느낀다. 잠시 초월자 앞에서 겸손해지지만 그것의 효력은 길지 않다. 일본이 재해를 당했을 때 사람들은 일본의 방재 시스템과 침착한 민족성에 놀라면서 그나마 피해가 적어 다행이라고 안도한다. 민족주의자는 슬픔을 억지로 드러내고 과학자는 과학의 이름으로 분석을 한다. 우상 숭배의 결과라는 근본주의자들의 분석은 그들의 수준을 여실히 보여준다. 영화 〈더 로드〉는 분석하지 않는다. 그 비극을 극적으로 보여주지 않는다. 살아남은 자들이 살아남는 방법을 가르쳐 준다. 거기에는 섣부른 휴머니즘이 없다. 살아남은 자들이 살아남는 방법은 따라오는 자들과 함께 가는 것이다. 그리고 좋은 사람들로 이루어진 이상향을 꿈꾸는 것이 아니라 먼저 좋은 사람이 되어 주는 것이다. 그것이 실현되지 않는 세상은 이미 파괴된 세상이거나 파괴가 임박한 세상이다.

자연 재해 앞에서 겸손해진다는 것은 우리 힘으로 어쩔 수 없다는 뜻이다. 어떤 뛰어난 방재 시스템도 피해를 줄일 수 있을 뿐 결과적으로는 무력하다. 문제는 자연재해가 아니라 인간 재해다. 지축을 뒤흔들지도 집채만한 파도가 덮치지 않아도 야금야금 모든 인류를 파괴로 몰고 가는 재해가 있다. 가장 기본적인 생존 요소인 연료와 식량이 투기물이 되는 천박한 자본주의 구조 안에서 인간은 파멸을 준비하고 있다. 다국적 기업, 재벌들의 횡포는 날이 갈수록 심해진다. 영화 〈더 로드〉에서는 파괴된 세상에서 먹을 것이 없어 사람을 잡아먹는다. 오늘날은 먹을 것이 넘치는 자들이 사람을 죽게 만든다. 대규모 제약회사들의 담합은 아프리카를 비롯한 가난한 나라들의 에이즈 환자들을 방치한다. 한국의 재벌은 동네 골목 치킨 장사에 뛰어들고 가난한 상인들은 죽어 나간다. 7~80년대 민주화를 외치던 주역들은 어느새 배경 좋은 부모가 되어 자녀들을 교육 불평등의 현장 속으로 몰아넣는다.

열사 한 명의 죽음에 분노하던 30년 전 투사들은 아이들이 1년에 수백 명씩 죽어가는 현실을 외면하거나 오히려 부추긴다. 과연 식인 풍습이 사라진 시대라고 말할 수 있는가? 사람을 먹지 않는 사람이 좋은 사람이건만 우리는 잡아먹고도 입을 닦는 후안(厚顔)의 시대에 살고 있다. 영화 속 사람들은 길거리에 달려가 굴러 다녀도 줍지 않는다. 그것을 위해 목숨을 걸고 살아왔건만 그것을 휴지보다 못하게 바라보면서 또 목숨을 걸고 도망간다. 중국의 석학이며 문화 혁명 시기를 온몸으로 견뎌 냈던 첸리 첸이 『내 정신의 자서전』에서 "나도 사람고기를 먹은 적이 있었을지도 모른다."고 했던 자조는 이런 경우를 두고 한 말이다.

기후 변화로 빈번하게 일어나는 자연 재앙 앞에서 사이버적으로 아파하기보다는 지금 우리 곁에 다가와 있는 재난의 본질을 깊이 깨닫는 일이 우선적으로 이루어져야 한다. 막을 수 없는 재앙보다 막을 수 있음에도 막지 않는 재난을 두려워할 때다.

# 꿈을 바꾸는
# 사 람 들

또 이 사람들은 얀네와 얌브레가 모세를 배반한 것과 같이 진리를 배반합니다. 그들은 마음이 부패한 사람이요, 믿음에 실패한 사람들입니다.(「디모데 후서」 3:8)

하느님을 잊는 모든 사람의 앞길이 이와 같을 것이며, 믿음을 저버린 사람의 소망도 이와 같이 사라져 버릴 것이다.(「욥기」 8:13)

믿음을 가진 후에 배신을 하고 배신에 배신을 일삼는 자는 그들의 회개가 수용되지 않나니 그들은 길을 잃은 방황자가 될 것이라.(『꾸란』 3-90)

그럼으로 너희는 한 공동체가 되어 선을 촉구하고 계율을 지키며 악을 배제하라. 실로 그들이 번성하는 자들이라.(『꾸란』 3-104)

━━━━━━━━━━━━━━━ 긍정의 힘은 종교가 되었다. 꿈을 가지라는 말을 종교적 주문으로 삼아 교주가 된 성공학 강사들이 곳곳에 넘쳐 난다. 이상한 종교 집단에 빠졌다가 모든 것을 잃고 눈물로 후회하는 사람들은 오히려 순진하다. 그러나 긍정의 신도들은 꿈을 이루지 못한 것이 결국은 자기의 문제라고 자책하며 긍정 신앙을 굳게 지킨다. 꿈만 가지면 모두가 성공하고 세상은 변화할 수 있을까? 기껏 우리가 꾸는 꿈이라는 게 익숙한 체제 안에서 보다 나은 자리를 확보하려는 욕망에 지나지 않는데 그것이 이루어지는 세상은 결코 아름답지 않을 것이다

━━━━━━━━━━━━━━━ 바바라 에런라이크는 『긍정의 배신』에서 긍정 만능, 꿈 만능을 비판한다. 긍정은 위기의 징후에 눈감게 만들어 금융위기를 비롯한 사회적 재앙에 대비하는 힘을 약화시키고 나아가 실패의 책임을 개인의 긍정성 부족으로 돌림으로써 시장경제의 잔인함을 변호했다는 것이다.

─────────── 우리가 바라는 세상은 보다 나은 자리를 확보하기 위한 싸움이 그치는 세상이다. 신앙이란 꿈을 이루는 도구가 아니라 꿈을 바꾸도록 가르치는 지혜다. 모든 상황에서 예가 된다는 성서의 증언(고린도 후서 1:20)은 무언가를 성취하기 위한 긍정이 아니라 어떠한 부정적인 현실이라도 받아들일 수 있는 믿음이 필요하다는 뜻이다. 꾸란에서는 낙오자가 없는 선한 공동체를 만들기 위해 믿음이 필요하다고 가르친다. 방황하지 않고 믿음을 지키는 자들이 얻는 것이 번성이다. 여기서 번성이 우리가 말하는 그 성공은 분명히 아니다.

─────────── 여기 소개되는 다섯 편의 영화는 (〈참회〉, 〈어둠 속의 댄서〉, 〈씨민과 나데르의 별거〉, 〈프리스트〉, 〈밍크코트〉)는 꿈을 잃었던 사람들의 이야기다. 정말 꿈이 무엇인지를 모르고 살아가는 사람들이 넘쳐나는, 그것을 알려주어야 할 종교마저 조롱의 대상이 되어 버린 너무 가벼워진 세상에 그래도 종교에 아직 희망이 있으니 함께 가자고 영화는 손을 내민다. 한동안 우리의 꿈이 이루어지는 곳이 영화 속 가상 세계인 적이 있었지만 영화는 더 이상 꿈을 말하지 않는다. 우리로 하여금 꿈을 바꾸라고 재촉한다.

# 교회로 가는 길을 잃다

## 참회

원제 : Pokayaniye, Monanieba

감독 : 텐기즈 아불라제(Tengiz Abuladze), 1987

　　영화는 옛 소련 연방에 속해 있던 그루지아의 작은 마을의 시장인 발람의 장례식 후 사라진 그의 시신을 둘러싼 이야기다. 몇 차례의 시신 탈취 끝에 잡힌 범인은 동네 빵가게 주인인 중년의 여인 케티 바라텔리였다. 전혀 관계가 없어 보이는 시장과 빵가게 주인과의 오래된 원한이 재판 과정에서 밝혀진다. 케티의 아버지와 어머니는 시장 발람의 철권 통치 시절 실종되었다. 케티 부모 외에도 많은 사람이 실종되었지만 그의 장례식에는 그가 이룬 업적에 대한 칭송만 있다. 케티는 이것을 못 참아 시신을 탈취했던 것이다. 옛 독재자를 그리워하는 우리의 현실과 묘하게 닮아 있다.

스탈린 시절 종교적 전통을 지키려다 목숨을 잃은 케티 가정의 비극을 다룬 〈참회〉는 용서와 복수를 넘어선 진정한 참회의 문제에 접근한다. 〈참회〉는 가해자에게만 요구되는 것이 아니라 용서든 복수든 기억을 잃어 버린 피해자의 참회도 필요하다는 독특한 시각을 가진 영화다. 빵가게 주인으로 그냥 그렇게 살아가는 것이 꿈이 아니라는 사실을 깨달은 케티는 참회의 차원에서 스스로 재판정에 설 일을 만들었던 것이다.

영화 제작 과정에서 정보기관(KGB)의 방해 때문에 3년 만에 개봉되었다는 사실이 옛 소련의 개방 과정을 상징적으로 보여준다. 〈참회〉는 1987년 칸 영화제에서 심사위원 특별상을 수상했다.


## 교회 가는 길목에서 참회하는 빵집 주인 이야기


무려 30년간 철권통치를 했던 스탈린은 그루지아계 러시아 사람이다. 그루지아는 러시아와 터키 사이에 있으며 아르메니아와도 접경해 있는 나라다. 많은 사람들을 시베리아로 내몰았던 스탈린은 자기 고향사람들도 십만 명 이상 유배를 보냈다. 〈참회〉는 스탈린 당시 그루지아의 작은 마을에서 일어난 일을 담은 영화다. 영화는 마을의 전직 시장이었던 발람의 죽음부터 시작한다. 그의 장례식은 전직 시장의 위상을 보여주듯이 수많은 찬사 속에 진행된다. 조문객들은 모여서 죽은 자를 추모하며 그의 공적을 회상한다. 그가 어떤 삶을 살았건 장례식에서 쓴소리를 할 사람은 없다. 장례식에 모인 사람들은 사회주의자들답게 종교 의례도 거부하고 시장을 교회 묘지에 안장하지 않는다. 하지만 조문객들의 조사에 포함된 초월적 표현은 어쩔 수 없다. 시장은 영원히 살아 있을 것이며 그의 영혼은 안식을 누릴 것이라는 표현이 조사의 주 내용들이다. 그래도 끝까지 그들은 유물론자의 자존심을 지키며 찬송가 대신 혁명가 같은 노래로 장례식을 마친다. 끝까지 사회주의자로 살았던 사람의 장례식답다. 장례식 중간에 종교적 요소가 조금씩 드러나는 것으로 유물론의 위선을 비난할 것까지는 없다.

장례식 다음 날 아침 발람의 시체가 아들 아벨의 집 정원에 선 채로 묶여져 있는 기괴한 사건이 일어난다. 첫날은 그냥 넘어갔으나 계속해서 똑같은 일이 발생하자 마침내 무장한 경찰이 출동한다. 그러나 산 자에 대한 암살 위협이 아니라 죽은 자에 대한 훼손이기에 잠복한 경찰들은 가족만큼 절박하지 않다. 산 시장이 아니라 죽은 시장을 위해 그들은 형식적인 경비만 한다. 범인은 허술한 경찰의 경비 속에서 다시 시신을 파낸다. 이때 경계를 늦추지 않던 시장의 손자가 범인에게 총을 발사하고 범인은 경상을 입고 체포되어 재판에 회부된다.

## 케이크 위의 교회

범인은 동네에서 케이크 가게를 운영하는 케티 바라텔리라는 중년의 여인이다. 케티는 케이크 위에 항상 교회 모형을 장식한다. 생일케이크가 되었건, 구애 케이크가 되었건 케이크 위에는 설탕 교회가 놓여 있다. 예수 그리스도의 살을 빵으로 표현했던 교회는 민중을 수탈하며 그들의 배를 채워온 기억을 갖고 있다. 나눠 먹어야 할 그리스도의 살은 상징으로 대체되었고 민중들은 허덕였다. 특히 제정 러시아와 러시아 정교회와의 유착은 톨스토이나 도스토예프스키의 작품에 추한 모습으로 남아 있다. 케티는 시민들이 먹을 빵에 교회를 얹으며 희미한 종교성을 유지한다.

반면 혁명가들은 민중들을 수탈한 교회를 가장 먼저 내쳤다. 한때 신학공부를 했던 스탈린은 교회가 있는 이상 혁명이 어렵다는 것을 알았다. 하지만 스탈린주의자들도 민중들에게 빵을 제대로 나누어 주지는 못했다. 교회와 당, 모두 민중을 구원하지 못했다. 최종 승리는 누가 본래의 신앙(이념)을 제대로 구현하느냐에 달려 있다.

케티는 자신이 시신을 꺼낸 것은 사실이지만 죄는 인정 못하겠다고 법정에서 의연하게 이야기한다. 그 이유는 고인과 아직 계산이 남아 있기 때문이라는 것이다. 그녀에게 복수는 즐거움이나 의무가 아니라 입력과 출력이 정확한 계산일 뿐이다. 케티는 자신도 사회주자 발람 못지 않게 논리와 계산이 정확한 사람이라는 것을 보여준다. 원한과 같은 감정적 요인이 아니라 계산과 같은 수학적 판단에 따라 시신을 자꾸 파헤친다는 것이다. 케티는 자신의 인생을 망가뜨린 시장이 죽어서라도 편히 쉬어서는 안 된다는 계산에 따라 행동하는 여인이다.

## 붕괴되는 교회

시장이 취임할 때 케티는 여덟 살이었다. 여덟 살 짜리 꼬마에게 성대한 취임식은 좋은 구경거리였다. 거리의 수도관이 터져 물줄기가 취임식을 망치고 있었지만 쏟아지는 물줄기 속에서도 사람들은 시장에 대한 칭송을 늘어 놓았다. 마침내 시장이 케티의 집 맞은편 베란다에서 마이크를 잡고 연설을 시작하는 순간, 케티의 아버지 산드로는 딸을 안으로 데리고 들어가면서 창문을 닫아 버린다. 순간 산드로와 발람의 눈이 묘하게 마주친다.

새 시장은 여러 사업을 추진한다. 사업 중 하나는 6세기에 지어진 교회에 금이 가게 할 정도로 진동이 심한 부작용을 낳고 있다. 서구 로마 가톨릭 교회에 버금가는 역사를 가진 동구의 아르메니아 교회처럼 그루지아 교회도 오랜 역사를 가지고 있다. 그런데 역사적 유물인 교회당이 지금 붕괴의 위험에 처해 있다. 회반죽 형태로 그려져 있는 교회 내의 프레스코화들도 금이 가고 있다. 사회주의라는 과학이 종교라는 정신을 위협하고 있다고 느낀 산드로는 마을 유지들과 시장을 찾아가 공사를 중단해 달라고 요청한다. 발람은 비과학적인 방문자들에게 결코 무례하지 않다. 병든 어머니를 모시는 마음으로 교회를 지키겠다고 약속한다. 발람에게 교회는 병든 존재일 뿐이다.

발람의 모습은 당대의 모든 지배자들을 닮아 있다. 무솔루니의 검은 옷, 스탈린의 헤어 스타일, 스탈린이 정적들을 숙청할 때 비밀경찰 국장이었던 베리아의 코걸이 안경, 히틀러의 콧수염을 모두 지녔다. 특히 취임식 때 마이크 앞에선 모습은 채플린이 〈위대한 독재자〉(1940) 에서 연기했던 히틀러와 매우 흡사하다. 발람은 정치 수완도 뛰어나다. 자기의 정책에 반대하는 산드로의 집을 예고 없이 방문해서 그를 자기 편으로 만들려고 한다. 산드로 아내 니노의 미모를 추켜 세우고 오페라 아리아를 부르면서 자신이 결코 정신적으로 빈곤한 사람이 아니라는 것을 보여준다. 셰익스피어의 소넷(14행시)과 공자의 어록도 들추어낼 정도로 발람은 지적이다. 하지만 역사 속에서 자기를 알아봐 주는 권력자에게 속아 부역한 많은 지식인들과 달리 산드로는 뜻을 굽히지 않는다. 발람이 돌아간 뒤 니노는 농부가 경작하는 밭에 묻히는 악몽을 꾸며 남편은 쫓기는 꿈을 꾼다. 결국 밭갈이와 같이 모든 것을 뒤엎으려는 시장에 의해 산드로는 유배의 길에 오른다. 산드로의 후원자이던 지역 유지 미카엘을 비롯해 많은 사람들이 유배된다.

가끔씩 기차역에 원목이 도착할 때 노역에 동원되었던 유배자들이 통나무 사이에 편지를 끼워 보내는 일들이 있기에 유배자의 가족들은 통나무 사이에 혹시 있을지 모를 편지를 찾아 헤맨다. 산드로의 소식을 듣지 못한 니노도 어디론가 잡혀 가고 케티는 고아로 성장한다.

## 케티의 부관 참시

가족을 잃은 케티는 자신의 인생이 어긋났기에 발람과의 관계를 정리하고 싶다. 시장의 부고를 읽던 빵가게 손님이 발람을 칭송하지만 않았더라도 이런 식의 계산은 하지 않았을지도 모른다. 발람의 통치에 대한 칭송이 계속되는 한 그는 죽은 것이 아니다. 그를 땅밑에서 쉬게 할 수 없다. 어릴 때의 신앙이 유지되었더라면 발람이 지옥에 갔다고 믿을 수도 있었겠으나 교회는 그녀의 부모가 실종되던 해 철거되었다. 그녀는 사회주의 국가의 시민답게 복수하겠다는 생각을 한다. 죽어서 가는 지옥은 의미 없다. 지금 물질로서 그의 시신이라도 모욕을 당해야 한다는 생각에 시체를 계속해서 꺼냈던 것이다. 부관참시를 행하던 사람들의 마음이 이랬을 것이다. 정적이 칭송되는 것은 그가 완전히 죽은 것이 아니기에 시체에라도 모욕을 가하는 것이다.

법정 재판이 진행되는 동안 발람의 악행이 드러나고 판사나 검사들 역시 지난 세월 침묵했던 자신들을 돌아본다. 재판은 첨예하게 대립한다. 시체를 훼손한 것은 어쨌든 범죄이니 그녀를 정신병으로 몰아 병원에 가두는 일, 범법자로 구속하는 일, 완전하게 석방하는 일이 주어진 선택이다. 완전 구속이나 석방이 어렵다는 것을 안 시장 가족과 법원은 케티를 정신병원에 입원시키기로 결정을 한다.

여기서 갑자기 손자가 반발하고 나선다. 존경하는 할아버지, 그래서 누구보다도 시체를 훼손하는 범인을 잡으려고 했던 손자는 할아버지의 악행을 알게 된 후 케티를 찾아가 사과하고 아버지에게는 케티를 풀어주라고 따진다. 부자 간의 말다툼 끝에 아들은 자기 방에 들어가 할아버지가 손자에게 선물했던 사냥총으로 자살을 시도한다. 나치 활동을 하던 헝가리 출신의 아버지가 2차 세계대전 종전 뒤 미국으로 건너가 딸을 변호사로 훌륭하게 키웠지만 아버지의 과거가 딸에 의해 밝혀지는 내용의 영화 〈뮤직박스〉(코스타 가브라스 감독, 1990)가 겹쳐진다. 뮤직박스가 아버지의 과거를 푼 열쇠가 된 것처럼 여기서 사냥총은 할아버지와 손자의 비극을 잇는 매개다.

아벨은 발람을 묻기 위해 사람이 찾지 않는 높은 산에서 무덤을 깊게 판다. 그의 기억 속에서 아버지를 영원히 사라지게 하고 싶다. 무덤이 아무리 깊은들, 누가 더 이상 파내지 못한들, 기억 속에 지워질 수 없다. 아벨은 발람의 시체를 계곡에 던져 버린다. 구약성서에서 아벨의 제사가 하느님 앞에 받아들여졌듯이 참회를 향한 발람의 아들 아벨의 제사는 허공 속에 바쳐진다. 그는 구약성서의 아벨처럼 목숨을 잃지 않았지만 대신 그의 아들은 희생양으로 참회의 제단에 바쳐진다.

〈참회〉에서 다루는 용서는 참회가 동반되는 용서다. 인간에게 완전한 용서가 일어나는 것은 불가능하다. 〈밀양〉(이창동 감독, 2007)에서 자신의 용서가 실패한 것을 안 신애는 절규하고 〈시〉에서 미자는 가해자를 대신하여 자살한다. 용서는 여기서부터 출발해야 한다. 가해자가 져야 할 책임까지도 우리가 용서해 줄 수 없다. 참회의 기회까지도 허락하지 않는 용서는 위선이다. 당하지 않는 자들의 용서에 대한 낭만적 가르침이 무책임해 보이는 이유가 거기에 있다. 완전한 용서는 신에게만 가능한 영역이다. 우리는 모방할 뿐이며 오히려 우리의 용서가 완벽할 수 없다는 것을 알 때 마음의 평안을 얻는다.

## 가해자를 되살리는 값싼 용서

우리도 정치적으로 참회가 필요한 많은 상처들을 가지고 있다. 그러나 참회가 필요한 이들은 죄가 없다고 행세하며 피해자들은 값싼 용서로 덮어 버리려 한다. 용서는 고귀한 가치이지만 가해자의 참회가 없을 때 그들이 저지른 행위는 계속해서 영향을 미치려고 한다. 참회가 없을 때 가해자들은 대중들의 기억 속으로 비집고 들어온다. 과거 독재자에 대한 향수에 빠지는 것이 같은 경우다. 과거 독재자들이 되살아나는 것은 민중들이 우매해서가 아니라 값싼 용서를 통해 우리가 위안받고 싶거나 향수 속에서 자신이 얻게 될 조그마한 이득이라도 기대해서가 아닐까? 케티는 그것을 극복했다.

마지막 장면은 케이크 가게 손님이 부고를 읽던 첫 장면으로 돌아간다. 발람을 칭송하는 빵가게 손님에 대한 분노를 참으며 창밖을 내다 보던 케티에게 어떤 노파가 교회 가는 길을 묻는다. 그 길의 예전 이름은 중세 기독교 도시의 길 이름 중 하나인 '교회 가는 길(Church Street)' 이었을 수도 있다. 그런데 지금 그 길은 발람을 기념하는 발람길이다. 노파는 길의 본래 이름을 알고 있었을 것이고, 여덟 살 때 바뀌었을 길의 옛 이름이 무엇이었는지 케티의 기억은 가물가물하다. 케티가 이 길은 발람길이라고 대답하자 노파는 계속해서 가던 길을 간다.

노파의 뒷모습을 보면서 케티는 교회로 가는 길을 잃고 있던 자신을 발견한다. 케이크 위에 무심코 교회를 장식해 놓았지만 가게 앞길이 교회로 가는 길인지 몰랐다. 가게 앞길을 발람길이라고 소개하는 자신이나 부고를 보고 발람을 칭송하는 손님이나 크게 다를 바가 없다. 자신도 모르는 사이에 발람을 인정하며 살고 있었던 것이다. 반면 노파는 발람길을 따라 어딘가에 있을 교회를 찾아 가던 길을 계속 간다. 복수 또는 계산의 첫 생각은 노파가 열어 주었다. 노파는 추악한 발람길을 걸어가면서 어딘가에 있을 교회를 향한다. 케티는 그 길에서 교회 대신 설탕으로 만든 달콤한 장식물을 케이크 위에 얹으며, 예수의 모습을 빼닮은 아버지를 기억하며 그녀의 신심을 만족시켜 왔다. 케티는 그것만으로는 안 된다고 생각한다. 누군가가 발람의 기억을 지워야 한다.

## 아직도 종교가 필요한 이유

21세기에 교회가 어디를 향해 가고 있는지 묻는 것은 신선한 질문이 아니다. 교회는 가던 길을 잃은 지 오래 되었다. 그들은 바알의 제단을 향해 가고 있으면서 그것을 교회라고 부른다. 사람들은 물신 바알의 제단이라는 아주 확실한 목표 지점을 향해 함께 걸어간다. 이것은 교회가 갈 길이 아니라고 일부가 목청 높여 예언자 행세를 하지만 그것은 바알의 제단에 일말의 희망을 걸고 있는 아주 순진한 생각이다. 바알의 제단은 완전히 파괴되어야 할 대상에 지나지 않는다. 오히려 우리가 교회 가는 길을 잃었다.

케이크의 달콤함 속에 교회로 가는 길은 실종된다. 달콤함이 교회를 대신하는 시절에 우리는 살고 있다. 케티의 기억 속에 아버지는 예수를 꼭 빼닮았다. 불의와 맞서 싸우던 예수의 모습으로 아버지를 기억하지만 그는 환상으로만 가물거릴 뿐 좀처럼 부활하지 않는다. 세월은 흐르고 중년의 여인이 된 케티도 아버지를 부활시키기에는 지치고 늙어 버렸다. 그런데 발람길을 걸어가며 교회를 찾는 더 늙은 노파에게서 케티는 잊고 있던 것을 되찾는다. 케티는 참회의 길을 가야 한다. 그것은 자신의 몸에 채찍질을 하는 고행도 아니고 울부짖는 기도도 아니다. 지치지 않고 교회를 찾던 노파처럼 살지 못했던 점을 참회해야 한다. 빵가게 주인이라는 소박한 꿈에서 벗어나 케티는 과거를 바로 잡는 쪽으로 꿈을 바꾸었다. 이제 그녀의 참회가 진실하기 위해서는 정반대의 지점에서 참회해야 할 사람들에게 참회할 기회를 주어야 한다. 그 일을 위해 자신도 시체를 파헤치는 것과 같은 엽기적 일에 나섰던 것이다. 여기서 비로소 용서가 완성된다. 용서는 〈밀양〉의 신애처럼 신앙의 첫 단계에서 배울 것이 아니라 마지막 단계에서 완성되는 것이다.

교회를 무너뜨린 발람이나 달콤한 설탕으로만 교회를 세웠던 케티나 함께 참회가 필요한 존재들이다. 사람들은 참회하지 않으면서 교회로 가는 길이 없어졌다고 투덜댄다. 없어진 길을 대체한 물신의 길을 걸어가면서 애꿏은 교회 탓을 한다. 오늘 우리가 고민해야 할 것은 길을 잃은 교회가 아니라 교회로 가는 길을 잃은 우리다.

# 종교가 현실에 말을 걸다

### 어둠 속의 댄서
원제 : Dancer in the Dark
감독 : 라스 폰 트리에(Lars Von Trier), 2001

1964년 미국 워싱턴 주의 작은 마을 공장에서 일하는 체코계 이민자 셀마는 시력을 잃어 가는 아들의 수술 비용을 위해 고된 노동에 시달린다. 셀마 역시 시력을 잃어 가고 있지만 밝은 성격의 그녀는 퇴근후 뮤지컬 〈사운드 오브 뮤직〉의 주인공 마리아 역을 맡아 연습하는 것이 큰 낙이다. 그녀의 긍정적인 마음은 어떤 목표를 이루기 위한 것이 아니라 그녀 자신을 위한 것이다. 아들의 수술비를 훔쳐간 집주인과 말다툼을 하다가 살인을 저지르게 된 셀마는 사형을 선고 받는다.

사형을 당하기 전 재심의 기회가 주어지지만 재심을 담당할 변호사를 고용하기 위해서는 아들의 수술비를 써야 한다. 결국 셀마는 아들의 수술을 위해 재심을 거부하고 사형을 받아들인다. 이 구도로만 보면 눈물을 짜내는 모성 영화같지만 모성이 주제가 아니라 현실에서 벗어나는 것 말고는 더 이상의 선택이 없는 지난한 이민자의 삶을 그린 영화다.

〈도그빌〉의 감독이기도 한 라스 폰 트리에 감독은 1965년 발표된 영화 〈사운드 오브 뮤직〉의 한 해 전인 1964년으로 영화속 시대를 설정한다. 1959년 초연된 뮤지컬과 영화 속에서 가능했던 마리아의 동화 같은 탈출은 결코 현실에서는 더 이상 일어나지 않는다는 것을 시사한다. 셀마 역을 맡은 아이슬란드 출신의 가수 비요크의 연기가 좋다. 그녀는 이 영화로 유럽영화상(13회) 여우주연상을 수상했다.


## 동화가 없는 시대를 사는 사람들 이야기


〈어둠 속의 댄서〉는 미국 워싱턴 주의 어느 마을에 아들과 함께 살고 있는 체코 이민자 셀마의 이야기다. 셀마는 가난한 공장 노동자이지만 마을의 아마추어 극단에서 뮤지컬 배우로 활동하면서 삶의 위안을 찾는다. 시력 장애를 앓고 있는 아들의 수술비를 위해 고된 노동을 해야 하는 셀마에게 뮤지컬은 현실을 벗어나는 수단이다. 요즘 셀마는 뮤지컬 〈사운드 오브 뮤직〉을 연습하고 있다. 홀아비 대령 집에 가정교사로 들어갔다가 사랑에 빠진 수녀 마리아 역할을 셀마가 맡았다. 아들의 생일 선물로 중고 자전거 하나 사 줄 만한 여유도 없는 팍팍한 삶이지만 극중 마리아와 하나가 되어 쾌활한 노래를 부르며 삶의 이면을 즐긴다. 착한 사람들이 살아가기 힘든 세상이지만 셀마의 밝은 성격 때문에 주변에는 도우려는 사람들이 많다. 뮤지컬 공연을 함께 보러 다니는 공장의 선배 노동자 캐시도 있고, 셀마에게 마음을 둔 노총각 제프는 이런 저런 일들을 도와준다. 셀마가 세 들어 사는 집 주인은 경찰관 빌인데 부부가 모두 친절하게 셀마를 배려한다.

**어둠속에서 춤을 추어도**

셀마는 음악을 통해 새로운 세상을 찾아 간다. 동료들이 기계 앞에서 기계처럼 반복적인 노동을 할 때 그녀는 기계에서 나오는 소음을 뮤지컬의 반주 삼아 노래를 부른다. 어느 순간 모든 노동자들은 노래를 부르는 셀마와 함께 일어나 춤을 춘다. 여기서 영화는 현실과 환상을 횡단한다. 기계음에 맞추어 노래하는 셀마가 현실이라면 모든 사람이 기계 앞에서 춤을 추는 것은 셀마가 보는 새로운 세상이다. 그런데 시력장애를 앓고 있는 아들의 질병은 엄마로부터 유전된 것이다. 셀마의 시력도 점점 약해진다. 노래하고 춤추는 것이 점점 어둠 속의 일이 되어 가지만 모든 사람이 함께 춤추는 자신만의 세상이 있어 슬프지 않다.

어느 날 집주인 빌은 자신이 경제적으로 몹시 쪼들리고 있다는 신세타령을 셀마에게 늘어 놓는다. 착한 셀마가 빌을 동정하지만 아들의 수술비를 빌에게 선뜻 내어줄 만큼 천사는 아니다. 반면 그동안 착했던 빌은 가련한 셀마의 돈을 탐낸다. 셀마는 거의 앞을 볼 수 없는 지경이 되어 공장에서 해고 당하고 뮤지컬 주연도 포기하고 만다. 아들의 수술비를 위해 마지막으로 받은 월급을 채워 넣으려는 순간 숨겨 놓은 돈이 없어진 것을 발견한다. 그녀는 돈을 훔쳐간 빌을 찾아가지만 빌의 아내는 셀마에게 남편을 유혹하는 여자라고 비난하며 집을 비우라고 한다. 셀마는 빌과 실강이를 하다가 빌의 총으로 그를 쏘고 만다. 삶에 지친 빌은 몸다툼에서 적극적으로 대응하지 않는다. 인생을 포기한 듯한 빌은 그녀에게 목숨을 내어 놓는다. 죽고 죽이고, 의심하고, 돈을 빼앗기고 되찾는 악마같은 현실에서도 셀마에게는 음악이 들린다. 음악에 맞추어 노래 부르는 환상 속에 빌도 그의 아내도 셀마도 모두 화해한다.

돈을 되찾은 셀마는 그녀가 흠모하던 체코 출신 뮤지컬 배우 올드리치 노비의 이름으로 아들의 안과수술 예약을 한다. 셀마는 자신에게 다가올 운명을 안다. 구속되기 전 다시 연습장을 찾아가 뮤지컬 연습에 참여한다. 그녀는 결국 뮤지컬 연습을 하던 마을회관에서 경찰에 체포되고 사형을 선고 받는다. 처지를 불쌍히 여긴 친구들이 유능한 변호사를 구해 오고 본래 빌이 돈을 훔쳐갔다는 것만 증언하면 형이 유예될 수 있다고 말하지만 변호사 비용으로 아들의 수술비를 써야 한다는 말에 사형을 받아 들인다. 재판이 진행되는 법정도 그녀에게는 좋은 공연장이다. 서기들의 타자기 소리에서 연필 굴러가는 소리까지 모두가 훌륭한 음악이다. 그녀가 일어나서 노래를 부르는 순간 사람들은 모두 놀라 쳐다보지만(여기까지는 현실) 곧 판사, 검사, 서기, 방청객, 증인 할 것 없이 함께 춤추며 노래하는 환상이 펼쳐진다.

사형이 집행되던 날 캐시는 아들의 안경을 셀마 손에 쥐어 준다. 아들의 수술이 성공적으로 끝나 안경이 더 이상 필요 없게 되었다는 의미다. 셀마는 교수대에 매달려 두려움에 떨면서도 "새로운 세상"(New World)이라는 노래를 부른다.

> 사는 것은 보는 것,
> 나는 나의 숨을 멈추고
> 궁금해하고 또 궁금해하죠
> 다음엔 어떻게 되는 것일까
> 새로운 세계
> 새로운 날을 보기 위해
> 사뿐히 하늘을 걸어 천국에 이르렀네

### 새로운 세계, 새로운 날을 보기 위해

셀마의 노래는 한번도 제대로 끝나지 않았다. 공장에서 기계음에 맞추어 노래 부르다가 손가락 부상을 입는 바람에 끝이 났다. 마리아 역할을 연습하다가 악화되는 시력 때문에 스스로 배역을 포기한다. 구속되기 전 마지막으로 찾아간 연습장에서는 〈사운드 오브 뮤직〉의 유명한 장면인, 사람들이 마리아를 떠받들고 있던 상태에서 연행된다. 교수대에서 부르던 노래도 끝까지 가지 못했다. 노래는 완성되지 않았지만 항상 다음 노래가 있었다. 셀마는 다음 노래가 있었듯이 다음 세상을 믿는다. 실명 위기에 처한 눈 못지 않은 어두운 현실 속에서도 그녀는 춤을 추었다. 죽음이 어둠을 끝낼 것이기에 셀마는 두려움 속에서도 희망을 갖는다.

### 국경을 넘고, 삶과 죽음의 경계를 넘고

〈사운드 오브 뮤직〉은 경쾌한 영화다. 순결한 수녀원의 이미지에 쾌활함까지 갖춘 마리아는 폰 트라프 대령집에 가정교사로 들어간다. 신에게 바쳐진 수녀는 자기가 낳지 않은 아이들에게 노래를 가르쳐 기쁨을 나눈다. 마리아는 성서 속 마리아처럼 동정녀이기에 세상의 모든 아이들은 그녀의 아이들이다. 홀아비 집주인 폰 트라프 대령은 합스부르크 왕가의 어느 후손일 듯한 귀족이다. 여기 속한 모든 이들에게 결핍된 것은 없다. 홀아비와 엄마 없는 아이들이라는 결핍이 있기는 하지만 여타의 좋은 조건들이 결핍을 충분히 메꿀 만하다. 트라프 아내의 빈자리는 마리아와 본래 연인이었던 남작 부인이 경합하고, 아이들은 저택에서 다소 엄격한 규율을 제외하고는 어려움 없이 성장한다.

이때 오스트리아가 나치에 굴복한 첫 상실감이 찾아온다. 지금까지 아내의 빈자리를 가장 큰 상실로 받아들였던 트라프 대령은 군인으로서 나라가 빼앗기는 수모를 견뎌야만 한다. 합스부르크 제국에 끼지도 못했던 변방 독일의 위협을 피해 그들은 험한 길을 가야 한다. 누리던 것이 모두 없어졌지만 에델바이스가 흐르는 탈출 장면은 아름답다. 트라프 대령은 탈출 뒤에도 나라를 빼앗겼다는 설움 말고는 고통받는 세월을 살지 않았을 것이다. 그는 2차 세계대전이 끝난 뒤 고국으로 돌아와서 고위직이 되었을 수도 있다.

폰 트리에 감독은 〈어둠 속의 댄서〉의 시대 배경을 왜 1964년이라고 설정했을까? 사람들이 겪는 고통이 동화처럼 아름답게 표현될 수 있다는 것을 보여준 영화 〈사운드 오브 뮤직〉(로버트 와이즈 감독, 1965)이 만들어지기 한 해 전 현실 세계에서는 그러한 동화가 불가능하다는 것을 보여주고 싶었던 감독의 마음은 아닐까?

셀마의 조국 체코는 2차 세계대전 때는 나치에게, 종전 후에는 소련에게 종속된 나라다. 철의 장막이 있던 시절 어떻게 이민이 가능했는지 모르겠으나 미국에 온 셀마는 가난과 질병 속에서 살아간다. 체코에 돌아갈 수도 없고, 돌아간다 해도 트라프 대령처럼 윤택한 삶이 보장되어 있는 것이 아니다. 눈만 어두워지는 것이 아니라 삶 자체가 어둡다. 그러나 어두운 시력을 가지고도 춤을 추듯이 어두운 현실 속에서 희망의 끈을 놓지 않는다. 희망 중에 유일하게 성취 가능성이 있는 것은 아들의 수술인데 그 대가로 자신의 목숨을 버려야 한다. 누가 누군가를 구원한다는 것은 자기희생이 없이 불가능하다. 셀마가 역할을 맡은 〈사운드 오브 뮤직〉의 마리아는 신과 이별하고 트라프와의 세속적인 사랑을 택한 뒤 세속 국가의 경계를 넘는다. 현실의 셀마는 사랑하는 사람들과 이별하고 신 또는 다음 세상을 향해 삶과 죽음의 경계를 넘는다.

## 모성의 상징을 넘어서는 셀마

영화 안에는 물론 진한 모성도 있다. 자기 희생을 통해 아들의 눈을 뜨게 한 것은 뛰어난 모성이다. 그런데 〈어둠 속의 댄서〉는 후반부에 갈수록 아들을 등장시키지 않는다. 눈을 뜬 아들이 눈물을 흘리며 어머니를 보내는 장면도 없다. 모성은 한 부분일 뿐 영화는 새로운 세상을 향한 자기희생에 초점을 맞춘다. 교수대에 매달린 셀마는 마치 십자가에 달린 그리스도 같
다. 그리스도의 희생은 특
정인을 향한 희생이 아니라
보편성을 향한 희생이었다.
종교학자 브렌트 플레이트
는 폰 트리에 감독이 덴마
크 출신이라는 것 때문에
영화에서 키에르케고르의
철학을 끄집어 내고 있다. 신과 인간 사이에는 신앙만이 건널 수 있는
심연이 있고 그것을 뛰어 넘는 것을 도약이라고 설명한 키에르케고
르의 사상이 고스란히 담겨 있는 영화로 본 것이다. 얼핏 보면 아들을
고치기 위한 어머니의 희생을 다룬 모성 영화로만 보이는 영화가 평
론가들로부터 모성 이상의 관심을 받는 것도 이런 이유에서이다.

〈사운드 오브 뮤직〉의 시대 배경이었던 2차 세계대전이 연합국이
라는 '선한 세력' 의 승리로 끝났지만 20년 뒤 승전국 미국의 시골에
서 일어나는 상황은 그렇게 아름답지 않다. 히틀러는 사라졌지만 자
본이라는 괴물이 사람들의 삶을 죄어 오고 있다. 착하던 빌은 돈 때문
에 가난한 세입자의 돈을 탐내다가 죽고, 변호사 고용 능력에 따라 형
량이 달라지는 미국의 사법 제도 속에서 셀마는 사형을 택한다. 사회
의 구조적 모순을 극복하는 것이 지성인에게 주어진 임무이기는 하

지만 어디서부터 손을 대야 할지 모르는 세상에 우리는 살고 있다. 작은 실천에서부터 구조적 모순을 극복하려는 과감한 노력까지, 연구실에서부터 노조 사무실까지 많은 노력들이 시도되지만 자본의 벽은 훨씬 더 단단하다. 모든 노력들이 종교와 함께 가면 조금이라도 더 나은 효과를 볼 수 있겠으나 사회를 변화시키려는 이들은 일찌감치 신앙을 적으로 간주하고 그들의 우군에서 제외시켜 버렸다

## 우리가 셀마에게 해 줄 수 있는 일은?

영화 속 친구들과 관객들은 교수대에 매달린 셀마에게 무엇을 요구할 수 있는가? 부당한 세상에 원망을 퍼부으며 죽으라고? 세상이 악한 것을 함께 확인하자고? 네가 죽은 뒤에 우리가 세상을 바꿀 터이니 마음 편하게 죽으라고? 너는 참 헌신적인 어머니였다고? 무책임한 떠넘기기이다. 오히려 셀마는 현실이 전부가 아니라는 사실을 모두에게 보여준다. 물론 종교의 이런 피안적 태도 때문에 인민의 아편 소리를 들어 가며 새로운 세상을 향한 연대에 끼지도 못했던 것이 사실이다. 그렇다고 셀마가 세상과 이별하는 모습을 무지의 결과라고 비난할 수 없다.

폰 트리에 감독은 새로운 영화 운동인 〈도그마 95〉의 주역이다. 1995년 테크닉에 지나치게 의존하는 기존 영화 시스템에 반기를 든

덴마크 감독들이 주도한 새로운 영화 선언이 〈도그마 95〉인데 한마디로 기본으로 돌아가는 것이다. 감독은 우리들에게 지금 가장 기본적인 것이 무엇이냐고 묻고 있다. 폰 트리에의 부모는 사회주의자에 무신론자였고 자연주의자이기도 해서 어머니는 그가 어릴 때 나체촌에 데리고 간 적도 있다고 한다. 무신론의 세례를 받으며 성장한 폰 트리에는 최근 가톨릭으로 귀의했다. 종교 도그마(교리)라는 것이 권력과 만났을 때 주었던 피해를 우리는 모두 기억하고 있다. 십자군 전쟁과 유럽 내 전쟁들, 한국에서는 수많은 사화들이 권력과 도그마 때문에 생긴 것들이다. 염증을 느낀 현대인들이 도그마를 버린 것까지는 이해할 수 있는데 버림과 동시에 우리는 세상을 바꿀 힘도 잃어 버렸다. 모두가 제 갈 길로 가는 시대를 살고 있다. 반대로 우리가 버린 도그마를 독점한 종교 권력의 횡포는 아직도 계속되고 있다.

21세기는 모두 도그마를 버리고 싶어한다. 문제는 도그마가 아니라 도그마와 세속 권력의 관계였는데 사람들은 세상의 권세를 버리면서 도그마도 버렸다. 영화도 기본으로 돌아가고 싶어 하는데 우리는 돌아갈 기본조차 잃어 버렸다. 종교적 영감만으로 이룰 수 있는 것도 없지만 그것 없이 가는 세상도 위험하다. 〈어둠 속의 댄서〉는 세상의 변화를 위해 함께 가자고 종교가 희미한 세상에 말을 거는 영화다. 어차피 좋은 세상 만들려는 이런 저런 노력들이 쳇바퀴만 돌고 있을 때 종교와 함께 도약을 시도해 보는 것도 해 볼 만하지 않겠는가?

# 삶을 해체하지 않는 마지막 한 가지

## 씨민과 나데르의 별거
원제 : Jodaeiye Nader Az Simin
감독 : 아쉬가르 파르하디(Asghar Farhadi), 2011

이민 문제로 별거하게 된 씨민과 나데르 부부와 주변 사람들 사이에서 일어나는 갈등을 다룬 영화다. 그들의 갈등은 세대, 이민, 가족 관계를 넘어 종교적인 것으로 계속 퍼져 나간다. 영화 제목의 '별거'는 부부의 별거를 의미하는 것이 아니라 모든 것이 쪼개진 분열의 시대에 대한 은유다. 영화는 종교가 삶의 절대적인 부분을 차지하는 이슬람 국가인 이란에서 종교적 일상을 살아가는 소시민들의 모습을 잘 묘사하고 있다.

이민을 떠나자는 아내 씨민이 이민을 반대하는 남편의 동의를 받아내기 위해 치매에 걸린 시아버지를 두고 별거라는 방법을 선택한다. 아내의 빈자리를 대신하기 위해 온 독실한 무슬림 간병인이 시아버지를 침대에 묶어 두고 외출한 사건 때문에 모든 것이 꼬이기 시작한다. 간병인과 그녀의 가족, 씨민의 가족이 이슬람 신앙 안에서 서로 얽힌 문제를 풀지 못한다. 비이슬람권 사람들의 눈에는 지나칠 정도로 독실해 보이는 무슬림들이지만 사건 해결을 위해 종교를 자의적으로 끌어들이는 모습이 우리와 크게 다르지 않다는 것을 알게 된다. 그들은 각각 종교의 입장에서 해법을 제시하지만 내면에서 종교는 뒤편에 밀려나 있다. 종교를 이야기하면서 실제로는 자기의 이익을 주장하는 위선을 통해 현대인의 삶에서 차지한 종교의 비중을 솔직하게 파헤친다.

아카데미(84회)와 전미 비평가 협회상(46회)에서 외국어 영화상을 수상했다.

## 신앙 앞에서 진솔한 가정부 이야기

종교 또는 그것의 대체물인 이성이 지배하던 세계의 모순을 경험한 사람들은 모든 것을 해체하고 분리해 버렸다. 나와 너의 관계보다는 나와 너의 분리가 세상을 행복하게 만들 수 있다고 믿었다. 분리된 존재는 참을 수 없이 가벼웠고 가벼움에서 삶의 의미를 찾고자 했던 풍조는 세상을 자유케 했지만 자유로워진 세상은 너무 많은 부작용을 낳았다. 타자와의 분리는 개인의 욕망을 한없이 자극했고 욕망을 성취한 이들은 타자가 아니라 자아 내에서도 분리를 아무렇지도 않게 받아 들인다. 윤리적 자아는 경쟁적 교육제도를 비판하면서 욕망적 자아는 자기의 아이들을 경쟁 속으로 밀어 넣는다. 종교적 자아는 신 앞에서 경건해지기를 원하면서 욕망적 자아는 십자가를 주술의 도구로 삼는다. 국가의 개입이 몸서리치게 싫었던 자유주의자들은 자신만의 해방구 안에서 모든 것을 자유롭게 누리려고 한다. 내가 자유로운 만큼 너도 자유롭게 살 권리가 있다는 그럴듯한 평등 논리 속에서 인간다움에서조차 분리되는 타자들이 늘어나고 있다. 불편한 현상이지만 분리의 홍역을 앓은 세계가 다시 조심스럽게 보편을 찾아가고 있다는 것이 그나마 위로가 되는 시대에 우리는 살고 있다.

## 가족을 위해 가족을 떠나는 아내

〈씨민과 나데르의 별거〉는 부부의 별거를 다룬 영화이지만 분리의 시대를 살아가는 사람들이 겪는 내면의 분리를 이야기하는 이란 영화다. 부부 중 아내인 씨민은 오래 전부터 준비해 온 이민 허가 서류가 나오자 남편 나데르에게 이민을 독촉한다. 이민 수속을 나데르도 알고 있었지만 이민이 눈앞에 다가오자 치매에 걸린 아버지 때문에 선뜻 아내의 뜻에 동의할 수 없다. 씨민은 히잡을 써야 하는 이란 여성이지만 딸 테메르에게는 새로운 환경을 제공해 주고 싶다. 씨민에게 보수적인 이슬람교도로서의 특징을 찾자면 그녀가 쓰고 있는 히잡밖에 없다. 여성이 지위가 상대적으로 낮은 이란 사회이지만 씨민은 이민을 주저하는 남편에게 과감하게 별거를 제안한다. 별거 후에도 남편의 마음이 바뀌지 않으면 딸 테르메를 데리고 이민을 떠나겠다는 최후통첩을 한 것이다.

아버지와 딸을 돌보기 위해 나데르는 가정부 라지에를 들인다. 라지에는 단순히 치매 노인의 간병 업무만 하는 것으로 알고 취업했지만 나데르의 아버지는 첫날부터 바지에 용변을 본다. 라지에는 남자의 벗은 몸을 보아서는 안된다는 이슬람 율법 때문에 할아버지를 씻겨야 하는지 말아야 하는지를 고민하다가 종교기관에 문의한다. 율법이라는 것이 엄격할수록 예외 경우는 더 많이 생기는 법, 전화 너머의 대답이 정확하게 무엇인지 알 수 없지만 라지에는 할아버지를 씻긴다.

어느 날 예정보다 집에 일찍 돌아온 나데르는 아버지가 침대에 묶인 채로 바닥에 떨어진 모습을 보고 소스라치게 놀란다. 게다가 가정부는 외출 중이었고 라지에의 하루 일당에 해당하는 돈이 사라졌다. 화가 난 나데르가 라지에를 밀치는 바람에 라지에는 유산을 하게 된다.

이후 영화는 법정으로 넘어간다. 법정 증언에서 핵심 사항은 나데르가 라지에를 밀칠 때 그녀의 임신 사실을 알고 있었냐는 것이다. 재판이 진행되는 동안 아내 씨민은 불안하다. 남편에게 별거 통보는 했지만 결국은 함께 이민을 떠나게 되리라는 최소한의 기대가 있었다. 씨민은 돈을 요구하는 라지에의 남편과 합의하고 사건을 빨리 끝내려고 한다. 씨민은 재판 과정에서 구속된 남편의 보석금도 지불한다. 라지에의 남편도 어느 정도 동의해서 일이 쉽게 끝나려는 순간 라지에가 씨민에게 새로운 이야기를 꺼낸다. 나데르가 자신을 밀친 것이 유산의 직접 원인이 아닐 수도 있다는 것이다. 사실은 전날 할아버지가 혼자 나가서 길을 헤매다가 차에 치일 뻔했고, 할아버지를 구하려다가 라지에가 사고를 당하고 후유증으로 배에 통증이 오기 시작했던 것이다. 라지에가 할아버지를 집에 묶어 두고 산부인과를 찾을 수밖에 없었던 이유가 밝혀진 셈이다. 부부, 가족, 고용주와 피고용주, 간병인과 환자 사이에 일어난 사건이 재구성되어 과정에서 영화는 각 인물들이 판단하고 결정하는 방식을 보여준다.

영화에는 구체적으로 이민 가려는 나라가 나오지 않지만 미국일 가능성이 높다. 예전에 비해서는 많이 까다로워졌지만 미국의 이민 문호는 아직도 많이 열려 있다. 씨민은 오늘날 미국 또는 서구사회를 상징하는 합리주의와 자본주의에 일찌감치 물들어 있다. 어느 나라로부터 이민이 승인되었다는 것은 고급 인력이라는 말이다. 때문에 문제를 해결하는 방식은 합리적이지만 진실을 밝히려는 의지는 약하다. 남편의 작은 폭력이 라지에의 유산 원인이었는지는 중요하지 않다. 빨리 돈으로 해결해서 딸을 데리고 이민을 가고 싶은 마음만 가득하다. 라지에가 전날 할아버지를 구하려다가 다쳤다는 고백을 해도 씨민은 놀라기는커녕 사건이 생각지 않은 방향으로 전개되어 시간이 소요되는 것에만 관심을 갖는다. 나데르와 별거를 결정하고 집을 떠나기 전 시아버지에게 마지막 인사를 할 때 치매에 걸린 시아버지는 며느리의 손을 놓지 않았다. 함께 사는 동안 그녀는 좋은 며느리였다는 것을 암시한다. 그러나 이민이라는 새로운 도전 앞에 씨민은 합리적 결정을 한다. 히잡을 쓴 것을 제외하고는 우리의 편견 안에 존재하는 이슬람 여성스러움은 없다. 당당한 그녀는 새로운 세상에 가면 자신과 딸이 더욱 당당하게 살아갈 수 있을 것 같다. 이 꿈을 위해 시아버지, 남편, 딸의 순위대로 버리려고 한다. 만약 딸이 끝까지 엄마와 가지 않겠다고 했어도 그녀는 떠났을 것이다. 딸에게 좋은 세상을 보여주고 싶은 것은 사실이지만 가족은 새로운 삶을 살아가기 위한 도구에 지나지 않는다.

## 가족을 위해 거짓말을 하는 남편

고학력 여성과 사는 남성답게 나데르도 합리적이다. 나데르는 셀프 주유소 직원에게 팁을 준 것이 부당하다며 딸 테메르를 몰아붙여 끝까지 팁을 회수하게 하는 성격의 아버지다. 노동과 임금에 대한 계산이 정확하다는 뜻이다. 그렇기 때문에 아버지를 묶어 둔 채로 나간 라지에에게 임금을 주지 않는다. 씨민이 합의금을 주고 사건을 해결하려고 할 때도 나데르는 동의하지 않는다. 합의금을 준다는 것은 자신의 잘못을 인정하는 것인데 자신은 절대 유산을 시킬 만큼 폭력을 행사하지 않았다고 주장한다.

이런 합리적인 사람에게도 거짓은 있다. 나데르는 라지에의 임신 사실을 가정교사와 라지에의 대화를 듣고 알고 있었지만 들은 적이 없다고 법정에서 증언한다. 나중에 딸이 왜 모르는 척 했느냐는 질문에 그것이 가져올 파장이 얼마나 큰 것인지 아느냐고 묻는다. 밀치던 당시는 흥분한 상태에서 임신 여부를 잠시 잊을 수 있다. 그런데 그를 극도로 흥분하게 만든 것은 무엇인가? 자신의 가족에 대한 모욕이다. 아버지를 묶어 둔 것은 참을 수가 없다. 모욕에 대한 대응은 모욕밖에 없다. 나데르는 이처럼 가족을 위하여, 사실은 가족에 의지하여 살아가는 사람이다. 이슬람의 창시자인 무하마드의 사후 그의 혈통적 직계가 후계자가 되어야 한다는 시아파의 교리 때문에 가부장 이데올로기는 수니파보다 이란과 같은 시아파 국가에서 더 강력하다. 대표회의에서 후계자를 선출해야 한다는 수니파로부터 시아파는 오랜 세월 핍박 받아 왔다. 나데르에게 아버지는 비록 치매에 걸렸을지언정

자신을 지탱해 주는 힘이다. 아버지를 두고 이민을 떠난 새로운 세상에서 가부장으로서 그의 지위는 급격히 약화될 것이다. 이슬람 사회에서 이혼을 이야기할 만큼 강한 아내인데 보호장치까지 없어지면 자신의 존재 의미를 잃게 된다는 것을 나데르는 잘 알고 있다. 나데르는 합의 과정에서도 아내에게 지기 싫어하며 라지에의 남편과만 이야기하려고 한다.

## 가족보다 신앙을 생각하는 가정부

씨민이 편의적인 히잡을 썼다면 라지에는 온몸을 가리는 보수적인 차도르를 썼다. 씨민은 이민 때문에 남편과 이혼을 결심하지만 라지에는 건달 남편에게 모든 결정을 의탁한다. 그녀는 간병인이면서 환자가 남자라는 이유로 그의 아랫도리를 씻겨주어야 하는 문제로 고민한다. 라지에에게 모든 판단의 기준은 율법이다. 어떤 행위를 할 때마다 그것이 죄가 되는지 두려워한다. 남편이 겪고 있는 경제적 고민을 생각하면 거액의 합의금을 받고 싶지만 그녀의 종교적 양심이 그것을 허락하지 않는다. 나데르의 거친 행동이 유산의 원인이 아닐 수도 있기 때문이다. 종교적 인간 라지에는 남편에게 매여 살아 왔지만 마지막 결단의 순간 남편의 처지까지도 외면하며 진실에 가까운 편을 택한다. 유산의 원인이 정확히 밝혀지지 않았지만 나데르만의 잘못으로만 몰고 가기에는 그녀의 신앙적 양심이 허락하지 않았다. 어차피 나데르 집안 때문에 생긴 일이므로 합의금을 받을 수도 있겠으나 받을 수 없는 그녀의 신앙은 순결하다.

문제를 빨리 해결하고 싶은 씨민은 유산의 원인에 관심이 없었기에 남편에게 라지에의 고백을 말하지 않았다. 그런데 마지막 합의금을 건네려는 순간, 나데르는 라지에에게 꾸란에 손을 얹고 유산이 자신 때문에 생긴 것이 아니라는 맹세를 하라고 시킨다. 전혀 종교적인 삶을 살지 않았던 나데르는 종교에 의지해 끝까지 자신의 결백을 유지하려고 한다.

나데르의 거친 행동이 라지에의 유산 원인이 아니라고 해서 라지에를 합의금이나 받아 내려는 나쁜 사람이라고 볼 수 없다. 원인이야 어쨌든 나데르의 가족 때문에 생긴 일이다. 반면 가족과 뒤틀려진 합리성을 자신의 존재 근원으로 생각했던 이성의 인간 나데르는 갑자기 종교적 인간이 되어 자신의 책임만을 벗으려고 한다. 서구를 동경하는 씨민은 진실보다는 해결에만 관심을 둔다.

## 별거하며 사는 사람들

사람 사는 세상에서 부부관계, 부모 자식 관계, 고용관계는 모두 정교하게 연결된 인과관계에 따라 움직이는 것 같지만 실제로는 그렇지 않다. 각자 자기의 기준에 따라 자기의 삶을 산다. 결국 우리는 모두 분리(별거)되어 자신의 기준을 가지고 세상을 산다. 영화에서 별거는 부부의 별거만을 의미하는 것이 아니라 모든 관계, 나아가서 존재 내면의 관계가 서로 각기 놀고 있다는 것을 보여주는 개념이다. 분리가 자유로운 삶의 조건이 된다면 굳이 탓할 이유가 없지만 분리된 사람들은 상황에 따라 이질적인 것과 연대해서 위기를 모면하거나 상대방을 압박한다.

피의자 나데르는 경찰과 수갑으로 묶여 있지만 둘은 분리된 타인이다. 가장 가까워야 할 부부마저도 세상을 살아가는 철학이 맞지 않는데 수갑으로 묶어 두었다고 하나가 되는 것은 아니다. 마지막 장면에서 씨민과 나데르는 딸 테메르가 부모 중 누구와 함께 살 것인지 결정하는 선택의 순간에도 딸로부터 분리된다. 사람들은 저마다 자신이 아는 것과 믿는 것이 가장 진리에 가까운 탄탄한 자산이라고 생각하지만 특정 상황에서 모든 신념들은 일순간 깨져 버린다.

그렇다면 영화에서 가장 진실한 인물은 누구인가? 다시 말해 가치의 기준을 그나마 일관적으로 사용한 인물은 누구인가? 그것은 라지에다. 답답할 정도로 막혀 있고, 폭력 남편에 매여 사는 근대적이지 못한 여인이지만 마지막 결정의 순간에 남편보다는 종교적 신념을 택했다. 아버지 때문에 가정이 무너지는 것까지 감수했던 나데르는 아버지를 구하려 했던 라지에에게 감사하기는커녕 갑자기 종교적 고백을 강요한다. 반면 딸의 미래를 생각하는 씨민은 딸을 버려 두고라도 이민을 떠날 태세다. 이렇게 모든 결속력이 약해지는 순간 잠시 흔들렸던 라지에만 자신의 신념을 되찾는다.

근대가 종말을 고하면서 세계는 타자의 시대를 경험했다. 모든 주체들의 횡포에 맞서 타자의 시대를 연 것까지는 좋았지만 분리가 가져온 부작용도 적지 않았다. 보편을 향한 갈구는 사라져 버렸고 절대성은 깨지기 쉬운 것이 되어 버렸다. 분리에는 타자를 배려하는 긍정적인 면도 있지만 분리가 내 안으로 들어올 때 우리를 지탱하고 있는 보편의 결속도 약해져 버린다. 별거라는 영화 제목은 가족의 별거가 아니라 개인 안에 여러 가지 것들이 결속하지 못하고 해체되어 있는 것들을 의미한다.

이런 것들에 비해 라지에만이 신앙이라는 보편에 기초해서 살아간다. 신앙은 그녀에게 무거운 짐이다. 신앙 때문에 남편의 횡포를 참아내야 하고, 굴러 들어올 돈도 외면해야 한다. 바지에 용변을 본 치매 환자를 즉시 돌보기에 앞서 종교적 고민을 먼저 하는 답답한 그녀를 세상은 근대의 이름으로 또는 포스트모던의 이름으로 비웃어 왔다. 하지만 보편에 기초한 그녀만이 분리없이 자신의 기준에 가장 충실했다. 신앙은 그녀가 살아가는 데 가장 정직한 자산이다. 아직도 종교가 필요한 이유이다.

보수 또는 근본주의라는 이름으로 폭력을 행사하는 세력들 때문에 신앙의 순수성마저 폄하되는 세상에 우리는 살고 있다. 수니파의 탈레반과 시아파의 헤즈볼라를 폭력적이라고 비난하지만 미국의 근본주의 세력은 자본주의와 결탁하여 거대한 권력을 휘두른다. 근본주의로 불리는 이들 모두는 신앙적으로 순수하지 못하다. 자기 편한 대로 신앙을, 이익을, 폭력을, 책임 회피를 끌어다 쓰면서 이런 것들을 억지로 결속시키는 이들은 결코 보편의 가치를 이해할 수 없다. 부시 정부가 기독교 근본주의에 기초해서 세상의 문제를 폭력으로 해결하며 지상천국을 건설해 줄 것처럼 행동하더니 갑자기 몰몬교인이 유력한 대통령 후보로 거론되고 있다. 비기독교 세력을 적으로 보는 근본주의자들이 계급의 이익을 위해서는 몰몬교와 같은 비정통 기독교도 인정해 줄 수 있다는 뜻이다. 잘 이해가 되지 않는 부분일 것 같지만 내면은 의외로 간단하다. 그들 모두 신앙을 보편적 가치로 받아들이는 사람이 아니라 신앙을 분리된 개별 가치로 받아들이는 세력이라고 생각하면 이야기는 간단하다. 그러므로 그들에 대한 비판은 보편으로서의 종교에 대한 비판이 아니라 신앙을 보편적 가치로 받아들이지 않는 분리에 대한 비판이어야 한다.

　죄 또는 사탄을 의미하는 diablo는 분리라는 뜻을 가지고 있다. 신앙이 존재의 근원이 되지 못하고 분리된 가치로만 작동할 때 인간은 죄인이 된다. 우리는 너무 가벼운 분리의 시대에 살고 있다. 열광적으로 기도하는 이들을 탓하기에 앞서 우리의 신앙은 그토록 치열한 적이 있었는지 물어야 한다. 신앙에 의해 가치관이 제어당하는 나는 자유인인 동시에 성사적 과제를 수행하고 있는지 또한 물어야 한다. 우리에게는 아직도 보편적 가치와 신앙의 힘으로 살아가야 할 책임이 있다. 분리로서 바꿀 수 있는 세상은 제약되어 있기 때문이다.

# 꿈을 깨야 꿈이 이루어진다

## 프리스트

원제 : Priest

감독 : 안토니아 버드(Antonia Bird), 1994

    젊고 잘생긴 그렉 신부는 영국 리버풀의 새로운 성당으로 부임한다. 그는 빈민가에서 꿈을 잃고 살아가는 사람들에게 종교적 회개를 역설하고 그들이 처한 현실에 불만을 갖지 말라고 선포한다. 그렉의 이런 강론은 성당을 떠날 준비를 하고 있는 매튜 신부와 사사건건 부딪친다. 게다가 가정부와 연인 관계를 맺고 있는 매튜를 보고 혼란스러워한다. 젊은 신부로서 꾸었던 꿈을 잃어가는 것에 갈피를 잡지 못하던 그렉은 술집에서 만난 그레이엄과 동성애적 관계를 유지하게 되면서 그가 경멸하던 죄인의 대열에 합류한다. 게다가 의붓아버지에게 성폭행을 당한 리사의 고해를 교리적 원칙 때문에 듣고만 있어야 하는 그렉의 고뇌는 깊어진다.

신부와 신도들의 관계, 여성과 내연의 관계를 맺던 매튜를 비난하다가 남성과 연인관계를 맺게 된 것에 대한 고뇌, 신과 정의의 관계 속에서 고민하는 그렉의 고민이 심도 있게 그려진다. 꿈을 잃어버린 매튜가 마지막으로 귀의하는 지점은 과연 어디인가?

에든버러 국제영화제(48회)에서 신작상을, 토론토 국제영화제에서 (19회)에서 관객상을 수상한 〈프리스트〉는 가톨릭 신부의 동성애를 다룬 내용 때문에 가톨릭 교회의 비판을 받기도 했지만 동성애가 주제가 아니라 인간 모두가 갖고 있는 한계의 문제를 다룬 수작이다.

## 실패의 순간, 비로소 사람이 된 신부 이야기

한때는 무역의 중심지이기도 했지만 경제는 쇠퇴하고 자랑할 것이라곤 비틀즈의 추억과 축구팀밖에 없는 듯한 리버풀 천주교 교구에 젊고 잘생긴 신부 그렉이 부임한다. 영국에서 천주교의 위상과 쇠락하는 도시의 기운이 어우러진 것처럼 성당도 활기를 잃은 지 이미 오래다. 주임신부 매튜는 그렉에게 이곳을 떠날 때가 되었다며 리버풀에서 교회가 할 일은 없다고 이야기한다. 그러나 젊은 신부는 그렇지 않다. 믿음이라는 것이 환경의 영향을 받으면 되겠는가? 그는 가장 교과서적인 강론을 하며 신도들에게 사회의 구조적 모순을 희생양 삼아 면책 받으려 하지 말고 내 자신의 속죄에 집중하라고 설교한다. 맞는 설교다. 그런데 쇠락한 도시의 사람들에게는 버거운 강요처럼 들린다.

사제관에서 매튜와 함께 생활하게 된 그렉은 그곳에서 낯선 초상화를 발견한다. 보통 사제관 같으면 교황이나 성자의 사진이 걸려 있을 터인데 이곳에는 미국 원주민 추장 중 한 사람인 시팅 불(Sitting Bull)의 초상화가 걸려 있다. 매튜는 그렉에게 시팅불은 패배의 순간에도 고상함을 잃지 않았던 사람이라고 설명한다. 인디언 수우족 지도자였던 시팅 불은 자신이 믿고 의지해 온 전통적인 가치와 신념을 짓밟는 외부의 침입에 대해 인간으로서 정체성과 존엄을 잃지 않기 위해 죽음을 택했던 사람이다.

매튜는 지켜야 할 신념과 외부의 공격은 무엇인가를 고민하는 신부다. 그의 설교는 인간은 아직도 창조 과정에 놓여 있는 부족한 존재이며 자신 역시 신도들과 다르지 않다는 점을 강조한다. 반면 그렉의 설교는 사람들을 가르치려 한다는 점에서 판이하게 다르다. 그렉은 매튜의 설교를 듣고 불온한 사회적 복음이라고 색깔을 덧입힌다. 게다가 선배 신부 매튜가 사제관 가정부인 마리아와 연인 관계를 유지하는 것처럼 보이자 자신과 그들은 다르다는 그렉의 확신은 더 깊어진다. 그러나 마리아의 해명을 듣고 그렉은 그녀에게 사과함으로써 자신의 판단이 옳지 않을 수도 있음을 깨닫는다.

신임 신부로서 열정적인 그렉은 매튜와 함께 심방을 나서지만 돌아오는 것은 냉대뿐이다. 다행히 한 집에서 신부 일행을 환영해 들어갔지만 오히려 전도에 더 열정적인 여호와의 증인이 사는 집이었다. 자신이 가르치는 진리를 받아들이지 않으면서도 반갑게 맞이하는 이단 종파의 친절함 앞에 그렉은 잠시 당황한다. 고민이 깊어 가던 그렉은 장례식을 집전하면서 새로운 이질감을 느낀다. 그는 응급실에 실려 가는 신도에게 틀에 박힌 기도문을 반복하지만 친지들이 모인 장례식에 종교적 엄숙함이 들어갈 자리는 없고 노래와 술만 있다. 그나마 고인의 아내가 자신은 원수 같은 남편이 죽기를 바란 죄인이었다며 위로를 기다린다. 그렉은 이 순간에도 진심어린 위로보다는 정형화된 속죄 기도를 드린다.

## 좋은 신부가 되려는 꿈은 사라지고

사제로서 그렉과 슬픔을 당한 사람 사이에, 모범 사제 그렉과 엉터리 같은 사제 매튜 사이에, 만나는 모든 사람들 사이에 커다란 벽이 가로 막고 있다. 매튜 신부를 포함한 신도들은 서로 잘 어울리는데 그렉 앞에만 벽이 놓여 있다. 갑자기 그렉은 벽 없이 사람을 직접 만나고 싶어진다. 사제가 아니라 사람이 되고 싶다. 그는 사제복을 벗고 동네 술집을 찾았다가 거기서 만난 남자 그레이엄과 사랑을 나눈다. 사람으로서 사람을 만난 그는 일말의 죄책감을 갖지만 삶은 활기차 졌다. 헬스 클럽에서 운동도 하며 교구 학교 아이들에게 엄숙한 교리 대신 노래로 수업을 진행한다. 헬스 클럽에서 만난 사람이 그에게 엉터리 설교를 잔뜩 늘어 놓아도 항상 가르치던 입장에 있던 그렉이 듣는 사람이 될 줄 아는 여유도 생겼다.

보통 사람들이 사는 모습을 조금 이해할 수 있게 된 때쯤 고해성사에서 아버지에게 성추행을 당하고 있는 리사의 이야기를 듣고, 다시 벽을 사이에 두고 그들과 반대편에 서 있는 자신을 발견한다. 고해된 내용에 대해서 사제는 함구해야 한다. 함구하면 리사 아버지의 추행은 계속될 것이다. 그렉은 고민을 그레이엄에게 이야기하며 둘의 관계는 깊어진다. 그렉은 성찬식을 거행하며 자신이 지은 죄와 속죄의

선포가 겹쳐져서 괴로워한다.

그동안 그렉은 흠결이 없다고 믿으며 가르치는 입장이었는데 흠결을 갖게 되자 괴로워한다. 게다가 미사 시간에 그레이엄이 영성체를 받아먹겠다고 입을 벌리고 그레이엄을 그렉은 무시한다. 그동안 예수를 선포하며 살아왔지만 자신과 리사의 문제 하나 해결 못하는 그리스도가 갑자기 무능해 보인다. 신실한 신부 그렉은 십자가상을 향해 거기에 매달려 있지 말고 내려오라고 소리친다.

## 모범적 신부에서 보통 사람들의 고민으로

그렉은 모범적 신부에서 보통 사람들의 고민 속으로 들어가게 된다. 삶에서 많은 모순을 경험하면서도 믿음 생활을 유지해 왔던 사람들이 겪는 고충을 그렉은 몰랐다. 리사의 문제를 해결하지 못하고 있을 때 리사 아버지의 추행은 마침내 어머니에게 발각이 된다. 사건의 정황을 되짚어 본 리사의 어머니는 그렉이 모든 것을 알고 있었던 것을 생각하며 그에게 욕설을 퍼붓는다. 아무것도 해결하지 못한 죄책감에 시달리던 그렉은 그레이엄과 차 안에서 사랑을 나누다가 경찰에 발각되어 사제의 동성애 사건으로 신문에 대서특필된다. 그렉은 수치심에 자살을 시도하지만 미수에 그치고 교구청으로부터 회복 기간을 갖도록 지시받는다. 그가 회복을 위해 들어간 곳에서 강직한 노

(老)신부를 만난다. 노신부는 거룩한 언어 라틴어로만 말할 뿐이다.

그렉은 끝없는 경건의 단계가 종착점이 없음을 깨닫고 마치 다 이루었던 것과 같았던 자신을 돌아본다. 그러나 매튜에게 그레이엄을 사탄이라고 지칭했다가 매튜로부터 질책을 받을 정도로 그렉의 갈 길은 아직 멀어 보인다. 사람은 창조 과정 속에 있는 부족한 존재이므로 자신의 죄를 남에게 전가할 수 없다. 다만 그레이엄과의 사랑이 순수했다면 그것으로 가치가 있었다고 매튜는 그렉을 위로한다. 회복의 기간을 거친 후 교회로 돌아온 그렉은 신도들의 차가운 시선 앞에 마주 선다. 신도들은 그를 향해 비난을 퍼붓는다.

갈등을 계속하던 그렉에게 리사가 나타난다. 리사는 그렉을 껴안고 둘은 뜨거운 눈물을 흘린다. 그렉은 마침내 상처받은 치유자 리사에게 치유 받는다. 속죄의 교리도, 모든 것을 초월한 듯한 매튜도, 변했다고 믿었던 자신도 아닌, 상처투성이 리사의 눈물에 의해 그의 죄는 씻겨지고 영혼은 자유로움을 얻는다.

젊은 신부 그렉은 천주교에서 호칭이 그렇듯이 아버지다. 그는 리사의 아버지 따위의 인간들과는 질이 다르다. 그는 항상 옳기에 모든 사람이 죄를 털어 놓을 때 사죄를 선포한다. 그런데 죄가 없는 존재가 어디 인간인가? 죄 없는 이는 하느님뿐이다. 그렇다면 스스로가 죄로부터 벗어나 있다고 생각하는 존재라면 하느님은 아닐 것이고 괴물이거나 사탄일 수밖에 없다. 에덴동산에서 사탄은 죄가 아니라며 하와에게 선악과를 먹을 것을 권고한다(창세기 3장). 그렉은 스스로 죄 없다고 생각한 것이 사탄적일 수 있음을 모르고 사제의 역할이라 착각했다. 그러던 그가 죄 가운데 들어왔다. 그는 괴물에서 인간이 되었다. 리사의 아버지의 추행의 죄나 해결 못한 그렉의 죄나 모든 것은 마찬가지다. 가정부와 묘한 관계를 유지하고 있는 매튜나 자신이나 마찬가지다. 그는 자신도 속죄의 대상임을 깨닫고 속죄가 바로 자신이 고민을 해결해 주지 못했던 리사에 의해서 이루어짐을 깨닫고 참회의 눈물을 흘린다. 그는 성공한 신부가 되려는 꿈을 이루지는 못했지만 위선의 탈을 벗고 나와 마침내 인간이 되었다. 축하할 일이다.

## 봄이 오면 죄를 짓고

다른 이의 죄를 발견하는 데 익숙한 사람들은 조그만 실수도 용납않는다. 모든 것의 가치 기준은 그들의 손 안에 있다. 종교만 죄를 선포하는 데 재미붙인 것이 아니다. 이성과 상식의 기준으로도, 심지어는 정의라는 이름으로 죄를 선언한다. 그렉도 죄를 구별하는 감별사 같은 사람이었지만 자신 또한 속죄의 대상이라는 것을 깨우쳤다. 반면 그렉의 앞뒤 꽉 막힌 것을 비판하던 장례식의 조문객들은 죄를 감별하던 이전의 그렉과 크게 다르지 않다. 그들은 장례식을 엄숙하게 이끌려던 그렉의 종교성을 비웃으며 자신들의 자유로움을 자랑했지만 그렉의 죄에 대해서는 자유롭지 못하다.

자신에게 죄를 선포하는 사람이 미운 이유는 그가 교리에 갇힌 근본주의자여서가 아니라 자신이 죄가 없다고 믿기 때문이다. 인간은 본래 그런 존재다. 이들에게는 윤동주의 시가 필요하다.

빨리 봄이 오면 죄를 짓고 눈이 밝아 이브가 해산하는 수고를 다하면 무화과 잎사귀로 부끄런 데를 가리고 나는 이마에 땀을 흘려야겠다.

〈또 태초의 아침〉

누구보다도 신앙이 깊었고 독립에 대한 열정이 있었고 아름다움을 구사할 줄 알았던 젊은 시인을 억누르던 죄의 실체는 무엇이었을까? 그는 하느님에게 역설적으로 굴복한다. 죄를 지음이 숙명이라면 빨리 지어 버리고 그냥 인간으로 살아가겠다는 푸념은 가장 아름다운 신앙고백이다. 그는 독립운동가와 민족 시인이기에 앞서 어쩔 수 없는 인간이었다. 죄라는 것은 불교적으로 말하면 무명(無明), 즉 아직 진리에 도달하지 못한 단계를 말한다. 진리는 그렉처럼 자신은 수행의 과정에서 제외시켜 놓고 다른 이들만 닦달한다고 얻어지는 것이 아니다. 어느 종교든 진리의 추구란 인간의 한계성을 먼저 인정하는 데서부터 시작한다. 인간의 한계를 빨리 인정할수록 삶의 여정은 행복해진다.

## 한계는 없고 꿈만 가득한 세상

현실이 어려워지면서 꿈이라는 것으로 한계를 인정하지 않으려는 세속의 종교가 영향력을 넓혀 가고 있다. '하면'(선악과를 먹으면) '된다'(하느님처럼)고 꾐에 넘어간 이들은 이 구호를 만들어낸 전직 지도자를 그리워한다. 꿈은 좋은 것이지만 구약성서의 요셉 설화는 바른 꿈을 제시한다. 요셉은 꿈의 인물로 불린다. 어릴 때부터 꿈을 꾸었던 그는 자신만을 중심에 놓은 꿈 때문에 형제들의 미움을 받고 이집트로 팔려간다. 성공학 강사들과 구분이 안 되는 종교 지도자들은 요셉의 꿈을 본받으라고 웅변한다. 그러나 요셉의 꿈은 개인의 욕망을 달성하려는 개인적 꿈을 공동체를 구원하려는 사회적 꿈으로 바꾸면서 비로소 이루어 졌다. 요셉은 꿈을 이룬 사람이 아니라 꿈을 바꾼 사람이다. 그가 수많은 장벽에 부딪히면서 터득한 진리였다. 스스로 흠결이 없다고 여기던 그렉은 한 소녀에게 위로 받을 수밖에 없는 나약한 사람이 되었다. 남을 가르치고 훈계하는 신부가 되려는 꿈이 깨지는 순간 정말 아픈 이들과 함께 하는 진실한 사제의 꿈이 이루어졌다. 인간의 한계를 부정하고 꿈이 성취될 수 있다고 현혹하며 슈퍼맨 행세를 하는 이 땅의 모든 괴물들이 사람으로 살아가는 새로운 꿈을 꾸는 축복을 누렸으면 좋겠다. 모두가 힘들게 살아가고 있는 지금의 현실에서 필요한 존재는 슈퍼맨이 아니라 아픔을 함께 나눌 사람들이다.

# 합리와 광신 사이에서

## 밍크코트
감독 : 신아가 · 이상철. 2011

혼자서 억척스럽게 살아가는 현순은 신앙에 심취해서 전도사로 부
터 받는 말씀에 따라 삶의 모든 방향을 정한다. 평범한 기독교 가정에
서 자란 현순의 가족들은 혼자서 유별나게 신앙생활을 하는 그녀가 못
마땅하다. 게다가 생활 수준도 맞지 않아 현순은 항상 가족과 겉돈다.
현순을 그나마 이해하던 어머니가 뇌사 상태에 빠지고 가족들은 어머
니의 연명 치료를 중단하려고 한다. 주어진 말씀에 따라 어머니의 회
생을 확신하는 현순과 가족들은 어머니의 연명을 놓고 갈등한다.
　탄탄한 이야기 구조를 가진 〈밍크코트〉는 가족의 갈등을 매개로

연결되는 종교적 갈등과 기적의 문제를 다루고 있다. 기독교의 위선성을 비판하는 영화라는 비평들이 있으나 오히려 우리에게 아직 종교가 필요한 이유를 깊은 울림으로 보여주는 영화다. 한글 제목과 달리 영어 제목이 예수 병원(Jesus Hospital)인 이유는 영적인 치료를 담당하는 종교와 몸의 질병을 치료하는 병원의 근대적 갈등이 복음병원이라는 공간에서 일어나기 때문이다.

공동 연출자인 신아가, 이상철 감독은 이 영화로 2011년 서울독립영화제 대상을 수상했고, 현순의 딸 수진 역의 한송희는 부산국제영화제(16회)에서 한국영화감독조합상(여배우부문)을 수상했다. 시나리오를 쓴 신아가 감독의 이름은 아버지가 아기와 같은 자만이 천국에 들어 갈 수 있다는 성경 구절에 근거해 지어준 이름이라는 사실이 흥미롭다.

## 일상의 언어를 되찾은 광신도 여인 이야기

적어도 두 세대 이상 교회를 다니는 가족을 둔 관객이라면 〈밍크코트〉의 첫 장면은 매우 친숙하다. 가족들이 모여서 식사를 하는 시간, 먼저 간 아버지의 기일이거나 어머니의 생일쯤 될 것이다. 노약한 어머니는 주도권을 상실했으므로 다음 어른인 주인공 현순의 언니인 명순이 기도를 하고 식사 시간이 이어진다. 정겨운 어린 시절의 추억,

서로 묻는 안부, 중간 중간 등장하는 함께 다니는 교회 이야기가 반찬처럼 배치된다. 신앙과 혈연이 매개가 된 현순네 공동체의 식사시간은 겉으로 보기에 큰 문제는 없어 보인다. 그러나 자세히 들여다 보면 거기에는 혈연도 없고 신앙도 없다. 혈연은 서로 흠집 잡기에 여념없는 관계와 동의어고 신앙은 교회 증축 공사를 따 왔으므로 헌금을 해야 한다는 거래에 다름 아니다. 이 자리에서 어머니는 얼마 살지 못할 것 같다는 이야기를 현순에게 한다. 다른 자식들은 노인네의 푸념이거나 '그래 이제는 갈 때도 되었지.' 라는 표정으로 받아들이지만 현순은 "엄마가 왜 죽어!"라며 어머니를 위로한다. 어머니는 현순의 이 반응이 보고 싶어 현순에게만 죽는다는 이야기를 했을 것이다. 현순도 어머니에게만 이야기한 것이 있다. 현순이 다니고 있는 교회, 즉 다른 식구들이 다니는 교회와는 다른 교회에서 세상의 종말이 곧 다가온다고 설교했을지도 모른다. 현순은 말이 통하는 어머니에게만 비밀을 이야기했을 것이다.

## 가족과 의사 사이에서 고민하는 하느님

8개월 뒤, 어머니는 호흡기에 의지해서 목숨을 연명하고 있는 상태다. 누적되는 병원비 때문에 고통당하던 가족들에게 희망(?)의 소식이 들린다. 어머니의 생존 가능성이 희박하므로 연명을 중단하라는 병원측의 권유가 그것인데, 가족 누구도 나서서 말하지 못하던 것을 기독교 복음병원 측에서 해 주니 고마울 따름이다. 가족들은 병원의 의료적 판단을 종교적 판단으로 바꾼다. 어머니는 하늘 나라를 가고 싶어 했으니 어머니의 뜻을 존중하는 것이고, 마침 주말이니 장례를 치르고 나면 새 주간이 가벼운 마음으로 시작되니 이 또한 섭리라는 것이다. 그래도 주변의 시선이 두려운 듯 장녀 명순은 사람들에게는 주무시다가 돌아가신 것으로 정리하자며 가족들의 입을 단속한다. 그들이 믿는 하느님의 입장은 모호해지고 있을 때 가장 신앙이 좋다고 자부하는 현순이 나서서 반대한다. 현순은 어머니의 회복을 위해 누구보다도 열심히 기도했다. 일상 언어가 아닌 방언으로 하는 그녀의 기도 때문에 같은 병실을 쓰는 옆 환자는 기도에 알레르기가 생길 정도다. 현순은 기도 중에 어머니가 죽지 않는다는 '말씀'을 받았기에 현대 의료 권력의 판단을 믿을 수 없다. 그러나 현순의 가장 취약한 부분인 병원비 분담을 가족들이 거론하자 현순의 마음은 흔들린다.

현순은 우유배달을 하며 억척스럽게 살아가는 여인이다. 남편과는 이혼한 듯하고, 하나인 딸은 임신한 채로 미장원을 운영한다. 미장원 하나를 최근에 인수하느라 돈에 쪼들리는 딸을 도와주지 못하는 것도 마음에 걸린다. 자신의 믿음으로 연명 중단을 권고하는 의사의 판단은 무시할 수 있는데 가족과 돈에 대해서는 믿음으로도 당해낼 수 없다. 현순은 평소 급할 때마다 '말씀'을 전해주는 여인을 찾는다. 전도

사처럼 보이는 여인은 빨래를 널다가 현순의 전화를 받을 정도로 평범한 여인이지만 현순에게는 삶의 지침을 내려주는 일종의 교주다.

## 둘은 기도하면서 첫 말씀을 받는다

빛 가운데 있다 하면서 그 형제를 미워하는 자는 지금까지 어둠에 있는 자요. 그의 형제를 사랑하는 자는 빛 가운데 거하여 자기 속에 거리낌이 없으나 그의 형제를 미워하는 자는 어둠에 있고 또 어둠에 행하며 갈 곳을 알지 못하나니 이는 그 어둠이 그의 눈을 멀게 하였음이라. (요한 일서 2: 9-11)

현순은 어머니를 죽여야 한다는 죄책감에서 벗어난다. 하늘에서 내려진 말씀은 어머니의 생명보다 가족관계를 소중히 여기라는 가르침을 주고 있기 때문이다. 호흡기를 제거하려는 가족들에게 동의하려는 순간 새로운 말씀이 내려 온다.

이에 예수께서 대답하여 이르시되 여자여 네 믿음이 크도다. 네 소원대로 되리라 하시니 그때로부터 그의 딸이 나으니라. (마태복음 15:28)

현순이 기다리는 말씀은 이것이었다. 현순은 전도사의 말이 채 끝나기도 전에 병원으로 달려가서 막 호흡기를 떼려는 의사와 가족들을 막아서고 모든 일은 다시 원상으로 돌아간다.

## 저주밖에는 해법이 없어 보이는 슬픈 세상

어떻게 해서든지 호흡기를 떼내려는 가족과 그것을 막으려는 현순의 갈등이 다시 시작된다. 가족들은 현순에게 계속해서 들어가는 병원비를 다시 거론한다. 현순은 돈 걱정을 하는 언니 명순에게 돈만 밝히는 형부도 회개하지 않으면 천벌을 받을 것이라며 저주를 퍼붓는다. 종교를 언어 폭력의 도구로 사용하는 현순 앞에 모두 입을 다물지만 명순 역시 마음이 편치는 않다. 영화에 한 번도 등장하지 않는 명순 남편의 설정이 그렇듯이 그는 가족보다 자본에 빠져 있는 사람이다. 종교인들의 저주가 섬뜩한 것은 사실이나 지금 시대에는 종교적 광신도만 제정신이 아닌 것이 아니라 자본주의 광신도들도 제정신이 아니기는 마찬가지다. 누가 더 광신도라고 비난할 처지도 못된다. 자본주의의 혜택을 받는 미디어들은 종교를 조롱하는데 재미를 붙였지만, 자본주의 광신도들을 바로 잡아 줄 세력은 어디에도 없다. 욕심을 그만 부리고 나누며 살라고 점잖게 이야기해서 들을 시대는 지났다. 종교마저 자본주의의 기생하고 있는데 누가 바로 잡아 줄 것인가? 그런 점에서 이상한 종파에 빠진 현순의 저주는 폭력적이기는 해도 시원한 맛이 있다. 영화 후반에 가면 명순은 남편이 암에 걸렸다며 현순의 저주 앞에 약한 모습을 보인다.

오늘 모든 조롱의 대상이 된 기독교 특히 개신교의 치부를 〈밍크코트〉의 두 감독은 정공법으로 드러낸다. 그들은 이렇게 말하는 것 같다. "그래 개신교가 이렇게 위선적이고 곪았다. 그러는 당신들은?"

돈의 문제에서 아들 준호도 떳떳하지 못하다. 그는 자신이 다니는 건설회사가 교회 증축 공사를 맡을 정도로 교회의 신망을 받고 있다. 하지만 신망을 이용해서 준호는 교회 돈을 병원비에 유용했다. 현순이 사실을 알고 있는 것에 준호는 놀라고, 준호의 아내는 남편에게 실망하며 눈물을 흘린다.

### 3대에 걸친 밍크코트의 인연

이제 호흡기를 제거하려는 가족들은 현순을 따돌리기 위해 현순의 딸인 수진을 끌어들인다. 만삭의 몸으로 미용사 일을 하는 수진 역시 돈 앞에 자유롭지 못하다. 수진에게도 병원비가 분담될 수 있다고 겁을 준 가족들은 수진에게 현순을 잠시라도 병원에서 떨어져 있게 하라는 부탁을 한다. 그 사이 호흡기를 제거하려는 속셈이다. 수진은 오랜만에 현순의 집에 들러 시간을 끈다. 수진은 어머니의 옷장을 보다가 밍크코트가 없어진 것을 발견한다. 밍크코트는 지금 죽어야만 하는 할머니가 장녀 명순에게 선물 받은 것을 현순에게 준 것이다. 그런데 현순은 딸의 미장원 개업 비용에 보태기 위해 코트를 내다 팔았다. 현순의 희생에 울컥해진 수진은 할머니의 죽음을 막는 현순의 마음을 알 것 같아 호흡기 제거를 막기 위해 병원으로 달려간다.

수진 때문에 결국 호흡기 제거는 또 실패로 돌아가고 수진과 가족 사이에 언성이 높아지던 중에 흥분한 수진은 하혈을 하고 응급실로 옮겨진다. 그때 할머니가 놀랍게도 조금씩 반응을 하는 기적이 일어난다. 회생 가능성이 없다는 의료적 판단이 틀린 것이다. 알 수 없는 현상 앞에 가족들은 서로를 조금씩 이해하기 시작한다. 응급실로 옮겨진 수진은 급히 수혈이 필요한 위급 상태에 빠지는데 혈액형은 할머니와만 맞다. 뒤늦게 병원에 도착한 현순이 이제 모든 것을 결정해야 한다. 회생 가능성이 없는 어머니를 죽이지 말자던 그녀였지만 이제 자신의 딸을 위해 미약하게라도 반응하는 살아 있는 어머니의 피를 뽑아야 한다. 현순은 병원 옥상에서 울부짖으며 기도한다. 평소처럼 알 수 없는 방언으로 시작된 현순의 기도는 중간에 일상의 언어로 바뀐다. 어머니의 생명보다는 다른 가족과의 갈등 때문에 그들과 대립했다는 진정한 회개를 한다. 세상의 종말도, 신과 대화하는 현순만의 언어인 방언도 이 순간 필요없다. 딸을 살리는 것이 가장 다급한 기도다. 다급한 기도는 일상언어로 말해지는 신을 향한 절규 속에서 기도다워진다.

〈밍크코트〉는 개신교의 치부를 숨기지 않는다. 신도들의 위선과 섣부른 종말론, 비밀리에 전승되는 신흥 종파의 '말씀 받기'들은 한국 기독교의 모습과 크게 다르지 않다. 그런데 〈밍크코트〉를 반기독교 영화로 볼 수 없는 이유는 부끄러운 실상 속에서 아직도 세상에는 믿음이 필요하다고 이야기하기 때문이다. 정상적인 교회에 다니지만 믿음이 그냥 일상이 되어 버린 사람과 흔히 이단이라고 부르는 비정상적인 교회를 다니면서 믿음을 빙자해 자기 회한을 쏟아내는 사람이 작은 기적과 희생 속에서 새로운 믿음의 가능성을 확인한다. 〈밍크코트〉는 할머니의 움직임이라는 작은 기적을 통해 기적은 일상의 언어 속에서 드러난다고 말한다. 일상을 살아가는 비겁하고 못난 인생들이 그동안 신앙이라고 믿어 왔던 것이 허상에 지나지 않았음을 고백할 때 절대자의 섭리는 마치 우연인 것처럼 개입해서 그들의 삶을 바꾸어 놓는다. 죽어가는 할머니가 죽어가는 손녀를 살리는 기적은 합리와 상식을 빙자한 폭력이 지배하는 세상 속에서 죽어가는 신앙의 가치들이 아직도 할 일이 많이 남아 있다는 것의 영화적 웅변이다.

# 신 에 대 한
# 우리의 기억은
# 정 확 한 가 ?

내가 땅의 기초를 놓을 때에, 네가 거기에 있기라도 하였느냐? 네가 그처럼 많이 알면, 내 물음에 대답해 보아라. 누가 이 땅을 설계하였는지, 너는 아느냐? 누가 그 위에 측량줄을 띄웠는지, 너는 아느냐? 무엇이 땅을 버티는 기둥을 잡고 있느냐? 누가 땅의 주춧돌을 놓았느냐? 그날 새벽에 별들이 함께 노래하였고, 천사들은 모두 기쁨으로 소리를 질렀다. (「욥기」 38:4-7)

〈트리오브 라이프〉(Tree of Life, 테렌스 맬릭 감독, 2011)*는 에덴 동산 가운데 있던 생명나무라는 뜻이다. 현대인은 신을 잃은 사회에 살고 있다. 키에르케고르의 말처럼 도약하지 못한 채 이성과 윤리에 머물러 있는 인류는 끊임없이 신을 부정한다. 신을 잃어버린 것은 신을 따르던 자들의 폭력의 기억을 잊지 못한 정신적 외상도 이유가 되겠지만 신을 제대로 기억하지 못하는 것이 더 큰 이유다. 영화가 시작할 때 나온 욥의 이야기는 거기에 대한 설명이다. 욥의 말처럼 우리는 신과 함께 세상을 창조하지 않았는데 신처럼 세상을 분석하려 든다.

1950년대 텍사스의 어느 작은 마을, 오브라이언 부부와 세 아들이 살고 있다. 영화는 큰 아들이었던 잭의 회상 형식으로 전개된다. 중년의 잭은 성공한 사업가이지만 과거의 기억으로부터 자유롭지 못하다. 어린 시절 음악가가 되려다가 평범한 사업가에 머물러 버린 아버지는 아이들을 엄하게 양육했다. 은총이라는 것은 자기가 하고 싶은 대로 하지 않는 것이며 인생은 은총에 의해·인도되어야 한다고 굳게 믿던 어머니는 50년대 남부 여인의 건조한 삶을 은총이라는 것으로 버무려 버린 여인이다. 반면 아버지는 욕망에 따른 삶을 살지 말라고

---

* 테렌스 멜릭(Terrence Malick) 감독은 영화인이면서 MIT에서 철학을 가르치는 것으로도 유명하다. 다작을 하지 않지만 매 작품마다 큰 반향을 불러 일으키면서 미국 영화계의 거물로 인정받고 있다. 이 작품으로 칸 영화제(64회) 황금종려상과 전미 비평가 협회상(46회) 감독상을 수상했다.

---

가르치는 어머니와 달리 아이들을 지지 않는 강한 존재로 키운다. 삶에서 자극적인 기쁨은 없었지만 일상을 행복으로 믿고 살던 그들에게 군대에 간 19살 짜리 아들, 즉 잭의 동생의 죽음이라는 첫 비극이 찾아온다. 종교와 국가라는 두 거대한 이념에 대한 회의가 가정에 찾아 든다. 군대라는 강한 조직에서 아들은 죽어 버림으로써 아들을 강하게 키우려 했던 아버지의 가치관이 도전받게 된 것이다. 그렇다고 어머니가 은총에 기대어 슬픔을 이겨낸 것은 아니다. 아들이 둘이나 더 있지 않느냐는 이웃의 위로처럼 은총으로만 이겨 내기 힘든 현실에 남겨진다. 이때부터 은총과 자연적 질서, 엄격함과 사랑, 초월과 세속이 뚜렷하게 분리되기 시작한다. 낙원의 미분화된 삶이 해체되면서부터 시작된 잭의 정신적 방황은 그의 일생을 괴롭혔지만 잭은 언제부턴가 "내가 언제 당신을 잃어버렸지요?" 라고 묻게 되었다. 이 질문이 잭을 해방시켜 주지는 않았지만 질문을 했다는 것 자체가 해답을 간절히 바라는 행위다. 결국 잭은 희미하나마 해답을 찾고 마지막에 가서 화해로 끝을 맺는다.

〈트리오브라이프〉는 낙원에서 쫓겨난 인간이 다시 낙원을 찾을 수 있는지 묻는 영화다. 인간은 죄 때문에 생명나무와 선악과가 있던 낙원을 잃어버린다. 그 후 낙원에만 있던 것과는 이별하고 낙원에는 없던 것과 만나면서 인간의 고통도 시작된다. 아버지가 두려운 존재이기는 하지만 그로 인해 모든 것이 가능한 낙원이 가정이었다. 교회에서 행해지는 아버지의 멋진 오르간 연주는 아버지에 대한 두려움을 신비로 바꾸어 놓았다. 낙원이 선과 악이 미분화된 상태였던 것처럼 잭에게 가정은 두렵지만 안전한 곳이었다. 그러나 잭은 낙원에 없는 것을 목격하면서 성장해 간다. 부모의 명령을 거역하기 시작하고, 익사한 친구를 통해 처음 죽음을 만난다. 낙원에서 쫓겨난 후 태어난 가인은 죽음이라는 것을 몰랐기에 아벨을 죽일 수 있었다. 그가 아벨을 죽이고도 용서받은 것은 이런 상황도 참작되었을 것이다. 잭은 죽음을 목격하고 두려워하지만 그것이 성장의 계기가 되는지는 미처 알지 못했다. 그들이 이사를 하는 것처럼 잭은 불안 속에서 새로운 세계와 마주치고 모든 기억은 뒤죽박죽이 된다.

잭의 기억은 영화에서 서사적 일관성 없이 조각 조각 이어진다. 아버지의 자애로움과 두려운 이미지가 교차하며 시간의 흐름도 순차적이지 않다. 기억의 단편 속에서 잭은 자기가 기억하고 싶은 것만 기억한다. 잭에게는 두려운 존재였지만 알고 보면 실패한 자신을 증오했던 아버지, 여성다움과 무력함을 혼동하던 어머니, 아버지에 대한 애증의 장면들만 기억에 남을 뿐이다. 어머니의 신앙처럼 은혜는 망각도 받아들인다.

인류가 신을 잃은 데는 이러한 불완전한 기억도 한몫을 했다. 기억하고 싶은 것만 기억하는 것처럼 신의 이름을 빌려 행해진 욕망과 폭력만 기억한다. 이런 불완전한 기억 속에서 찾아내는 신의 모습은 불완전할 수밖에 없다. 잭은 늦었지만 기억의 단편들을 극복하고 새로운 세상을 보고 싶어 한다. 그가 사는 호화 주택과 높은 빌딩의 사무실의 창문은 모두 크고 투명하다. 그 창문을 통해 세상을 밝게 볼 수 있지만 어느 하나 확실한 것은 없다. 오히려 흐릿한 기억의 단편 속에서 세상이 조금씩 밝혀진다. 우주의 창조와 전개는 선명하도록 밝게 묘사된다. 영화는 초월적 신비는 뚜렷하고 인간의 실존은 흐릿하다는 것을 강조한다.

언젠부턴가 종교가 답해야 할 질문을 영화가 답하는 시대에 우리는 살고 있다. 본회퍼의 '종교성 없는 기독교'가 우리에게 던져준 질문은 근대 이후 기독교를 이해하는 가장 정확한 화두였으나 화두를 제대로 이해하지 못한 사람들은 종교도 잃고 기독교도 잃어버렸다.

단편적 기억에 의존한 잘못된 질문은 해답과 점점 멀어진다. 〈올드보이〉(박찬욱 감독, 2003)에서 이우진은 오대수에게 왜 15년간 가두어 두었냐고 묻지 말고 왜 15년 만에 풀어 주었는지를 물으라고 말한다. 우리의 질문은 어디서부터 신을 잃어버렸는지에 대한 것이다. 〈참회〉에서 케티도 이렇게 물었고, 〈멋진 하루〉에서 희수는 자기 틀에 갇힌 멋진 인생만 꿈꾸다가 네비게이션 없이 혼자서 길 찾는 연습을 한다. 〈더 리더〉에서 도망만 가던 한나가 잘못된 매듭을 풀려는 순간 마이클의 이상한 해법은 그녀를 죽음으로 내몬다. 〈다우트〉에서 알로이시스 수녀는 모든 것을 잃은 뒤 처음 바른 질문을 던진다.

영화 속 인물들은 자기의 문제와 씨름하며 모두 치열한 삶을 살아가는 존재들이다. 신뢰를 잃은 종교가 자신을 잃고 차마 말하지 못하는 것을 영화가 말하니 그저 고마울 따름이다. 이제 영화가 고민하는 문제를 영화 밖에서 함께 묻고 함께 풀어 나가야 할 때가 된 것 같다. 절대자 또는 보편적 가치로부터 상처를 입었던 우리의 기억이 결코 정확하지 않다는 것을 받아들이면서 문제를 풀어 나가기 위해 믿음의 영역을 열어 놓아야 한다. 영화가 그것을 돕고 있다.

# 감독도 모르는 영화 속 종교 이야기

등 록  1994.7.1 제1-1071
1쇄 발행  2012년 12월 10일

지은이  김기대
펴낸이  박길수
편집인  소경희
편 집  김문선
관 리  위현정
디자인  이주향
펴낸곳  도서출판 모시는사람들
　　　 110-775 서울시 종로구 경운동 88번지 수운회관 1207호
전 화  02-735-7173, 02-737-7173 / 팩스 02-730-7173

인 쇄  ㈜상지사P&B(031-955-3636)
배 본  문화유통북스(031-937-6100)
홈페이지 http://blog.daum.net/donghak21

값은 뒤표지에 있습니다.
ISBN 978-89-97472-25-3  03800

* 잘못된 책은 바꿔드립니다.
* 이 책의 전부 또는 일부 내용을 재사용하려면 사전에 저작권자와 도서출판
　모시는사람들의 동의를 받아야 합니다.

이 도서의 국립중앙도서관 출판시도서목록(CIP)은 e-CIP 홈페이지
(http://www.nl.go.kr/ecip)에서 이용하실 수 있습니다.
(CIP제어번호:2012005310)